SIC MORTALES IMMOR = TALES EVADIMVS.

Franciscus de Grenaille, Dominus de Chatounieres, natus Vzerchij in Lemouicibus, Burdigala tantum non mortuus, renatus Aginat, Parisijs immortalis Ætatis anno 24. Æterni Regni 1640.

LES
PLAISIRS
DES
DAMES.

Dediez à la REYNE
de la Grande Bretaigne.

Par M. de Grenaille Escuyer, Sieur de Chatounieres.*

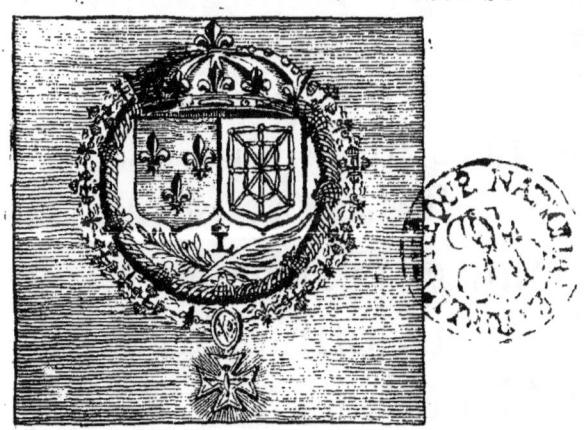

A PARIS,

Chez GERVAIS CLOVSIER, au Palais sur les
degrez de la saincte Chappelle.

M. DC. XXXXI.
AVEC PRIVILEGE DV ROY.

A LA REYNE

DE LA
GRANDE BRETAIGNE.

ADAME,

Le public ne s'eſtonnera pas que ie me rende Eſtranger, pour rendre mes hommages particuliers à voſtre Majeſté en luy offrant les Plaiſirs de toutes les Dames, s'il conſidere qu'eſtant d'vn coſté l'Honneur de trois Royaumes que vous poſſedez ſous vne meſme Couronne, vous eſtes encor les Delices de la France. En effet ſi nous vous regardons comme Eſpouſe d'vn des plus grands Monarques du

monde, nous vous confiderons auffi
cõme fœur de Louys le Iufte, & toute
l'Europe recõnaiſt que c'eſt par vôtre
entremife que les Rofes d'Angleterre
s'accordent parfaitement auecque nos
Lys. Or ce n'eſt pas mon inclination
feule qui m'a porté à faire cette offrãde
à voſtre Majeſté; toutes nos Dames fe
font encore intereffées dãs mon Vœu,
& m'ont folicité à vous cõfacrer leurs
Contentements , comme elles vous
confacrent leurs refpects. Elles fçauent bien MADAME, que leurs diuertiffements les plus innocents, ne
feroient pas honneſtes abfolument fi
vous ne les aprouuiés, & qu'ils ne fçauroient eſtre defaprouués fi vôtre aueu
les rend auffi honneſtes qu'ils font dé-
lectables de leur nature. Et puis comme
elles fe voyent priuées de la prefence
de voſtre Majeſté elles tafchent de fe
confoler fur vne fi fafcheufe abfence,
en vous reprefentant la pompe des

triomphes pacifiques qu'elles font icy
pendant que les hommes font occupés
à faire la guerre. Enfin elles veulent
que ma plume face aller vers vous noftre Cours,& nos Concerts, puis qu'à
caufe de l'interualle des lieux vous ne
fçauriez venir ny à nos Concerts, ny
à noftre Cours. Mais fi la France au-
ctorife mon deffein, l'Angleterre mefme le femble reconnaiftre pour vne
chofe qui luy eft propre, veû que ie
trouue dans la Cour de voftre Majefté
de fi parfaits exemplaires de mon ouurage, que i'ay creu eftre obligé de le
porter de Paris à Londres afin que ve-
nât de Londres il parût plus agreable à
Paris. Et certes côme la mefme Beauté
regne en voftre perfonne auffi bien
que la Grandeur fouueraine, on peut
dire que toutes les graces côpofant voftre humeur & voftre Cercle, il ne fe
faut pas eftonner fi l'agrémêt eft abfo-
lu partout où voftre Majefté fe fait re-

EPISTRE.

uerer. Ieſtime encor que tât de Dames
que ie contémple prés de vous comme des Aſtres prés d'vn Soleil, & qui
ſeroient toutes incomparables ſi elles
ne vous eſtoient inferieures, ne ſeront
pas marries de voir que les François
mettêt leur gloire à leur plaire, & qu'ils
s'occupent à décrire par vn trauail fort
illuſtre les douceurs de leur repos. Mais
c'eſt à voſtre Majeſté que ie deſire rendre mon liure agreable, puis qu'il me
déplairoit abſolumêt s'il ne vous donnoit quelque ſatisfaction, & qu'en écriuant en faueur des Dames, ie n'ay point
de plus haute ambition que de prote-
ſter icy que ie ſuis plus que tous les
hommes du monde,

MADAME,

De vôtre Majeſté

Le tres-humble, tres-obeïſſant, & tres-
fidelle ſeruiteur.
CHATOVNIERES DE GRENAILLE.

L'AVTHEVR

AVX DAMES.

PVisque vous faites les plus parfaits agréemens du Commerce, (mes Dames) il ne se faut pas étonner si nous tâchons tous de vous plaire. I'ay autrefois eu soin de vous dresser vne Bibliotheque, maintenant ie décris vos plus illustres diuertissemens. Or bien que la gayeté de la saison où nous allons entrer, ne me permette pas de vous donner des idées melancholiques, toutefois la raison veut que ie mesle vn peu de seuerité parmy vos plus grandes douceurs. Ie ne veux point effaroucher vostre esprit, mais aussi ne faut-il pas qu'il se ramollisse. Ainsi, comme ie louë des libertez innocentes, ie blâme les dissolutions vicieuses, & ne croy point offenser les Dames d'honneur en choquant l'impudence des Coquettes. En vn mot, ie veux estre complaisant pour la vertu, & Censeur pour le peché. Ie declare mesme qu'à la fin de mes discours ie fais profession d'estre rigoureux, si ie suis fauorable au commencement, & que ie reprends quelquefois des choses indifferentes, pour m'esloigner dauantage du danger d'approuuer les defenduës. Ie seroy bien marry d'estre ennemy du Beau sexe, mais ie serois bien plus marry d'estre ennemy de l'honnesteté.

ẽ

L'AVTHEVR

Ie vous offre d'abord vn Bouquet qui est plus considerable par les mains qui le doiuent receuoir que par
celle qui le presente. Vous y verrez la beauté des fleurs
auec leur fragilité, & la fraischeur de vostre sein qui le
menace de pourriture.   Vous entrerez aprez dans le
Cours, où vous découurirez la pompe & la vanité des
grandeurs du Monde.   Vous y paraistrez comme des
Soleils dans vn char de gloire, mais comme des Soleils qui
s'eclipseront.   Vous vous regarderez en suite dans vn
Miroir, dont la glace vous enflammera d'amour de
vous-mesme : C'est là que vous reconnaistrez que les
Beautez les plus éclatantes ne sont que des ombres corporelles.   Aprez vous estre considerées à loisir, vous vous
rendrez visibles aux autres par vne belle Promenade,
où la viue peinture des lieux respondra parfaitement aux
attraits de vostre visage. Les fleurs s'estimeront glorieu-
ses pour ainsi dire de pouuoir croistre sous vos pieds, mais
elles vous auertiront aussi, que si vous foulez maintenant
la terre, vn iour la terre vous foulera.   La Collation
reffraischira l'ardeur que la Promenade vous a causée,
& tous les elemens se rendans tributaires de vostre
delicatesse, elle se rendra necessairement tributaire des
vers qui la rongeront.   Le Concert vous fera treuuer vne espece de Paradis dans vne vallée de larmes, mais
sa fin vous apprendra que nous ne sommes pas dans vn exil
pour estre dans vne joye parfaite. Puisque nous pleurons
en naissant, nous ne deuons pas chanter toute nostre vie.

AVX DAMES.

Enfin, le Bal vous fera voir qu'il faut éuiter vne trop grande legereté, aux occasions où l'adresse se produit, & qu'en vous élevant sur la terre, mes Dames, vous deuez prendre garde à ne pas descendre en Enfer.

Ces veritez ne sembleront pas assommantes à celles qui considereront que ie n'escris pas pour des Dames simplement, mais pour des Dames Chrestiennes. Les Plaisirs des Fideles ne doiuent pas estre dissolus comme ceux d'vne aueugle Gentilité. Vous reconnoissez par là, mes Dames, que ie tâche de vous rendre mes discours vtiles, bien qu'apparemment ie ne semble que vous les rendre agreables. Que si cet Ouurage ne vous déplaist point, i'en projetteray encor quelqu'autre pour vostre satisfaction. Et si ie merite vostre approbation, ie ne crains la censure de personne. En effet, on n'osera choquer les difformitez de mon Liure, si elles sont couuertes de la protection de vostre beauté. Ce n'est pas que ie veuille que vous mainteniez des defauts, mais ie fais paraistre hautement vostre gloire en confessant que vos ieux mesme sont trop augustes pour estre representez auecque succez par vn trauail regulier. Si neantmoins quelques dégoustez s'ennuyent dans la lecture de ce Liure, qu'ils se souuiennent qu'en figurant icy les Plaisirs des Dames, i'ay vne ambition genereuse de donner du déplaisir à tous les hommes bizarres. Ie m'estimeray tousiours glorieux d'auoir obligé la plus belle partie du Monde, & desobligé la plus méprisable.

TABLE

Des Traitez contenus dans les Plaisirs
des Dames.

LES

LES
PLAISIRS
DES DAMES.

LE BOVQVET.

I. **O**N dit que l'Amour transfor-
ma jadis des hômes en fleurs,
mais icy les Amours femblent
fe transformer en fleurs pour
embellir le fein de nos Da-
mes. Ils ont là deux Forts eminents d'où ils
nous bleffent dautant plus viuement qu'ils
ne nous pourfuiuent qu'auec des armes de
rofes. Les Bouquets donc font animés quoy
qu'ils femblent morts, & il ne fe faut pas étonner qu'ils foient frais long-temps apres auoir
efté cueillis, puis qu'ils font viuifiés par l'at-

A

touchemēt d'vne terre toute Celeste. Ils releuentla grādeur de deux petits globes qui leur enuoyent leurs influences. Mais pour bien découurir toute la beauté de ces fleurs, il faut considerer la main qui les donne, aussi bien que le suiet qui les porte, il faut voir le combat de l'art & de la nature, à faire vn si beau composé, & puis resoudre cette agreable question, si c'est le sein des Dames qui orne le Bouquet, où si c'est le Bouquet qui orne le sein des Dames.

II. Croiriés vous que ce qu'il y a de plus illustre dans ce beau present, est ce qui ne paraist point? C'est le cœur d'vn Amant qui eust bien desiré d'auoir vne mesme fin que Narcisse, quoy qu'il aymât plus vne Dame que soy-mesme. Il eust volontiers cessé d'estre homme pour commencer d'estre fleur. Le destin mesme d'Aiax luy eust esté doux quelque cruel qu'il semblât estre, & il n'eust point fait la difficulté de s'ouurir le cœur auec son épée, pourueu qu'estant metamorphosé, il eust merité d'estre mis prés du plus beau cœur du monde. Mais la Prouidence s'oposant à son dessein aussi bien que la nature, il a trouué moyen de s'approcher de sa Maistresse quoy qu'il en soit esloigné. Il luy en-

uoye ce Bouquet, qui n'a pas tant de fleurs
que ce paſſionné a de deſirs, & qui ne fait
que luy eſchauffer le cœur s'il doit rafraichir
celuy de ſa Maiſtreſſe. Neantmoins comme
il eſt ſur le point de le donner il luy prend enuie de le défaire. Il entre en jalouſie contre
ſes propres faueurs, & ne peut ſouffrir qu'v-
ne choſe inanimée ait vn auantage qui eſt re-
fuſé à ſon ame. Il veut d'vn coſté faire tenir
ce monument de ſon affection, & de l'autre
il apprehende que la beauté du preſent ne face oublier la main qui le donne. Il le tient
pour ſuſpect, pource qu'il baiſera vne gorge
qu'il ne luy eſt pas permis de toucher. Mais
enfin le deſir qu'il a de plaire à ſa Royne, luy
fait negliger tous ſes déplaiſirs. Neantmoins
tout Chreſtien qu'il eſt, il fait des vœux à
l'Amour afin que l'odeur des fleurs purifiant
le cerueau de ſa maiſtreſſe, y produiſe l'image de ſon Amant.

III. Mais ne contemplons plus ce Melancolique pour égayer noſtre veuë dans la découuerte des raretez de ce beau Bouquet. Ces
fleurs ſont nées ſur la terre, mais neantmoins
vous diriés que ce ſont des parties du Ciel, &
des étoiles qui rampent. Si vous conſiderez
leurs couleurs vous ne ſongerez plus à leur

bonne odeur, & fi vous fentez leur odeur,
voftre ame en reftera fi rauie qu'elle n'aura
plus de force pour regarder les couleurs.
Vous y voyez d'vn cofté de l'or auec de l'a-
zur, du blanc & du vermillon, du vert & du
jaune. C'eft vn Arc-en-Ciel terreftre dont
les apparences font dautant plus belles qu'elles font toutes veritables. C'eft vn portrait
naturel de tout ce qu'il y a de plus beau dans
les Elements, & dans les corps mixtes, & les
contrarietez qui fe détruifent ailleurs s'accordent icy dans vne proportion parfaite. Mais
le Flair n'eft pas moins intereffé dans leur
confideration que la veuë. Il eft flatté par l'o-
deur d'vne fleur, & comme transporté par
l'autre, l'vne a de la force & l'autre de la douceur, l'vne femble toucher le cœur fi les autres ne touchent que le cerueau. Ie ne fçay pas
quel gouft auoit l'ambrofie des anciens
Dieux, mais on la flaire icy bas. Au refte
n'admirez vous pas ce meflange admirable
d'effences differentes qui n'en font apparemment qu'vne feule? Châque fleur de ce bouquet eft incomparable, & neantmoins elles
paraiffent toutes femblables. Elles vniffent
leurs beautez fans les confondre. La douceur du miel que font les abeilles, n'eft qu'vne

repreſentation ſenſible de cette diuine Harmonie. Enfin ne penſez pas que ce ſoient des fruits ordinaires de la nature, ce ſont pluſtoſt ſes chef-d'œuures. Elle ne trauaille pas moins à produire ces treſors ſur la ſuperficie de la terre, qu'à en produire d'autres prés de ſon centre. Pline teſmoigne qu'elle fait des eſſais deuant que de faire des Lys, & lors qu'il faut enfanter des fleurs pour l'ornemét de ces Nymphes viſibles, il ne faut pas douter qu'elle ne ſe ſurpaſſe elle meſme. Elle foüille bien ſes entrailles deuant que d'embellir leur ſein.

IV. Mais l'art qui nous fait parler de tout ſemble s'offencer de ce que nous parlons ſi long-temps de la nature. Le Bouquet eſt vne production des hommes auſſi bien que du Ciel & de la terre. L'agréement de nos Dames vient des ſoucis de pluſieurs grands Iardiniers. Il y a des eſprits dont la curioſité eſt amoureuſe qui ont quelquefois moins de ſoin de leur maiſon que d'vn parterre, & qui s'oublient de l'entretien de leur vie pour entretenir des fleurs. On dit qu'vne roſe naſquit de la bleſſure du pied de la Deeſſe de l'Amour, mais c'eſt la main de ceux dont ie parle qui fait naiſtre toutes les autres beautez terreſtres. Si l'air ſemble nous me-

nacer de quelque tempefte, ils craignent plus
pour leur iardin que pour leur perfonne, &
ils ne defirent pas de beaux iours pour viure
long-temps, mais pour voir viure leurs œillets.
Le matin il les faluent auec l'Aurore, ils d'e-
daigneroient de voir le Soleil au prix d'eux s'il
ne leur deuoit donner vn nouuel éclat, & la
nuit qui eft la mere du repos eft le fujet de
leur inquietude, pource qu'ils craignent que
fa froideur n'étouffe ces rares beautez que la
chaleur viuifie. Au refte quand le Ciel ne
leur enuoye pas fa rofée, ils forment vne
pluie fur la terre qu'ils diftillent auecque des
arrofoirs. Ils tafchent de furpaffer la nature
par artifice, & neantmoins leur artifice agit
toufiours par les forces de la nature. Ils ne fe
contentent pas mefme d'efleuer leurs Creatures dans des Iardins, ils les portent encor dans
leurs cabinets, & les font viure fans violence
en les tirant hors de leur élement. Ils font
communément ce que Semiramis fit appeller
miracle, c'eft à dire des parterres fufpendus
en l'air.

V. Il eft vray que tous ces grands foins ne
reuffiffent pas toufiours, & qu'il y a de belles
fleurs mal-heureufes auffi bien que belles
femmes. Vous diriez que leurs caufes pro-

duifantes trauaillent tellement à les enfanter,
que pour conferuer leur eftre elles le font perdre à leur fruit. Lors ces amoureux des fleurs
portent le deüilles voyāt mortes à leurs yeux.
Ils s'irritent contre les Aftres qui ne les ont
fauorifées que pour leur nuire. Ils fe hayffent eux mefmes ne voyant plus ce qu'ils aymoient. Mais s'ils ont occafion de s'affliger
d'vn cofté, ils ont fuiet de fe refiouyr de l'autre. La perte de quelques fleurs ne femble
arriuer que pour mieux faire gouter à leur
Maiftre la douceur de la conferuation des
autres. Le Ciel nous veut montrer qu'on ne
peut point batir de nouueau vn Paradis terreftre, mais il ne nous empefche pas de chercher quelque beatitude innocente fur la terre. C'eft pourquoy fi quelques Tulipes font
mortes il y en a d'autres qui viuent. Il eft
vray qu'elles font bien gardées de peur qu'il
ne leur arriue du mal. Leurs conferuateurs
ne les preferuent pas feulement de l'attouchement des hommes, mais encor de leur
abord. Tant s'en-faut qu'ils les veuillent donner, que mefme c'eft vne grande faueur d'en
auoir la veuë. Il eft vray que l'Amour tout
aueugle qu'il eft les ayant apperceuës, les fait
rechercher à vn Paffionné qui achepte à de-

niers contents les prefents ordinaires de la nature. Il ne fçauroit eftre auare & amoureux tout enfemble, & il ne doit plus auoir de bourfe puifque fa Maiftreffe veut auoir vn Bouquet deluy.

VI. Il a preparé la matiere de fon offrande, mais il ne luy a pas encore donné fa forme. Apres auoir fait le prix des fleurs, il faut que la bouquetiere face election de celles qui font neceffaires pour fon deffein. Il eft vray qu'elle a bien de la peine à choifir dans le defintereffement, pource que tous ces beaux obiets qu'elle decouure l'attirent à leur party. Ils font apparemment tous enuieux d'aller fur vn foin où la neige qui brufle tout ailleurs conferuera parfaitement leur fraifcheur. Les vns femblent propofer la varieté de leurs couleurs, d'autres celles de leurs feuilles, plufieurs veulent faire vn effort fur l'efprit de cette Electrice par leur odeur qui eft extrémément douce ; enfin vous diriés qu'ils ont vne ambition generale d'eftre coupés au pied pour tomber entre fes mains. Peu s'en faut que cette emulation mutuelle change ce parterre en champ de combat. On dit que les François prirent autrefois des ioncs pour des picquiers ennemis, mais toutes ces

fleurs

fleurs femblent eftre ennemies les vnes des
autres.   Mais enfin la Bouquetiere vuide ces
differents en ne prenant que des fleurs qui por-
tét les couleurs ou de la Dame, ou des ardeurs
de l'Amant.   Elle confidere encore plus la
mode que la multitude, & quoy qu'elle veuille diuerfifier fon Bouquet, elle n'y veut point
mettre de confufion.   Premierement elle
adiufte les fleurs deuant que de les ranger, &
pour les faire paraiftre toutes Celeftes elle
les purifie de toutes les ordures du fol Apres
elle accorde leurs contrarietés, égaye ce qui
eft fombre , & rend fombre ce qui eft trop
gay, par l'oppofition de quelque autre fimple.
Elle cache la racine pour faire croire que c'eft
pluftoft vn prefent d'vn Dieu que d'vn homme, & que ce qui ne femble point auoir d'origine eft veritablement Diuin.   On ne voit
plus qu'or où il n'y auoit que de la terre, &
vous ne fçauriez dire fi c'eft vn lingot qui a
produit vne fleur, ou fi c'eft vne fleur qui a
produit vn lingot: La foye encore eft em-
ployée dans cette belle compofition pour
toucher doucement vn fein que l'or pourroit
bleffer par quelque forte de rudeffe.

   VII. Fnfin l'art a déployé toutes richeffes pour faire ce beau prefét, & l'Amour mef-

B

me l'a fait receuoir auec autant d'affection
qu'il auoit esté donné. Le Bouquet a plustost touché le cœur que le sein. Ces fleurs,
ont receu vne beauté nouuelle estant mises
prés de la Beauté mesme. Elles semblēt neantmoins auoir de l'ambition pour nous faire
croire que si elles tirent de l'ornement d'vn
beau sein, elles luy en donnent dauantage.
Or pour terminer cét agreable different commençons à voir leurs droits pour voir apres
ceux de l'autre. Separons leurs causes pour
les mieux vnir apres. On peut dire en faueur
du Bouquet qu'on ne l'eust pas composé auec
tant de soin, s'il eust dû estre inutile, & que
rehaussant le sein comme il fait, il luy donne
sans doute quelque espece de grandeur. Que
les fleurs ne reçoiuent point de couleur du
sein, mais qu'il en reçoit bien des fleurs, &
que sa blancheur ne paraistroit quasi
point sans la belle opposition qu'on y voit
du vert & du iaune, du gris & du bleu. Que
puis qu'on les appelle les ornements de la terre deuāt qu'elles soient cueillies, elles ne changent pas de qualitez quoy qu'elles changent
de place, veu mesme que pour estre sur vn
sein, elles ne laissent pas d'estre sur vne partie
de la terre. Que comme les chapeaux de

fleurs eſtoient autrefois glorieux aux teſtes
qui les portoient, ce bel amas qu'on en voit ſur
le ſein ne peut que le rendre illuſtre. Que
chaſque fleur a vne beauté parfaite au lieu
que bien ſouuent on voit des gorges qu'on
deuroit cacher auec plus de ſoin qu'on n'en a
de les produire. En ce cas là, le Soleil n'emprunte pas ſon éclat des tenebres, mais les
tenebres en empruntent du Soleil. Qu'enfin
le Bouquet ne fairoit pas vne partie de la bien-
ſéance des Dames, s'il ne contribuoit à leur
gloire. Le ſuiet du point d'honneur ne peut
eſtre qu'honorable.

VIII. Ne fauoriſons pas neantmoins vne
choſe inanimée, au deſauantage des corps
animés. Il faut eſtimer les fleurs, mais il faut
adorer les Dames. On peut donc repliquer
que ſi l'on met des Bouquets ſur leur ſein, ce
n'eſt pas pour luy communiquer le luſtre des
fleurs, mais pluſtoſt pour communiquer aux
fleurs vne partie de ſon éclat. Ce ſiege de la
beauté les honore beaucoup en permettant
qu'elles paraiſſent éleuées prés du Ciel, apres
auoir long temps rampé ſur la terre. Que
toutes leurs couleurs ſont mortes au prix de
celles de ce ſein, dont la fraiſcheur ſemble
s'enflammer viuement par l'entrelaçure des

veines , & qui couure vn vermillon naturel
fous vne blancheur apparente, & neantmoins
veritable. Que les fleurs font à la verité des
ornements d'vne terre commune , mais qu'v-
ne terre Celefte eft leur ornement. Que comme ce ne font pas les couronnes qui embelliffent les teftes , mais pluftoft les teftes qui embelliffent les Couronnes , on doit croire pareillement que c'eft le fein d'vne Dame qui
embellit vn Bouquet, & non pas le Bouquet
qui embellit le fein d'vne Dame. Que s'il y a
des gorges qu'on doiue couurir, il y en a d'autres que la beauté doit laiffer découuertes , &
qu'il eft bien difficile de rendre inuifibles les
deux montaignes d'amour. Que lors qu'vn
bouquet rencontre des corps fi bien faits il
eft heureux de participer à leur grace fans
auoir la prefomption de leur en donner. Qu'a-
pres toutfi les Dames portent vn Bouquet par
bienfeance , cela veut dire qu'elles ne le portent pas par neceffité ; ayant toutes leurs perfections dans elles mefmes , celles des autres
fuiets leur femblent eftre indifferétes. Neantmoins elles prennent quelquefois des fleurs,
d'autant que comme elles fe plaifent à guerir
les defefperés , elles fe plaifent auffi à releuer
les chofes baffes.

IX. On semble auoir épuisé toutes les
fleurs artificielles de l'eloquence pour en
loüer de naturelles. Mais enfin où aboutit
tout ce grand discours? à loüer vn Bouquet
& vn sein ; voila les deux rats qu'Athos vient
d'enfantet. Nous ne deuons rien refuser à la
beauté, mais la verité doit tout emporter sur
nous ; i'ayme les fleurs, mais c'est plustost
pour les voir ou pour les flairer que pour en
faire l'eloge, ie respecte aussi les Dames, mais
ie n'en suis pas idolâtre. Qu'elles ne s'offencêt
donc pas si en dériuant leurs plaisirs ie dé-
cry leur vanité. Ie parle d'abord auec les profanes pour parler apres auecque les Sainéts.
I'autorise vn peu les discours du monde pour
les refuter apres. On a donc monstré la bonne grace des fleurs & des gorges, & ie m'en
vay monstrer leurs disgraces. Ie dy donc premierement qu'on fait bien de loüer les Bouquets par des principes tirés des fables, car
en verité on ne les sçauroit loüer autrement.
On croit que l'Amour a fort obligé les hommes en les degradant de leur noblesse pour les
faire ramper auecques les fleurs. C'est les rendre tous terrestres, de celestes qu'ils estoient.
Au reste nos bouquetiers aueuglés fôt de beaux songes en veillant quâd il s'imaginêt que

les amours se metamorphosent en fleurs,
comme si les passions estoient des essences
subsistantes hors des indiuidus de nostre espece, & qu'il fallût croire dans le Christia-
nisme toutes les folies des Gentils. Outre
qu'on peut dire qu'on embellit le plus souuent le sein des Dames par haine que par
amour, puisque tel leur fait vn present qui
leur voudroit faire vn affront. Il leur donne vn bouquet en intention peut estre de leur
rauir la plus belle fleur qu'elles portent Il
leur apporte vne rose pour leur oster vne
Couronne. Apres cela qu'on ne die point que
des bouquets reçoiuent vne nouuelle vie par
l'attouchement d'vne chair toute diuine; à
parler sainement des choses, ce sont deux
suiets perissables qui s'entre-communiquent
leur corruption. Vne fleur ne peut pas beaucoup s'appuyer du corps d'vne Dame, puisque le corps doit passer comme vne fleur. Disons donc plustost que la terre en offrant des
fleurs aux Dames leur enuoye des messageres,
pour leur dire qu'estant venuës de son sein
aussi bien qu'elles, il faut qu'elles y retournent.

X. L'Amant qui enuoye le bouquet est
d'autant plus dissimulé qu'il semble estre plus

sincere. Il donne peu pour auoir beaucoup.
Ne pensés pas qu'il voulut perir pour gaigner
les bonnes graces de sa Maistresse qu'il peut
gaigner par des presents corruptibles. Il ayme
bien sa Dame, mais il s'ayme plus soy-mesme. L'Amour mesme luy déplairoit s'il luy
parloit de la mort. Il loüe la vaillance d'Aiax,
mais il trouue de la lascheté dans sa derniere
resolution. Il dit que ce Grec deuoit faire plus
d'estat de sa vie que des armes d'vn autre. Que
pour luy, il sert vne Reine, mais c'est pour
l'assuiettir, ce qui ne luy sera pas fort difficile
puis qu'elle se laisse toucher à des armes mesmes de fleurs. Il enuoye donc ce bouquet non
pas tant pour embellir le sein que pour blesser
le cœur de sa Dame. C'est en vain qu'on croit
qu'il entre en ialousie contre vne chose qui
n'ayant point d'affection ne peut point auoir
de pretension aux bonnes graces d'vne Amante. Ce qui est insensible ne luy peut pas estre
infidele. Il est bien aise au contraire qu'vne
chose muette parle en sa faueur, & qu'vn bouquet amuse vne dédaigneuse qui semble se
dégoûter de la conuersation de toutes sortes
de personnes. Ainsi il ne songe pas tant à faire
vn present à sa Reine, qu'à satisfaire son esprit. Il ayme tousiours vn peu son repos quoy

que l'amour luy cause des inquietudes. Quất
à ces vœux qu'on dit qu'il fait à l'amour ce
font des termes facrés qui fignifient vn facri-
lege. Nous ne deuons pas faire paffer nos paffions pour des Diuinitez. Nous ne les adorons
que trop fans que nous leur dreffions des Autels. Outre que la plufpart des Amoureux
font les languiffants quoi qu'ils fe portent fort
bien. Ils font quelquefois indifferents lors
qu'ils font les idolatres. Il donnent volontiers des fleurs, pource que mal-aifément,
voudroient-ils donner autre chofe.

XI. Mais ne découurons pas les deffeins
des Amoureux, mais pluftoft la vanité naturelle des Bouquets qu'on a loüés fi hautement. Ce qui naift de la terre ne peut pas eftre
Celefte, & on a grand tort de confondre les
vapeurs & les exhalaifons auecque les Aftres.
Ce que nous foulons fous les pieds ne doit
pas eftre l'obiet de nos refpects ny de nos admirations, & fi noftre Seigneur loüe les fleurs
en quelque endroit, c'eft pour nous aprendre
qu'en les voyant bien reueftuës, nous deuons pluftoft fonger à la main inuifible qui
les embellit qu'à toutes leurs beautez vifibles.
Et puis, toutes ne font pas femblables au Lys
que la Verité mefme dit eftre mieux couuert

que

que Salomon, pource qu'il doit couurir vn
iour le lict de Iuftice des Roys tres - Chreﬆ
ﬆiens. Pour les autres, n'eﬆ-il pas vray que,
comme vn matin les fait naiﬆre, vne ſoirée
les fait mourir ? Il faut que le Soleil agiſſe
bien pour les eﬂeuer, mais il ne faut qu'vn
peu de vent pour les abbatre. Et quand elles
ne receuroient aucune impreſſion du dehors,
elles ſe deſſeicheroient d'elles-meſmes, leur
deﬆin voulant qu'elles ceſſent d'eﬆre, pource qu'elles ont eﬆé. C'eﬆ ainſi que nous en
voyons qui ſe ferment pour iamais ſans auoir
eﬆé épanoüies, & d'autres qui ſe fannent,
ſans auoir iamais eﬆé fraiſches. Qu'on ne
me parle point de ces couleurs qui ſont plus
changeantes, que celles de l'arc en Ciel, &
qui ne paraiſſent que pour ne paraiﬆre plus.
Que nous ſeruiroit-il de regarder le ſoleil, s'il
ne ſe monﬆroit que pour s'eſclipſer ? Vous
croyez voir là du vermillon ; vous n'y verrez demain que du pâle ; ce verd vous égaye
la veuë, mais il vous rendra l'œil melancolique : ce que vous appellez azur, n'eﬆ qu'vn
bleu-mourant qui paſſe, & cette apparence
d'or que vous remarquez, nous ſemble dé-
clarer que ce bouquet qu'on iuge ſi pecieux,
ne ſera qu'vn peu d'ordure.

XII. Pour l'odeur des fleurs dont on fait tant de cas, qui ne fçait que n'eſtant qu'vn effet du meſlange des quatre qualitez premieres, c'eſt touſiours vn principe de corruption. La pire de toutes les ſenteurs, eſt quelquefois celle qui a eſté la meilleure. Ainſi donc ſi en flairant ces œillets, vous vous figurez que vous reſpirez ſur la terre vn peu de l'air du Paradis : ſouuenez-vous que dans quelque temps vous n'oſeriez approcher des narines, ce que vous n'en pouuez maintenant retirer. Plus il vous agrée, plus il vous fera deſagreable ; il vous flatte le cerueau, mais il vous bleſſera le cœur. Outre que toutes les fleurs qui ſont belles ne ſont pas odoriferantes, & vous diriez que la nature fait quelquesvnes pour eſtre veuës ſeulement, & d'autres pour eſtre flairées. Cette tulippe n'a point de ſenteur, quoy qu'elle ait beaucoup de luſtre : cette violette ſemble enſeuelie dans la terre, & neantmoins elle a vne odeur celeſte. Cela veut dire que ſi les fleurs ont generalement bonne grace, elles ont neantmoins des diſgraces particulieres. Il n'appartient qu'aux Lys, aux œillets & aux roſes, de toucher également le flair, & les yeux. Ces obiets ſont illuſtres & agreables. Maìs aprez tout, que leurs perfeᶜtions ont peu de durée, fi elles ont beaucoup d'excellence? Le Lys naìſt, dit-on, d'vne larme, comme fi fa tige pleuroit de produire vne belle choſe, pour la voir deſtruire aprez. La roſe fait de continuels efforts pour s'éclorre, mais elle trouue ſa fin dans ſon ouerture. Elle perd ſes fueilles en les monſtrant; L'œillet s'éleue pour mieux produire ſon odeur & ſa beauté, mais ſouuent la tempeſte l'abaiſſe, & il ſe courberoit de ſon propre poids quand il ne receuroit aucune violence exterieure. On doit ceſſer de l'admirer, lors qu'on admire dauantage.

XIII. Concluons donc que, comme il y a vne fleur qu'on dit naìſtre & mourir auec le Soleil, les autres ſemblent eſtre d'vne meſme condition, quoy qu'elles ne ſoient pas de meſme eſpece. Elles ne ſont belles que pour eſtre bien toſt défigurées. Au reſte, quoy qu'on les meſle enſemble, elles ne laiſſent pas d'auoir leurs qualitez ſpeciales. Elles ne ſont pas incorruptibles pour eſtre en eſtat de perir en compagnie. Cet aſſemblage meſme nuit à leur excellence, parce que par l'oppoſition des auantages des vnes, on remarque mieux les défauts des autres. L'on en admi-

reroit plufieurs à part, qu'on ne daigne pas
regarder les voyant dans le meflange. Ie ne
diray pas icy que ces beautez ne paraiffent
que fucceffiuement, & que les vnes fe cachent, lors que les autres fe monftrent. Les
rofes ne naiffent qu'aprez la mort des violet-
tes, les autres fleurs ont leur faifon differente, & vous diriez, ou qu'elles apprehendent
d'entrer en concurrence en fe produifant enfemble, ou que la nature qui ne nous recrée
qu'à regret dans noftre exil, nous veut faire
vn refus en nous faifant vne faueur. Enfin
on a tort d'appeller fes chefs-d'œuures des fuiets qui ne font que fes ioüets. Elle iette les
fleurs fur la terre, comme des fuperfluitez
de fon fein, & ce font fes excremens que nous
prenons pour threfors. La facilité dont elle
les produit par tout, monftre affez qu'on n'a
guere de peine à les chercher, & qu'on les
peut auffi toft trouuer en des lieux negligez,
qu'en des parterres curieux. Le Diuin Ef-
poux fe compare à la fleur du champ, & non
pas à celles des iardins, pour nous monftrer
que les plus excellentes naiffent quelquesfois
où il y a moins de culture. Celuy qui dit que
la nature fait des effays pour apprendre à faire des Lys, femble ignorer qu'elle agit com-

me Maiſtreſſe , & non pas comme appren-
tiue , & qu'ayant trauaillé dés le commencement du monde , elle n'a pas beſoin d'vne
nouuelle experience. Au reſte elle ſonge à
embellir la terre , & non pas le ſein de ces
Nymphes pretenduës. Elle n'a garde de nous
porter à l'abus de ſes preſents , ny de vouloir placer vn ſymbole de pureté ſur vne
gorge impudique. Au contraire, pour faire
cacher le ſein aux Dames , elle cacheroit volontiers toutes ſes fleurs.

XIV. Mais ne parlons plus icy de la nature des fleurs pour nous moquer de l'artifice des hommes. Ils s'empreſſent pour des
choſes ſuperfluës & oublient les neceſſaires.
Les œillets viennent d'eux-meſmes & cependant ils s'occupent à les faire fleurir, comme s'ils ne venoient que par force. Quelle
manie ? Pluſieurs veulent faire l'office de
Dieu , & ſoumettre à leur induſtrie ce qui
n'eſt proprement ſoumis qu'au cours de la
Prouidence. Dauantage , ils negligent leur
ame pour auoir ſoin d'vne Anemone. Ils
cultiuent mieux leur parterre , que leur eſprit. C'eſt peu qu'ils s'oublient de l'entretien
de leur vie , s'ils ne s'oublioient encore de
leur deuoir. Leur main qui fait croiſtre les

fleurs eſt vn tronc aride qui ne produit iamais
de bons fruicts. Au reſte ſi elle n'eſt pas bleſ-
ſée comme le pied de Venus , elle eſt du
moins plus laſſée. On s'eſt mocqué de ce Philoſophe qui croyoit eſtre né pour contempler le Soleil; & qui ne ſe rira de ces Viſion-
naires terreſtres , qui ne penſent eſtre nez que
pour contempler les bigarrures du ſol? Ces
aueugles ne regardent le Ciel que pour voir
s'il embellira la terre. Ils ont de la peine à
s'employer pour leurs amis , & ils s'employent touſiours pour des ſuiets inanimez;
ils ne veulent pas s'aſſuietir à leurs ſemblables, & ils s'aſſuietiſſent à des fleurs. Les iours
ſont-ils faits pour des roſes ou pour des hommes : & le plus bel œil du monde ne luit-il pas
pluſtoſt pour nous que pour des œillets? La
nature ne donne proprement ſa lumiere qu'à
des ſuiets qui portent ſur leur front des ſignes viſibles de la lumiere de Dieu. Les fleurs
ſont faites pour eſtre veuës auec plaiſir , &
non pas auec tant d'empreſſement: elles doiuent eſtre agreables , quoy qu'elles ſoient
precieuſes. Ce n'eſt pas qu'on n'en puiſſe
auoir quelque ſoin honneſte: mais il ne faut
pas qu'elles nous facent perdre honteuſe-
ment le temps. Si on les porte dans le

Cabinet, que ce foit pour en faire des ornements, & non pas des idoles d'vn cœur abru-
ty. Doit-on donner des autels à ce qui rampe contre terre, c'eſt beaucoup qu'on les y
éleue, pour y feruir de parure, & non pas
de Diuinité. Enfin qu'on rehauſſe les parterres tant qu'on voudra, ce ne fera touſiours
qu'vn peu de terre plus proche du Ciel que
d'autres parties plus baſſes. Outre qu'on perd
fouuent les fleurs en les voulant conſeruer auec trop de curioſité. La bonté de la
nature ne nuit iamais à celle de l'art, mais
fouuent celle de l'art nuit à celle de la nature.

XV. Ce n'eſt pourtant pas vn miracle
de voir mourir des fleurs, mais vn effet ordinaire de leur naiſſance. Si quelques vnes
n'arriuent pas à leur perfection, ce n'eſt pas
que leurs principes foient foibles, mais ils ne
veulent pas deſployer toutes leurs forces à
faire fi peu de choſe. Ils laiſſent perir ce que
nous deuons meſpriſer. La nature punit la curioſité des hommes par les meſmes voyes
dont ils s'efforcent de la contenter. Elle monſtre par le peu d'eſtat qu'elle fait de ſes richeſſes, qu'elles ne ſçauroient ſecourir noſtre pauureté. Au reſte n'eſt-ce pas vn beau

fpectacle de voir vn homme qui fembla fe
couurir de laurier le iour du decez de fa
femme, & qui fe couure de cyprez, pource qu'vne fleur eft morte? N'a-il pas bien fuiet de murmurer contre le Ciel, de ce que la
terre n'eft pas chargée d'vn vain fardeau? Ne
fe monftre-il pas plus infenfible que ce qu'il
regrette, en-paroiffant fi fenfible? Qu'il fe
confole fur les fleurs qui reftent, fa confola-
tion ne fera pas long-temps fans douleur.
Elles n'ont duré plus que les autres, que pour
ne plus durer. Les vnes font mortes en naif-
fant, celles-cy ne font nées que pour mourir. Vn fuiet n'eft pas éternel, quoy qu'il foit
auiourd'huy, fon femblable ayant hier ceffé
d'eftre. Cét œillet eft beau ce matin, mais le
foir il fera laid. C'eft pour nous apprendre
que nous ne deuons rien poffeder fur la terre,
que comme fi nous ne le poffedions pas. Dieu
voyant que nous nous attachons trop à ce
bas monde, nous en détache par la fatalité
mefme des chofes. Comme nous ne pouuons pas trouuer le Paradis dans vn exil,
nous ne deuons pas chercher de bon heur au
pays de l'infortune.

XVI. Quant aux adorateurs des fleurs,
ils ont raifon de les éloigner de l'approche des
hommes,

hommes , qui ne les estiment que pource
qu'ils ne les voyent que de loin. Ils rendent
leurs thresors precieux en les rendant rares.
Si on les regardoit auec attention, sans doute
on en verroit bien tost le neant. On crain-
droit d'acheter des suiets si fresles , qui craignent mesme les yeux & l'attouchement
des personnes. On a bien fait de dire qu'on
est aueugle deuant que de se rédre marchand
de fleurs : car peut-on ny vendre ny acheter
honnestement les fruicts les plus ordinaires
de la nature? Doit-on mettre à prix ce qu'elle donne gratuitement ? Mais souuent ce n'est
pas vne dépence , mais vn artifice d'vn A-
moureux. Pour faire receuoir cherement vn
present qu'il fait , il veut faire croire qu'il luy
a beaucoup cousté. Il diroit, s'il osoit, que
ce qui vient de son iardin vient des Indes.
Aprez tout il ayme bien vn bouquet, mais il
ayme plus sa bourse. Pour ces autres iardiniers qu'on appelle Illustres , qu'ils se souuiennent qu'Epicure fit le premier Parterre,
& que leur profession n'est pas tant de seruir
à l'agréement qu'à la volupté. Que les Dames iugent aussi si des fruicts de l'infamie
contribuerót à leur gloire. Et qu'on ne m'ob-
iecte point que des Empereurs ont cessé vo-

D

lontairement d'eſtre Maiſtres du monde pour
cultiuer des iardins. Ils ne vouloient pas viure dans l'humilité, mais dans les delices. Ils
ne cherchoiët pas des fleurs, mais ils fuyoient
les eſpines du gouuernement de l'Eſtat. Ie
ſçay bien que l'hiſtoire nous apprend que de
grands hommes chez les Romains, s'en alloient de leur Champ à celuy du combat, &
qu'on les portoit auec des chars de triomphe
aprez qu'ils auoient conduit la charruë. Ils
manioient des meſmes mains l'eſpée & la her-
ſe. Mais ces Heros ne ſongeoient pas à rendre la terre agreable, mais à la rendre feconde. Ils vouloient pouruoir à la neceſſité du
peuple, & non pas fauoriſer le luxe des amoureux ou des delicats.

XVII. Mais ſi noſtre paſſionné eſt extrauagant auſſi bien que les Iardiniers, la Bou-
queterie ne ſera pas moins plaiſante. Ne voi-
là pas vn eſprit bien ſubtil, qui ne doit iuger
que de la qualité des fleurs, & qui cherche vn
Bouquet où il y en a mille qui ſe preſentent?
Elle a la teſte bien foible, ſi des œillets ou des
tulippes ſont capables de la troubler. Au reſte on monſtre bien le peu de raiſon qu'on a
quand on penſe rendre des fleurs raiſonnables. On leur donne de la diſcretion, & elles

n'ont pas seulement du sentiment. Elles ont
de la beauté, mais elles ne la cõnoissent point,
& il leur est indifferent d'estre mises sur vn
fumier ou sur vn autel. Les François eurent
de la prudence en prenant des ioncs pour des
picquiers ennemys, puis qu'il est certain qu'à
la guerre, où tout peut nuire, il faut pareillement tout craindre. Mais il faut estre insensé
pour croire, que ce qui n'a point de sentiment puisse auoir des desseins de faire la guerre. Il n'appartient qu'aux Poëtes de donner
de la passion à des suiets inanimez, & de faire parler les marbres & les Rochers. Neantmoins les Orateurs se meslent de feindre,
quand ils se meslent d'aymer, & ils donnent
aux moindres de tous les reptiles, de l'ambition & de l'enuie; de la ialousie & de la cholere. Mais à parler veritablement, vous croyez
que ces fleurs ont de l'inclination pour ce beau
sein, mais sçachez qu'elles ayment mieux
estre sur vne terre detrempée, que sur vne
terre qui brusle. L'vne les tient fraisches, où
l'autre les desseichera. La neige de cette gorge n'est qu'vne belle couuerture d'vn feu secret qui consomme tout. Ces deux petites
montaignes qu'on vante tant ressemblent au
mont Gibel, qui n'a que des flammes dans ses

entrailles , quoy qu'il ait vne fuperficie glacée. Le froid & le chaud s'y entretiennent
dans vn commerce parfait. Et puis il impor-
te bien à la nature que le fein d vne Dame foit
paré ou qu'il foit nud . & fans ornement. Le
mon le ne laiffe pas d'eftre parfait, quoy qu'v-
ne Coquette ne foit pas fatisfaite dans toutes
fes bizarreries.

XVIII. Ainfi donc fi les fleurs entrent
dans vn bouquet, ce n'eft pas vn effet de leur
inclination , mais du caprice de la Bouquetiere , qui entretient les folies d'vn homme,
pource qu'elles font vtiles à l'entretien de fa
vie. Elle en choifit de plufieurs façons pour
tróper les yeux par la varieté, & faire trouuer
dans la multitude la perfection qui manque
à chaque fuiet en particulier. Elle coupe les
fleurs pour les rendre belles, ce qui monftre
qu'elles le font pluftoft par artifice que par
nature. Elle a beau en ofter les fuperfluitez
de la terre, il les faudroit toutes détruire pour
les purifier entierement. Elles tiennent toufiours de l'ordure, quelque aiuftement qu'on
leur puiffe iamais donner, & l'induftrie qui
leur fait changer de figure . . leur peut pas
faire changer d'effence. Ce meflange de fuiets & de couleurs ne fait pas tant vn beau

composé, comme vn amusement agreable;
& la Bouquetiere perd tout son temps pour
contenter la veuë d'vne personne qui ne semble viure que par les sens. Au reste ce n'est
pas sans raison qu'elle cache la racine; car si
on la voyoit, on reconnoistroit assez que ce
qu'on veut faire passer pour Diuin, n'est qu'vn
present purement terrestre. C'est ainsi que
les Peintres, pour ne pas faire voir vne bos-
se d'vne personne, n'en tirent que le visage.
Ils croyent corriger les deffauts de la nature
en les couurant par industrie. Cét or & cer-
te soye qu'on aiouste à la naifueté des fleurs
fait croire aux esprits bien faits, qu'on leur
donne vn prix estranger, pource qu'elles seroient mesprisables d'elles-mesmes. Mais
aprez tout, qu'est-ce qu'vn filet d'or sur vne
fleur, qu'vn excrement sur vn autre. L'vn
est tiré du centre de la terre, & l'autre de sa
surface. L'vn est plus endurcy par les rayons
du Soleil, & l'autre est plus égayé. L'vn
est commun, & l'autre est rare. La soye
aussi n'est que la baue d'vn ver, qu'on met
sur vn peu de terre écumeuse : & on croit
orner nos Dames par les plus viles choses du
monde! C'est la coustume de la vanité. Elle
fait mespriser des suiets illustres pour en fai-

D iij

re adorer de mefprifables. Elle fait prendre l'ombre de l'honneur pour le corps de la vraye gloire.

XIX. Nous auons veu les foins d'vn Galant & d'vne Oifeufe occupée, voyons maintenant ceux d'vne Coquette. Elle fe prend d'abord pour Deeffe, voyant qu'on luy offre des vœux, & croit qu'on prefente à fon autel, ce qu'on ne prefente qu'à fon fein. Elle ayme bien le Bouquet, mais elle ayme plus fon adorateur. La fenteur des fleurs luy plaift, mais la memoire de fon amant luy agrée d'auantage. Elle fent brufler fon cœur pendant que fa gorge fe rafraifciht. Elle manie fouuent ce nouueau prefent pour contenter fon flair auffi bien que fes yeux. Cependant qu'elle a de plaifir à contempler fa beauté qu'elle croit toute diuine au prix de ces beautez terreftres : Elle croit que les Lys n'ont point de blancheur prez de fon teint, & que les rofes les plus vermeilles font pafles quand on regarde le coloris naturel de fon vifage. L'œillet n'a point de rougeur pareille à celle de fes leures, & la Nature n'a fait que des effais pour dépeindre cette Nymphe, quand elle a crû faire des chefs-d'œuures dans les iardins. Comme elle penfe furpaffer la

varieté des couleurs de ce Bouquet, elle s'i-
magine d'ailleurs que fon haleine eſt plus
douce que l'odeur que ces fleurs exhalent.
C'eſt à ſon auis de l'Ambroſie que le Ciel refout en air. L'hiſtoire nous apprend que la
fueur d'Alexandre fentoit bon : mais cette
Reine pretenduë nous voudroit perfuader
que le muſc & la ciuette qui donnent de la
ſenteur aux autres, prennent leur fenteur de
ſon corps. Dans ces penſées d'idolatrie de
ſoy-meſme elle commence à mefprifer vn
Amant qu'elle reueroit tantoſt. Elle ſe picque de voir qu'on ne luy offre que des fleurs
penſant eſtre digne de receuoir en don toutes
les terres & tous les threfors du monde.
Mais aprez tout, il faut qu'elle ſe contente
d'vne faueur periſſable, puis qu'elle meſme
doit perir. Vn petit eſprit n'eſt pas digne
d'vn grand prefent. On l'amuſe auec vn bouquet, comme on amuſe les enfants auec vne
pomme. On ne luy donne que des fleurs pour
luy declarer que bien toſt on ne luy donnera
rien.

XX. Mais il eſt temps de vuider cette
queſtion, que nos Sages amoureux ont propoſée, & qui n'eſt pas tant vn reſultat de leur
ſubtilité comme de leur bizarrerie. Puis qu'ils

donnent des droits aux fleurs, il ne se faut pas
eſtonner qu'ils fauoriſent les femmes. Vne
vanité ſuit l'autre. Pour moy ie veux monſtrer que, comme le Bouquet ne ſert point
d'ornement au ſein, le ſein auſſi ne luy ſert
point d'ornement. Il faut donc dire qu'encore
qu'vne Bouquetiere ait perdu beaucoup de
temps à le compoſer, il ne s'enſuit pas qu'il
ſoit precieux pour cela, & que ne venant
que de ramper, il ne peut pas eſtre vn principe d'éleuation. Que s'il eſt prez du ſein, c'eſt
vn ſuiet corruptible prez d'vn autre : puis
qu'il eſt certain que ſi le Bouquet eſt vn compoſé de fleurs, toute chair eſt vne fleur de
foin, ainſi que parle l'Eſcriture. Que toutes
ces couleurs qu'on admire tant ne ſont que
des apparences illuſoires, qui ne ſe laiſſent
voir vn matin, que pour ſe cacher le ſoir.
Comme le Soleil les peint, c'eſt luy qui les
défigure, & il leur oſte leur embonpoint
aprez le leur auoir donné. Sa chaleur les vi-
uifioit, mais enfin elle les deſſeiche. Qu'au
lieu d'appeller les fleurs des ornements de la
terre, il les faut appeller ſes charges & ſes
ſuperfluitez, & que ce ne ſont pas les robes
qui releuent la dignité des ſuiets, mais ce ſont
les ſuiets qui releuent celle des robes. Que
plu-

plufieurs chofes viles ne deuiennent pas plus
confiderables pour eftre mifes enfemble, &
que ce qui naift fous nos pieds n'eft guere
propre à orner la tefte. Qu'il n'y a qu'vne
beauté parfaite qui eft Dieu , que toutes les
creatures ont plus de défauts, que de perfections, & principalement les fleurs que la nature produit pluftoft par ieu que par vn trauail regulier. Qu'vne chofe morte & indifferente de foy-mefme ne peut pas eftre vn
fujet de bien-feance , & que nous ne tien-
drions pas noftre nobleffe du Ciel , fi nous
deuions tirer noftre gloire de la terre.

XXI. Qu'on ne penfe pas que i'aye ab-
baiffé les fleurs pour releuer la vanité des
Dames. I'ay monftré les imperfections des
vnes, pour monftrer celles des autres. Ie ne
fuis ny flatteur ny Satyrique , mais ie veux
eftre fyncere. Ainfi quoy que certains efprits
prophanes ayent deifié le fein d'vne femme,
ie ne feindray point de luy ofter cet honneur
imaginaire. Ils fe perfuadent que toutes les
fleurs font comme celles du Soleil , & que
la beauté les faifant naiftre, elles ont vn inftinct naturel pour fuiure durant leur vie tous
les mouuemens de la beauté. Ie m'en vay
faire voir au contraire, que comme les fleurs

E

ne font qu'vn peu de terre, les Dames ne font
qu'vn peu de pouffiere , & qu'elles feront
bien toft des fquelettes , fi on les nomme des
Aftres. Ces foleils ne luifent que pour s'eclipfer , & pour ofter l'efclat à tout ce qui les
enuironne. Aprez tout, qu'eft-ce qu'vn fein
finon vne double éminence que la Nature a
éleuée pour nourrir des enfants d'vn legitime mariage, & non pas , comme on dit, pour
entretenir de petits Amours? Ne fait-on pas
tort au vifage, en appellant vne plus baffe partie le plus haut fiege de la beauté? Au refte,
parce qu'vne gorge eft faite en forme de deux
montaignes, n'eft-ce pas abufer des termes
que de l'appeller vn Ciel? Qu'on die ce qu'on
voudra, ce n'eft toufiours qu'vn peu d'argille
détrempée auecque du vermillon ; Vne peau
bien tenduë fur des veines compofe toute fa
grace; mais fi on la leuoit, qu'il auroit de difformité? Qu'on le regarde encor apres quelques années de Mariage , & on ne trouuera
que molleffe, où l'on trouue maintenant vne
agreable dureté. Ie parle des accidents communs , & non pas de ce qui arriue par vne
voye extraordinaire. Toutes les Dames fçauent l'hiftoire de Raymond Lulle, qui faillit
à perdre l'efprit pour auoir veu la gorge d'v-

ne Italienne. Quoy qu'il fist profession de Philosophie, il la prenoit pour Deesse, toute mortelle qu'elle estoit, & il mouroit volontairement à soy-mesme, pour ne plus viure qu'à elle. Enfin son amour auoit banny sa raison. La Dame qu'il poursuiuoit, & qui auoit encore plus de vertu que de beauté, se resolut de le guerir par le mesme suiet qui l'auoit blessé. Elle luy monstra donc son sein parfaittement beau par le haut, mais rongé par le bas de deux vlceres incurables, & luy dit auec autant d'efficace que de douceur: Monsieur, vous voyez que vous aymez ce que vous deuriez haïr. Ce spectacle surprit tellement l'esprit de Lulle, qu'abandonnant l'affection de toutes les creatures, il s'adonna tout à fait à l'amour de Dieu.

XXII. Ie sçay bien que le sein des Dames n'est pas gasté par la pourriture, mais il le doit estre vn iour. Les fleurs luy seruent d'ornement, mais il seruira de pasture aux vers. Quel esclat peut il donner à vn bouquet, s'il doit estre caché luy-mesme? N'est-il pas suiet au changement aussi bien que les Lys & les roses, & ne se flestrit-il pas sans mourir, au lieu que les autres ont cét auantage qu'elles meurent si tost qu'elles se fle-

flriffent. Et puis ces Bouquets qu'on met fur
le fein font foupçonner qu'il y a là quelque
chofe mife en vente, ou que c'eft vne Victime
qu'on n'embellit qu'à deffein de l'immoler.
Les Coquettes croyent fe facrifier à l'amour,
mais Dieu les va facrifier à fa vengeance. Il
marche le bras efleué contre elles, pource
qu'elles marchent contre luy la tefte leuée.
N'auez-vous pas lû dans la Sageffe les Difcours de quelques fols qui difent, qu'ils ne
veulent pas laiffer paffer la fleur de l'âge, pour
fonger à vne eternité qui ne paffera iamais.
Qu'ils fe doiuent couronner de rofes deuant
qu'elles fe fanent, & que leur luxe tirant tri-
but de toutes les prairies, il faut qu'ils y
laiffent des marques d'vne belle diffolution.
Que la penitence doit eftre pour ceux qui
attendent vne autre vie, mais que pour eux ils
ne fongent qu'aux plaifirs de celle cy? Pourueu qu'ils fe facent vn Paradis en ce monde, ils
ne fe foucient pas d'en auoir ailleurs vn autre,
croyent auec Mahomet que l'Enfer n'eft pas
fait pour ceux qui auront efté mefchans,
mais pour ceux qui auront efté miferables.
Vous trouuerez parfois des Coquettes qui
ne feront pas moins voluptueufes que ces
gens là, bien qu'elles ne foient pas fi impu-

dentes deuant le monde. Elles penfent eftre
creées pour porter des fleurs, & non pas pour
fupporter aucunes charges de la vie. Pouruco
que leur fein foit embelly, la laideur de leur
ame leur eft moins qu'indifferente. Cependant nous deuons nous couronner de rofes,
eftant membres d'vn chef couronné d'efpines?

XXIII. Vne Chreftienne a-elle d'honneur de monftrer vne gorge delicate,
voyant fon Roy defchiré de playes ? C'eft en
vain qu'on dit qu'elle eft trop belle pour ne
pas eftre defcouuerte. La beauté d'vne fille
de l'Eglife doit eftre comme celle de fa Mere,
c'eft à dire, elle doit eftre cachée au dedans.
Autrement il y a danger qu'on ne penfe qu'on
laiffera poffeder facilemét, ce qu'on laiffe voir
fans difficulté. L'Apoftre ordonne aux femmes de fe tenir la tefte couuerte, & elles fe
découurent le fein ? L'effronterie n'eft pas
bannie abfolument, quand on la chaffe d'vn
lieu pour la faire regner en l'autre. Les femmes ne bleffent que trop les hommes par des
traits inuifibles, fans qu'elles s'eftudient à
les bleffer vifiblement. Cachez, difoit Ter-
tulien aux Damoifelles de fon temps, cachez
ces vifages qui ont ietté, pour ainfi dire, des

ſcandales iuſques dans le Ciel, & ont rendu
les enfans de Dieu adorateurs des filles des
hommes. On peut dire auſſi à celles de noſtre temps; cachez ces gorges que vous deuriez tenir couuertes auec d'autant plus de
ſoin, qu'elles ne ſe produiſent que trop par
leurs éminences naturelles. Si ce ſont des
montagnes de feu, comme diſent les Profanes, peuuent-elles auoir de la charité en brû-
lant volontairement nos cœurs ? Se doiuent-
elles ſeruir de leur ſein pour tuer les hommes
veu qu'il ne leur a eſté donné que pour leur
conſeruer la vie? C'eſt en vain qu'on appelle
bien-ſeance tout ce qui choque la modeſtie.
On ne peut pas attendre d'honneur d'vn ſuiet d'ignominie. Certes vne Dame eſt bien
maigrement loüée, quand laiſſant ſes autres
belles qualitez on la loüe pour ſon ſein &
pour vn bouquet, ſans faire mention ny de
ſon eſprit, ny de ſa vertu. Aprez tout, la gloire qui depend de deux principes qui ſe fle-
ſtriſſent tous les iours ne peut pas durer long
temps. Or ce que i'ay dit iuſques icy ne viſe
pas à décrier la gentilleſſe des Dames, mais
à blâmer le luxe & la vanité; i'honore celles
qui ſont vertueuſes, comme ie mépriſe des
Coquettes. Ie ne veux pas bannir du com-

merce vne galanterie innocente, mais ie n'y
en puis fouffrir vne criminelle. Enfin i'efpar-
gne la beauté, mais ie n'efpargneray iamais
l'impudence. On ne doit pas defaprouuer les
plaifirs indifferents des Dames , mais ceux
qui font deffendus ne peuuent eftre approu-
uez legitimement.

LES
PLAISIRS
DES DAMES.

LE COVRS.

I. **I**L semble que les Chreſtiens ont raiſon de croire ce que les Payens ont dit du Soleil, à ſçauoir qu'il ſe promenoit dans le Ciel, auec vn char de lumiere, car on void pluſieurs Soleils animez, qui ſe promenent ſur la terre dans vn plus haut appareil de gloire. Ils ſont celeſtes quoy qu'ils ſemblent eſtre mortels, & ſi leur eſclat touche nos corps, leur chaleur bruſle nos ames. Or bien que leur nombre ait multiplié, ils ne laiſſent pas d'eſtre incomparables.

Ils

Ils ont tous les perfections generales de leur
espece, & chacun en a qui luy sont particulieres. Qu'on ne parle donc plus de ces courses
fameuses, où ceux qui portoient des lampes sans les esteindre estoient les vainqueurs.
Les soleils qui sont dans ce Cours nous font
oublier les lampes des autres, & il y a plus
d'honneur pour les hommes d'estre vaincus
en cette lice, que d'emporter le prix ailleurs
en qualité de vainqueurs. On dit que le Parlement DES PAIRS s'appelloit antresfois
ambulatoire, pource qu'il suiuoit tousiours
nos Princes, & dans la guerre, & dans la paix:
voicy le Parlement ambulatoire des Reines.
Au reste, nous prendrions nos Dames pour
tout autant d'Aurores qui portent le iour
dans leur char, si elles ne paroissoient sur le
declin de la iournée. Pour le moins on peut
dire que ce sont les Minerues de la terre, & les
Dianes des Villes. Il n'y a eu que des Deesses
fabuleuses, mais voicy de veritables Nymphes, qui ne sont esleuées hors de terre, que
pour monstrer qu'elles meritent vn Ciel. Elles prennent apparemment possession de l'air,
pour auoir vn domaine encore plus haut.

II. Mais qu'admirerons nous plustost
dans cette assemblée mouuante, ou la ma-

F

gnificence ou la beauté ; ou la varieté, ou l'a-
gréément. Quand ie dirois que toute la
grandeur se rassemble en vne ligne pour paraistre plus adorable, ie parlerois plustoſt par
verité, que par flatterie. On dit que Paris eſt
le Miracle du monde, & l'on voit au Cours
tous les Miracles de Paris. Sainct Auguſtin
deſiroit de voir autresfois ces triomphes incomparables, où l'on voyoit des Roys captifs, & toutes les richeſſes de l'vniuers ramaſ-
fées dans vne ville. Toute la terre ſembloit
eſtre tributaire d'vn petit coin de pays. Faiſons des ſouhaits modernes pour des obiects
qui ſont plus nobles que toutes ces pompes
de l'Antiquité. Celuy qui n'a rien veu de
grand dans l'Europe, doit venir à la promenade, pour luy voir eſtaler tout ce qu'elle a
de plus magnifique. Outre que les Reines s'y
rencontrent quelquefois, on y voit touſiours
des Princeſſes, dont les qualitez perſonnel- .
les égalent celles de leur naiſſance. Marc Au-
rele triompha de la Reine Zenobie, mais ces
Imperatrices triomphent de tous les hommes. Les autres Dames ne laiſſent pas d'e-
ſtre glorieuſes, bien qu'elles ne ſoient pas ſi
nobles ; elles n'ont pas tant de pompe, mais
elles ont beaucoup de pouuoir. Elles mei-

nent des captifs qui ne font pas attachez par des chaifnes d'or, mais par des liens d'amour. En vn mot, on n'a cônté ailleurs que fept prodiges de l'art, mais on en voit icy vne infinité de la nature.

III. Mais la beauté n'a pas moins d'éclat en cette occurrence que la grandeur. Vous ne fçauez fi c'eft la magnificence qui la releue, ou fi elle releue la magnificence. Tout ce qui peut flatter le cœur & les yeux fe découure icy d'vne feule veüe. Ne regardez pas cet appareil exterieur de houpes & de parures ; ce feroit iuger d'vn Sanctuaire par le dehors. Ne confiderez pas ces habits magnifiques, ce font des voiles qui nous cachent toutes les Graces. Puis que les accidens mefmes de la beauté font fi rauiffants, que deuons nous penfer de fon effence : Remarquez feulement ces beaux vifages, qui font pluftoft des portraicts viuans de la vertu, que des chefs-d'œuures vifibles. Ils font entre le Ciel & la terre; pource que ce n'eft que par contrainte, ou par compaffion qu'ils demeurent parmy nous. Ils s'en efloignent fans nous quitter. Icy vous voyez vne belle brune qui a des yeux lumineux auec vn teint fombre, & qui affemble en vn mefme fu-

iet, vn peu de noirceur auec vne blancheur
diuine. Là vous apperceuez vne blonde,
dont les cheueux ayant vne plus belle couleur que l'or, femblent auffi plus precieux
aux Amants; & c'eſt vne merueille de voir
en elle vne vigueur celeſte, auec vne foup-
pleſſe admirable de la charnure. Mais ſi nous
ſommes obligez à ces rares obiets qui ſe laiſſent voir, nous n'auons pas moins de ſuiet
de nous offencer contre ces maſques qui nous
cachent tout ce qu'il y a de plus viſible dans
le monde. Il eſt vray que ce qu'il y a de plus
beau dans cette illuſtre compagnie, c'eſt que
vous y eſtes honoré des perſonnes que vous
ne connoiſſez pas, comme de celles qui vous
connoiſſent. Quelque eſtranger que vous
ſoyez, vous y eſtes ſalüé, & celles qui ne daigneroient pas de vous regarder ailleurs, vous
donnent icy des œillades fauorables.

IV. Au reſte n'eſtes vous pas rauy de
cette excellente diuerſité qui compoſe vne ſi
belle multitude. Ie ne feray point mention
icy des carroſſes & des cheuaux, ne faiſant
eſtat que de conſiderer les perſonnes. Vn
autre pourroit dire, que ces animaux ont vn
orgueil genereux de ſe voyr employez à vne
ſi belle ceremonie, & que s'ils ſe plaiſent à

feruir Mars, comme vn Ancien a remarqué,
ils ne fe plaifent pas moins à feruir la Deeffe
de l'Amour. Les carroffes pareillement femblent triftes ou triomphans, fuiuant la condition des perfonnes qu'ils portent, & le deuil
qui en couure quelques-vns, rend les parures
des autres plus agreables. Mais faites vne reflexion particuliere fur la condition des perfonnes auffi bien que fur leur humeur. Icy
vous voyez vn Anglois, là vn Italien & vn Al-
lemand, & les peuples qui fe font la guerre
ailleurs s'accordent icy dans vne paix agreable. Vous voyez d'autre cofté vn Prince &
vn Magiftrat, vn homme d'efpée & vn homme de robe longue, vne Dame & vn Damoi-
feau. Contemplez ce ieune frifé qui brufle
prez d'vne Damoifelle toute de glace. Regardez ce Melancolique qui prend la plus belle
compagnie du monde, pour vne afreufe folitude. Il s'afflige d'autant plus qu'il voit plus
refiouïr les autres. Confiderez encor ce fi-
lence morne qui regne mefme parmy les perfonnes les plus gayes ; leurs yeux font taire
leur bouche. Chacun fe fait icy regarder, &
cependant chacun n'y eft que pour voir.
Vous croyez auoir découuert toutes les raretez du Cours, & vous n'en auez veu qu'v-

ne partie. Les vnes viennent quand les autres paſſent. Vous trouuez vn commencement où vous penſiez trouuer la fin.

V. L'agréement naiſt de cette belle diuerſité, puisqu'il eſt certain que la bigarrure des choſes nous deſennuye, au lieu que l'vniformité nous laſſe. Et puis l'eſprit prend d'autant plus de plaiſir en cette aſſemblée, qu'il y vient deſchargé de toutes ſes peines. Le corps y gouſte la pureté de l'air, & l'ame s'y repaiſt par l'ouïe & par la veüe. Mais encore que peut on ſouhaitter pour la ſatisfaction du cœur, qui ne s'y trouue en effet? Si on aime l'honneur, on voit icy r'aſſemblées toutes les ſources de la gloire qui ſont reſpandües ailleurs. Si la bonne compagnie nous plaiſt, voicy la compagnie des Graces. I'oſe dire encore, qu'elle a d'autant plus de charmes, que les perſonnes qui ont de défauts en particulier s'efforcent de les cacher en public. Enfin ſi les belles choſes nous récréent, ce lieu ſemble eſtre le centre de la beauté. Ce qu'on ne peut voir ailleurs qu'auec beaucoup de peine, ſe découure icy ſans difficulté. Enfin on ne peut douter que ce ne ſoit le ſeiour des vrays plaiſirs, puis que les perſonnes du monde les plus heureuſes y viennent chercher vne

nouuelle felicité. Que doiuent donc attendre celles à qui le malheur peut mieux faire
gouster la douceur des prosperitez?

VI. Voila ce qu'on peut dire en faueur
du Cours, qui est vn des principaux plaisirs
des Dames; mais voicy ce qu'on peut dire à
son desauantage, pour les rendre vn peu tri-
stes au milieu de leurs contentements. Il faut
donc qu'on se represente que ces Soleils qu'on
a tant loüez sont tousiours capables d'éclipse, & que bien souuent ils n'ont de l'éleuation que pour faire vne cheute plus lamen-
table. Ce qui est grand ne s'abaisse iamais
dans la mediocrité. Au reste, s'ils reluisent
maintenant, ils seront quelque iour obscur-
cis dans vn tombeau. Ils se promenent parmy la poussiere, pour apprendre mesme dans
leurs plaisirs qu'ils ne sont que poudre &
cendre. Il ne faut mesme qu'vn mauuais iour
pour les empescher de paraistre. Tant il est
vray que nous n'aurons iamais de parfaits
plaisirs que dans l'eternité bien-heureuse:
ceux de cette vie dépendant du temps n'ont
aucune asseurance que dans vne incertitude
perpetuelle. Outre qu'on pourroit dire que
s'il va des astres au Cours, il y va aussi des
cometes. Il y a bien des laides, s'il y a de

beaux vifages. Plufieurs ne fe laiffent pas voir
à découuert, parce qu'elles ne fçauroiét eftre
veües qu'auecque honte, & non pas pource qu'elles mefprifent la gloire. Ne portons
donc pas de la boüe dans le Ciel ; ne nous
imaginons pas qu'il y ait beaucoup d'éclat
dans le monde, quoy qu'il y ait beaucoup
de vanité. Nous appellons plufieurs Dames
des Soleils, qui feront des tifons d'Enfer. Ce
ne font pas des Deeffes, mais des Megeres.
Vous en eftimez quelques vnes fort retenuës
au Cours, qui font peut eftre coureufes. Il
n'appartient qu'à Dieu de canonifer les perfonnes deuant & aprez leur mort : il y a des
fuiets qui peuuent accoiftre noftre admiration, mais nos admirations n'accroiffent pas
leur merite.

VII. Pour la magnificence du Cours, ie
trouue qu'à la bien prendre elle tient de la
baffeffe. En effet peut-on trouuer vne veritable grandeur dans vne pompe qui finit
prefque à mefme temps qu'elle commence?
L'honneur n'eft iamais legitime, s'il n'eft
durable. I'auoüe que le monde fait voir au
Cours tout ce qu'il a de plus rare, mais c'eft
pour ne le plus faire voir. Ille cache à mefme
temps qu'il nous le monftre. Les plus excellens

lens obiets qui fe produifent à nous ne paraiffent qu'en fe dérobant à nos yeux par
vne courfe continuë. C'eft pour leur apprendre que bien qu'ils fe puiffent flatter
d'immortalité, ils doiuent paffer & ceder la
place à d'autres. Leur maiefté n'eft pas affeurée, puis qu'elle eft ainfi mobile. Qu'on
appelle donc cette promenade vn triomphe,
c'eft vn grand mot qui fignifie peu de chofe.
On dit qu'vn Payen conceut vn grand mefpris du monde, fur ce qu'il vit en moins d'vne
heure toutes les richeffes de l'vniuers éta-
lées dans vne Ville. Il ne pût pas s'imaginer
qu'Alexandre deuft pleurer de n'auoir pas
conquefté plufieurs mondes, puifque cet-
tui-cy eftoit indigne de fes conqueftes. Enfin il n'eut plus de peine à croire que la terre n'eft qu'vn poinct au prix du Ciel, ayant
veu dans vn clin d'œil tout ce qu'elle con-
tenoit de plus admirable. Quand la nuit a
fait du Cours vn defert, où eft la fplendeur
du iour? Où font tant de belles Dames qu'on
nommoit Imperatrices, comme fi ce n'euft
pas efté affez de les appeller Princeffes ? Elles font enfeuelies pour vn temps dans vn lin-
ceul, pour fe fouuenir qu'elles le feront pour
iamais. Ces Soleils ont paffé comme vne om-

G

bre. Il n'y a pas feulement de l'herbe où la
Maiefté paraiffoit dans l'éleuation. Aiouftez
à cela que la confufion qui en femble faire la
plus haute gloire, fert à humilier les Dames.
On void les Grands marcher indifferemment
auec les petits, & des Dames d'eminente
condition, qui fuiuent quelquesfois de fim-
ples bourgeoifes. Ceux-là mefmes qui font
les mieux accompagnez ailleurs, laiffent icy
leur fuite. Vous diriez que ce lieu qui eft vn
des plus doux diuertiffements de la vie, n'eft
qu'vne meditation continuelle de la mort. On
auertit les perfonnes de la plus eminente condition que puis qu'elles femblent aller de pair
en cette vie auec les autres, elles doiuent
croire qu'en l'autre il n'y aura point de difference de condition, que fuiuant les diuers
degrez de merite ; & que les plus grands
Roys fe verront fans fuite & fans gardes deuant la Maiefté de IESVS-CHRIST.

VIII. Si la grandeur a de la baffeffe, la
beauté fans doute aura quelque peu de difformité. Tous ces beaux vifages ne fe laiffent voir qu'en paffant, pource qu'ils femblent craindre, que fi on les regarde long-
temps, on n'y trouue autant de défauts que
de perfections. Plufieurs ont raifon de fe

masquer depeur de nous offencer la veuë en
nous produisant leurs yeux. La laideur mesme se peut faire croire belle lors qu'elle est
ainsi cachée. Mais on la découure auec d'autant moins de peine, que les suiets qu'elle af-
fecte ont plus de peine à la couurir. De celles là mesmes qui se laissent voir, combien
peu y en a-il qui ne nous monstrent plustost
du blanc d'Espagne, qu'vne blancheur naturelle? Ce vermillon ne vient pas de leur sang,
mais de leur art. Quelques vnes semblent
sousrire agreablement, qui n'ont que des
dents d'iuoire. Au reste, plusieurs font bien
d'aller en carrosse, car on ne reconnoist pas
qu'elles font boiteuses, quãd elles ne marchent
point. D'autres font petites à la maison comme des Poupées, qui entassent tant de cous-
sins les vns sur les autres, qu'elles paraissent
des Amazonnes de Ville. Enfin la pluspart
ont raison de prendre des habillemens magnifiques, pource que leur beauté consiste
plustost dans leurs vestemens, que dans elles-mesmes. Vn Sainct se plaignoit contre
les personnes qui aimoient mieux auoir vn
bon cheual, qu'vne bonne ame; icy la beauté du carrosse & des cheuaux releue quelquefois les disgraces naturelles d'vne Dame.

Mais aprez tout, quel plaifir y a-il à voir des beautez muettes, & qui vous faluent pluftoft par vne efpece de defdain, que par vn principe de refpect. Elles rendent le mefme deuoir à vn vilain qu'à vn honnefte homme, Et puis quel efclauage pour vn homme d'eftre obligé à ne rendre pas moins de compliments à des mafques, qu'à des perfonnes? Enfin le peu de temps que la beauté fe fait voir au Cours, luy reprefente la briefueté de fa durée; elle eft adorée pour ne l'eftre plus. Le carroffe qui l'emmeine vers fon hoftel, l'emmeine vers fon tombeau.

IX. Au refte cette varieté qu'on admire n'eft proprement qu'vne bizarrerie approuuée. Ie ne diray pas icy qu'ordinairement il n'y a guere d'excellence, où il y a vne grande multitude de fuiets, & qu'il n'y a que ce qui eft rare, qui foit fort confiderable. Laiffons ces reflexions generales, pour dire des veritez plus particulieres. N'eft-ce pas vne eftrange confufion, où l'on ne regarde pas moins les cheuaux que les perfonnes, & où tous les ordres du mon le font renuerfez pour le diuertiffement des Dames? Les trois Eftats ne font apparemment qu'vn mefme nombre; le roturier precede le Gentilhom-

me ,. & vous auez bien de la peine à diſtinguer les Dames d'auec les ſuiuantes. Qui peut
donc trouuer de la ſatisfaction dans ce déſor-
dre, cherche le Paradis dans l'Enfer. Que ſi la
veuë meſme des perſonnes vous bleſſe, n'attendez pas que leurs humeurs vous agréent.
Vous verrez d'vn coſté des viſages qui
vous choquent par vne trop grande retenuë, & ſemblent vous contraindre dans vn
lieu où doit regner la liberté. D'autres vous
deſplaiſent d'autant plus qu'elles s'efforcent
de vous plaire d'auantage par vne legereté
affectée. Vous ne les voudriez voir ny me-
lancoliques ny ioyeuſes. Que ſert-il à ce ieune muguet d'eſtre aiuſté comme vne poupée, s'il eſt muet comme vne ſtatuë? Que
ſert-il à toute cette compagnie d'auoir les
plus belles bouches du monde, ſi elles ſont
condamnées au ſilence? On ne parle pas icy
par des termes articulez, mais par des ſignes
eloquens. Et ce qui eſt plus inſupportable
que tout le reſte, on eſt contraint de faire la
cour, au lieu de faire la promenade. Il faut
vſer de reſeruë, où l'on cherche du relaſche. De plus, la viciſſitude qu'on remarque
dans le Cours rend ſa pompe imparfaite,
quoy qu'on s'imagine qu'elle contribuë à ſa

perfection. En effet pour y voir de belles
choses, il faut cesser d'en voir d'autres. Vn
soleil couure son semblable, & lors que nous
auons trouué vn suiet d'agréement, il nous
le faut abandonner. La priuation suit icy la
possession, & la possession la priuation. Il
arriue mesme bien souuent que la veuë d'v-
ne laide corrompt les belles especes qu'vne
belle auoit enuoyées à nos yeux. Aprez tout,
cét ordre continu de carrosses n'est iamais
sans desordre & sans embaras; & la confusion
qu'on peut éuiter ailleurs, regne icy necessairement.

X. On voit par là qu'on trouue tous-
jours quelque sorte de desplaisir où l'on a
trop de soin de chercher de l'agréement.
Et qu'on ne die point que l'esprit se plaist
d'autant plus en ce lieu, qu'il y vient pour
s'exempter de toutes les peines. Combien y
a-il de personnes dans le Cours qui pleurent
dans leur cœur, & rient en apparence? Combien y en a-il de touchées ou d'Amour ou
d'enuie? Celuy-là porte vne flesche qui le
perce, qui cependant semble le plus sain
homme du monde. Celle-cy paraist au
Cours pour faire croire que les affaires de sa
Maison ne vont pas si mal comme l'on dit,

puis qu'elle se relasche dans ses disgraces ; & cependant elle sçait bien, qu'encore qu'elle ne soit pas si sage|que cét Ancien, elle peut dire neantmoins auecque luy, qu'elle porte tous ses bien auec elle-mesme. Vne autre se fasche de voir que celles qui sont de plus basse extraction qu'elle, le portent pourtant plus haut. C'est ainsi qu'on peut verifier que le Cours est plustost vn mouuement asseuré des passions & des inquietudes, que le siege du repos. Au reste, comment peut-on prédre de l'air, où l'on ne respire proprement que de la poussiere, & appelle-t'on promenade vne foule & vne presse continuelle? De moy ie puis protester que ie n'y ay iamais esté pour m'esgayer, que ie n'en sois reuenu triste, & i'en ay plustost composé vn mal de teste, qu'vne satisfaction d'esprit. I'auoüe qu'on y découure quantité d'illustres objets, mais ce n'est qu'atrauers des nuages de la terre ; outre qu'en ces diuertissements plusieurs aimeroient mieux voir regner l'Amour que l'honneur. Vous estes en fort bonne compagnie, & cependant vous ne parlez que par les yeux. Ces Graces que vous reuerez sont, ou muettes, ou éloignées de vous. Quel plaisir d'apperceuoir tant de

beautez, fi voftre efperance doit s'eftein-
dre quand voftre defir s'allume? On aborde
icy les Princefses quand on veut, mais c'eft
pour les reuerer publiquement, & elles ne
fe laiffent voir, que pour nous paraiftre plus
adorables. Elles femblent nous donner de la
liberté, pour nous donner plus de contrainte. Enfin s'il vient des perfonnes heureufes
au Cours, c'eft pour nous mieux faire reconnoiftre nos malheurs. Deuons nous eftre
bien aifes d'eftre en vn lieu où nos infortunes
croiffent par l'oppofition de la bonne fortune des autres?

XI. Ce difcours ne tend pas à troubler vn
des plus doux plaifirs des Dames, mais à le
regler. Perfuadons nous que nous marchons
toufiours dans vne valée de larmes, quoy que
la ioye nous meine au Cours. Figurons nous
encore, qu'autant de pas que nous y faifons
ce font tout autant de degrez qui nous mei-
nent à la mort parmy toutes les fatisfactions
de la vie. Sainct Auguftin a raifon de dire,
que chaque moment de noftre âge eft vn
Cours continuel vers l'éternité. Nous faifons plus d'vne iournée de ce voyage, en
faifant vne heure de promenade. Enfin puis
que nous fommes bannis fur la terre, nous ne
deuons

deuons fonger qu'à triompher dans le Ciel.
De toutes les Dames du monde il n'y en a
proprement d heureufes, que celles qui fuiuent l'Agneau par tout où il va. De tous les
hommes les plus auantagez font ceux qui
font emportez comme Helie dans vn char de
feu, & qui courent fans toucher, pour peu
que ce foit à la terre. Songeons encore au
Cours de fainct Paul, pour auoir le prix
aprez auoir eu de la peine dans la carriere de
ce monde. Penfons à paraiftre dans la vallée de Iofaphat, & nous ne nous foucierons
pas tant de nous produire dans vne plaine d'a-
gréement. Enfin, fouuenons nous de ce que
dit vn Docteur dans la Bibliotheque des Peres, à fçauoir que le Diable a fes proceffions
auffi bien que Dieu, & que la vanité affemble plus de perfonnes, que la gloire du Roy
des Roys. L'Efcriture dit qu'il y a des pe-
cheurs qui vont en vn moment en Enfer,
mais il y a des perfonnes qui y vont en carroffe pour y arriuer plus vifte. Ce n'eft pas vn
Pluton fabuleux qui rauit des Proferpines
dãs fon char, c'eft Lucifer qui rauit des Chreftiennes dans le leur. Peuuent-elles fe refiouyr
fe voyans dans vn danger continuel d'vn malheur fi effroyable ?

H

LES
PLAISIRS
DES DAMES.

LE MIROIR.

N'Accvsez point Narcisse, mes Dames, de ne payer que de froideur, les plus grandes ardeurs de l'amour des Nymphes, & de brusler d'affection pour soy-mesme, en se voyant dans la glace d'vne fontaine. Plusieurs de vostre sexe estant plus belles que luy, sont encore plus insensibles. Elles voyent dans l'indifference l'embrasement de nos cœurs, & conçoiuent des feux, pour elles-mesmes par l'opposition d'vn cristal glacé qui les represente. Elles ont encore

cét auantage fur lautre, qu'elles ne font pas
punies comme luy , bien qu il fuft innocent,
au lieu qu'elles font coupables. Il prenoit fon
ombre pour vn corps folide , & ne mourut
pas tant d'amour qu il euft pour foy-mefme
que de celle qu'il portoit à vn amy pretendu , qui fe laiffoit voir fans fe laiffer poffeder. Mais ces belles dédaigneufes s idolâ-
trent veritablement en mefprifant tous les
hommes; elles nous hayffent en effet, & en
apparence , pour s'aimer en effet & en figure. La vanité leur perfuade facilement qu'elles font Deeffes, voyant qu'elles fe trouuent
en plufieurs lieux, & que la froideur mefme reçoit les rays de leurs yeux fans offencer ces deux foleils.

II. Elles ont mefme tant de paffion pour
leur beauté , que dans l'agréement qu'elles
prennent à la regarder en diuers endroits,
elles ont quelque forte de déplaifir , de ce
qu'elle n'eft pas également veüe par tout.
Elles fouhaitteroient volontiers auec Olide,
que toutes les rües où elles paffent fuffent
pleines de miroirs, comme leur chambre, fe
perfuadant qu'elles auroient autant d'adorateurs de leur perfonne ou de leur image,
qu'elles auroient de fpectateurs. Mais ces

vœux ne pouuant pas auoir leur effet, elles
se regardent en particulier, ne pouuant pas
estre tousiours regardées en public, & ne se
contentent pas d'auoir des miroirs dans le
cabinet, mais encore elles en portent à la ceinture. Elles veulent tousiours auoir le moyen
de s'admirer, s'estimant tousiours des Miracles de la nature, & des abregez des Graces.
Pour le reste, elles sçauent bien que leur image nous est assez grauée dans l'interieur, sans
qu'il soit besoin de l'imprimer à nos yeux par
des apparences exterieures. Si nostre cœur
auoit des fenestres, comme vn Ancien le de-
siroit, elles s'y pourroient mirer dans les
flammes, comme elles se mirent maintenant
dans vne glace. Contemplons les dans la
complaisance qu'elles ont à s'y regarder, &
taschons de descouurir les admirables qualitez
que le miroir tient tant de l'art que de la nature; aprez nous considererons si ce sont les
yeux des Dames qui peignent le fonds de la
glace, ou si c'est le fonds de la glace qui rem-
plit les yeux des Dames. Enfin nous exami-
nerons si l'image qu'on apperçoit respond
parfaictement à son exemplaire, ou si l'e-
xemplaire est plus beau que son image.

 III. Qu'on ne rapporte point l'inuen-

tion des miroirs aux reflexions de l'Optique,
veu que ce font pluftoft des productions de
la nature, que des fruicts de l'induftrie Comme de toute Eternité, il y a eu vn miroir en
Dieu, qui eftant la fplendeur du Pere, & la
figure de fa fubftance reprefente fa nature
en la receuant, on peut dire que dans le temps
Dieu a produit des Miroirs au dehors pour fe
rendre vifible, tout inuifible qu'il eft. Que
les Theologiens recherchent tant qu'ils vou-
dront fi l'on peut voir Dieu par vne efpece,
il eft certain nonobftant toutes ces doutes,
que toutes les creatures font comme des efpeces qui nous monftrent ce qu'il eft, quoy
que ce ne foit pas dans vne parfaite clarté. IE-
SVS-CHRIST ne difoit-il pas qu'en le voyant
on voyoit Dieu fous l'apparéce d'vn homme;
& quoy que la Diuinité n'ait point de corps,
neantmoins toute fa plenitude habitoit en
luy corporellement. L'Efcriture dit d'vne
part que le Seigneur loge dans vne lumiere
inacceffible, & que fon throfne, quelque
éclattant qu'il foit eft enuironné de tenebres;
mais d'ailleurs elle nous affeure que Dieu a
marqué fur noftre front la lumiere de fon
vifage. Nous deuons bien auoir de l'humilité, mais nous ne pouuons conceuoir de

baſſes penſées de noſtre grandeur, ſi nous
conſiderons qu'eſtans faits d vn peu d'argi-
le, nous ſommes pourtant faits à la reſſemblance de l'Eſprit des Eſprits, que l'Eſcole
appelle Acte pur.

IV. Or comme Dieu s'eſt repreſenté
dans toutes les Creatures, & particuliere-
ment dans l'homme, il a voulu auſſi que les
Creatures ſe peuſſent repreſenter reciproc-
quement, & que l'homme qui eſt ſon image, pût eſtre Original en vn autre ſens. N'eſt-
il pas vray que les effets ſont des portraicts de
leurs cauſes, & que les corps celeſtes font de
merueilleuſes impreſſions de leur reſſemblance dans la conſtitution de ceux de la terre?
N'y a-il pas de petits ſoleils dans nos yeux,
s'il y en a vn grand au deſſus de nous, & ces
feux perpetuels du firmament ne luiſent-ils
pas dans l'humidité de noſtre prunelle ſans
l'épuiſer? Ie ne parle point icy de tant de
rapports occultes qu'ont diuers ſuiets auec
les Planetes : ces ſecrets ſont bons à deuelop-
per à ceux qui entendent le langage du Ciel,
pour moy ie n'entens que celuy de ce bas monde, ie n'y découure rien qui ait vne eſſence
qui n'ait quelque tableau qui la repreſente.
Les montagnes ſont immobiles, & neant-

moins elles s'esparpillent par l'air sinon dans
leur grosseur naturelle , pour le moins dans
les images qu'elles enuoyent à nostre œil.
Les forests s'y representent sans l'ombrager,
& vous diriez que toutes choses sont dans
nostre œil, ou que nostre œil est dans toutes
choses. Mais il ne se faut pas estonner que
les substances ayent des portraicts de leur
essence , veu que les accidents mesmes ont
des especes qui nous les rendent visibles. C'est
par leur moyen , que la blancheur qui n'est
qu'en vn seul suiet , semble estre par tout.
Vn bruit qui se fait prez de la plus haute region de l'air, se fait entendre dans la plus basse , vne voix qui ne sort que d'vne bouche
frappe toutes les oreilles d'vne assemblée, &
vne odeur fort esloignée de nous s'en approche par vn miracle naturel.

V. Toutesfois il n'appartient qu'à l'homme d'auoir des images sur la terre , pource
que s'il est fait à la ressemblance du Createur,
toutes les creatures corporelles semblent
estre faites à sa ressemblance. Il contient tout
ce qu'il y a de plus pur dans les Elements,
& de mieux composé dans les mixtes Enfin
c'est le petit monde , sur qui le grand semble
estre contretiré. Si nous le considerons en

particulier , aprez cette veuë generale nous trouuerons que ſa face eſt le Miroir de ſon eſprit , & que la Beauté meſme n'eſt que l'image de ſon corps. Ie ne dy point icy que les peres ſe repreſentét dans leurs enfans , & que ceux qui ſont morts depuis pluſieurs ſiecles viuent encore auiourd'huy dans leurs Eſcrits. Ie n'aiouſteray point que, comme ils ſe tiennent lieu de theatre les vns aux autres, ainſi que parle Seneque , ils ſe tiennent lieu de ſpectacle. Ie veux parler des Miroirs qu'ils ont hors d'eux-meſmes, aprez auoir parlé de ceux qui leur ſemblent eſtre eſſentiels , & conſiderer les agréemens de noſtre nature , aprez auoir conſideré ſes proprietez. Quoy que toutes choſes ſemblent ſe pouuoir mirer en quelque maniere, il n'y a que l'homme qui ſe mire par raiſon; les animaux ſe voyent dans l'eau, mais ils ne s'y connoiſſent pas. Tout ce qui vole dans l'air, nage dans vne riuiere, mais il ne laiſſe pas d'eſtre apparemment inuiſible, ſi nous ne l'apperceuons. Preſentez vne fine glace à vne poupée, tous ſes traits y feront repreſentez , & neanmoins quoy qu'elle ait des yeux, elle ne les découurira pas. C'eſt qu'elle n'a ny ſentiment ny raiſon, comme les beſtes n'ont point de raiſon,

bien

bien qu’elles ayent du fentiment.

VI. C’eft l’homme qui fe regarde par reflexion, mefme lors qu’il fe voit par vne ligne directe ; il ne découure pas feulement
fon image, mais encore il y reconnoift l’e-
xemplaire. Enfin aprez auoir regardé la reffemblance dans l’effet, il la contemple dans
le principe. Il n’appartient donc de fe mirer
qu’à vn fuiet capable d’admiration ; il doit
pouuoir comprendre fes perfections deuant
que d’en auoir vne veuë manifefte. Il faut
que pour cette fin vne nature ait vne intelligence voyante, pour ainfi dire, & vne
veuë intelligente. Or c’eft vne prerogatiue
que les Dames poffedent auecque nous ; elles ont de beaux yeux, mais elles ont l’efprit
encore plus beau ; elles fçauent prifer leurs
attraits auffi bien que les apperceuoir dans
leur reprefentation. Enfin elles entendent
l’art de fe recueillir au dedans d’elles-mefmes lors qu’elles en femblent fortir pour fe
produire au dehors. Mais laiffons pour vn
temps l’eloge des Dames pour faire celuy
du Miroir. Nous n’offençons pas leur perfonne en honorant leur image. Les loix nous
ordonnent de reuerer le portraict des Reines,
auffi bien que leur Maiefté. Il eft vray que

I.

ie ne fçay fi nous deuons pluftoft regarder la
matiere de cette glace que fa forme , & fon
effence que fes proprietez merueilleufes. Qui
croira que le Soleil ait produit par fa chaleur
vn fuiet fi froid, pour les foleils de la terre?
Il a premierement formé du criftal d'vne ex-
halaifon, & d'vne vapeur , & rendu quelques
parties de terre & d'eau auffi pures & éclat-
tantes que peuuent eftre celles du Ciel. On
dit que les perles ne fe trouuent que dans la
mer , mais on trouue des perles liquides fur
les montagnes qui s'endurciffant peu à peu
gardent toufiours vne mefme confiftance.

VII. Ie fçay bien qu'on me dira en cét
endroit qu'vne belle glace eft pluftoft vne
production de la terre que du Ciel , & que
l'ardeur du flambeau general du monde qui
rarefie tous les fuiets , ne les fçauroit épaif-
fir. Mais à quoy peut-on rapporter l'éclat du
criftal, qu'à la fource de la lumiere, & peut
il receuoir les impreffions de fes rayons fans
receuoir celle de fon pouuoir? Ne voyons-
nous pas que le chaud produit le froid, non
pas par vne vertu formelle & vniforme,
mais par vne contrarieté reguliere , qu'on
appelle antiperiftafe? Il y a des inimitiez dans
les elements, auffi bien que parmy les hom-

mes, & comme les mixtes font compofez de
quatre qualitez qui s'entrechoquent touf-
jours, il ne fe faut pas imaginer qu'ils puiffent
viure dans vne paix continuelle. Or il arriue
dans ces combats ordinaires que lors qu'vn
party a de l'auantage fur l'autre, il le renforce
quelquesfois en l'affoibliffant, pource qu'en
le preffant de trop prez, il luy fait ramaffer
toute fa vigueur qui eftoit auparauant ef-
cartée. Ainfi le vainqueur cede quelquefois
au vaincu, non pas pource qu'il l'a aydé, mais
pource qu'il l'a aigry. D'où vient qu'en Efté
on fent plus de chaleur fur le bord d'vne riuiere, que fur la cime d'vne montaigne, fi ce
n'eft de ce que l'ardeur du Soleil eftant refflé-
chie par la froideur de l'eau, fe redouble, au
lieu qu'elle n'efchauffe que fimplement vn fuiet incapable de reflexion. Ainfi l'on peut dire que l'ardeur de cét aftre trouuant fur la
terre vne matiere froide l'endurcit auec d'autant plus de facilité, que fon contraire luy
fait plus de refiftance. Aprez tout, nous
n'auons pas de peine à conceuoir qu'vn fuiet chaud en produife vn froid de la façon
que ie viens de dire, fi nous confiderons qu'vn
froid en produit vn chaud. N'y a-il pas des
Miroirs ardens, qui eftant compofez d'vne

I ij

glace comme les autres, engendrent vn feu visible. Ils sont extremement froids, & neantmoins ils bruslent tout. La flamme qui en sort ne vient pas de leur forme, quoy qu'elle vienne de leur puissance.

VIII. Or la cause de cét effet prodigieux c'est que la lumiere, qui n'est iamais sans chaleur, se concentrant dans la concauité d'vne glace y augmente ses dégrez par vne intension d'antipathie, ainsi que ie l'expliquois tantost, & penetrant vn corps qui resiste à sa chaleur, quoy qu'il reçoiue son esclat, il faut qu'elle s'estouffe dans la profondeur ou qu'elle excite vn petit incendie sur la surface. Vous diriez qu'elle fait vn effort pour ne pas faire vne lascheté. Voila comment ce qui deuoit estre glacé cause vn embrasement, & comme ce qui peut causer vn embrasement rend quelquefois vn suiet glacé. Il reste à monstrer maintenant par quelle voye il se peut faire qu'vn suiet estant épaissi demeure illustre, puis que la condensation semblant rendre les corps opaques, semble leur donner des qualitez toutes contraires à celles des autres, qu'on appelle diafanes ou transparents. A cela ie respons que le Soleil agit sur les corps suiuant la disposition de leur matiere,

aussi bien que suiuant l'exigence de sa forme,
& qu'il ne change pas absolument toutes
leurs qualitez, principalement celles qui leur
sont propres ou essentielles, bien qu'aucunes-
fois il les altere , ou qu'il les perfectionne.
Ainsi comme il laisse des suiets grossiers qui
le sont naturellement, il en subtilise d'autres
qui semblent épurez par leur constitution essentielle. Or des parties qui s'exhalent de la
terre , ou qui s'euaporent de l'eau, il y en a de
materielles , & d'autres qui sont parfaictement delicates. Il illumine les premieres par
le dehors, pource qu'elles sont trop impures
pour l'estre par le dedans . mais celles qui
semblent celestes, quoy qu'elles soient subl-
unaires, il les éclaire de mesme qu'il fait l'air,
c'est à dire par le dedans aussi bien que par le
dehors. Or la matiere dont le cristal est composé tenant fort peu des excrements de la
terre , & l'eau qui s'y mesle n'estant point
corrompuë par aucune sorte d'ordure , il ne
se faut pas estonner que le Soleil se plaise à y
reluire comme en son globe , & que sa clarté
semblant quelquesfois sombre dans l'air , se
produise icy dans toute l'estenduë de sa
beauté.

IX. Mais aprez auoir consideré la natu-

I iij

re du Miroir, confiderons vn peu fes proprietez. Ie les trouue incomparables, &
pource qu'elles font illuftres, & pource qu'elles font miraculeufes. Certes vn fuiet ne peut
qu'eftre fort éclattant, qui femble eftre le
propre fiege de la lumiere, & qui femble faire vn Ciel de la terre. N'eft-il pas euident que
par le moyen du miroir les aftres femblent defcendre de là haut auec toute leur clarté, &
que le Soleil reçoit de l'efclat de ce bas monde aprez luy en auoir donné? On voit encore que la lumiere qui eft apparemment
obfcure ailleurs, a icy proprement fon
iour; & fi elle rend toutes chofes vifibles,
cette glace la rend vifible. Cette belle qualité n'eft qu'vn accident, & neantmoins elle nous fait apperceuoir tous les corps, &
quoy qu'elle foit l'affortiment ordinaire d'vn
fuiet celefte, ainfi que parle le Philofophe, le
Miroir neantmoins luy donne vn fuiet fublu-
naire. Si la lumiere eft l'ornement du monde, & la grace mefme de la beauté, le Miroir
eft l'ornement & comme la grace de la lumiere. Si le Miroir eft la robe de la fuperficie
des chofes fenfibles, comme parle vn Plato-
nicien, le Miroir eft le fonds de fon éclat.
Quelques fages de l'Antiquité ont crû que la

lumiere eſtoit le corps de la Diuinité, & que
la verité eſtoit ſon ame : il faut donc dire
qu'vn beau criſtal eſt quelque choſe de Diuin, veu qu'eſtant tout remply de brillants,
on ne ſçait ſi c'eſt le criſtal qui compoſe la
lumiere, ou ſi c'eſt la lumiere qui compoſe
le criſtal. Iob demandoit à vn curieux qu'il
luy declaraſt par quelle voye la clarté s'eſ-
pand, mais il ſemble qu'en preſentant vne
belle glace à ſes yeux, on pouuoit ſatisfaire
ſon eſprit. La lumiere, dit vn Docteur, eſt
la vie de la vie, & le miroir eſt la vie de la
lumiere. Plotin aſſeuroit que la lumiere n'eſt
autre choſe que la veuë des Dieux qui regardent à trauers les aſtres, mais le Miroir donne vn auantage aux hommes de pouuoir regarder comme ces Dieux pretendus, ou de
leur renuoyer leurs rais. Enfin ſi la lumiere
eſt la plus pure de toutes les qualitez venant
d'vn corps incapable de corruption, & la plus
ſimple, ſon ſuiet n'eſtant point meſlé d'au-
cuns accidents contraires ; on peut dire auſſi
que le Miroir eſt la Pureté meſme qui habite
au milieu de la corruption, & que c'eſt vn
corps parfaittement ſimple, quoy qu'il ſoit
au rang des mixtes.

X. Mais l'excellence du Miroir ne ſe doit

pas tant tirer de ce qu il est le suiet de la lumiere , comme de ce qu il est l'obiet de la veuë.
La clarté nest pas si noble que l œil, n'estant
faite que pour luy , & si elle rend les choses visibles, ce n'est que pour les luy rendre plus
agreables. Ce qui voit les couleurs est bien
plus excellent, que ce qui les represente, ou
qui les compose. Or est-il que la lumiere est
vne couleur resplendissante , comme la simple
couleur est vne lumiere sombre , suiuant l'a-
uis d'Aristote. Ainsi donc, si les Poëtes appellent la lumiere la fille aisnée de Dieu, il faut
qu'ils nomment l'œil vne Diuinité creée. Ie
ne veux point icy faire vne description de sa
nature, pource que ie le dois plustost consi derer comme voyant dans vn Miroir , que comme illustre de soy-mesme ? Vn autre diroit
que c'est le soleil du petit monde , l'eschauguette de l'homme , le tableau de l'ame , le
flambeau de tout le corps , l'espion de l'esprit,
le peintre de l'imagination , & le truchement
de la verité. Platon l'appelle partie Diuine
& celeste, pource qu'il a vn feu qui ne bruslé
point, & qui porte le iour au monde. Orphée le nomme Miroir de nature. Hesychius,
la porte du Soleil, & Alexandre Peripateti-
cien, l'ame de l'ame. Galien dit que c'est l'organe

que layfant la parte Solaire de l'homme un
ombre plein de l'humide, & au lieu que ce
veut que les fens externes ne font faits que
pour le cerueau ou est le fens commun &
comme au contraire que le cerueau n'est fait
que pour l'œil. Hyppocrate afseure que le
ette du corps fe porte fe retire vers l'œil,
& qu'il ne le faut pas tant regarder comme
ombre du corps, que comme arbitre de la
& de ta mort. L'œil est comme l'œil
est la fenestre de l'ame auſſi
re, & que Monſieur
à tendence de nature
a couru, puis qu'il a lais
ette. L'œil est
c'est uſitee on peut
elle, il femit a
ombre a proportion
ou elle fe ret
en il faut
quel ame habit
propre fuy
que nous laiſſe
Auſſi y a
organe du
plus de beaute
banté.

XI. Plotin & Synesius ont appellé la nature Magicienne, pour auoir renfermé de si grands miracles dans vn petit suiet, & rapporté tant de parties differentes à vn composé, si delicat & artificiel. Pour moy ie n'admire pas moins son pouuoir que sa constitution essentielle, & l'auantage qu'il a d'agir dans vn instant imperceptible, au lieu que les autres sens n'agissent que dans le temps. Il est organique, & neantmoins sa façon d'operer est toute spirituelle. Ceux qui l'ont comparé à l'intellect ont fort bien entendu ses proprietez, car il découure à mesme temps le Ciel & la terre, le blanc & le noir, le repos & le mouuement, la lumiere & les tenebres. Il apperçoit les choses les plus esloignées aussi bien que les plus proches, & s'estend par tout sans bouger d'vn lieu. Enfin il a vn obiet commun & particulier au lieu que les autres sens n'en ont qu'vn particulier seulement. Au reste le Philosophe a eu raison de l'appeller le sens de l'inuention, puis qu'il est certain que tout ce que les plus grands Esprits du monde ont iamais compris a premierement passé par les sens. Or y a-il de sens plus instructif que celuy qui fait les demonstrations & qui est le fondement de la certitude des choses?

L'Apoſtre ne dit-il pas que les myſteres inuiſibles de Dieu, ſe connoiſſent par ſes ouurages
viſibles. Aprez cela peut-on douter de l'excellence d'vn ſuiet qui ſemble eſtre la cauſe de noſtre beatitude. Ie ne diray point icy qu'on a
touſiours crû qu'vn teſmoin oculaire vaut
plus que dix qui ont ouy dire. Thales diſoit à
ce ſuiet, qu'il y a autant de difference entre
la veüe & l'oüie, qu'entre le vray & le faux.
Les Prophetes meſmes pour aſſeurer leurs
Reuelations myſterieuſes ne les appellent
que Viſions, comme ſi ce qui paſſe par les
yeux deuoit paſſer pour infaillible. Il ſemble
donc que nous deuons dire auec les Stoiques,
que la veüe nous fait approcher de la Diuinité, auec Anaxagore, qu'apparemment nous
ne ſommes nez que pour voir, auec Theo-
phraſte, que la veüe eſt la forme & la perfection de l'homme, auec Theopompe, que les
autres ſens aydent ſimplement la vie, mais
que la veüe la rend heureuſe. C'eſt ce qui
faiſoit dire à Tobie, qu'il ne pouuoit eſtre
ioyeux & aueugle tout enſemble, comme
s'il euſt perdu tout ſon bon heur auecque les
yeux.

XII. Or plus la veüe eſt illuſtre, plus ſon
obiet doit eſtre éclattant, & il en tire ſon ex-

cellence , comme elle en tire ſes auantages
pour agir. Or entre tous les ſuiets que l œil
peut apperceuoir , il n'y en a point qui luy
plaiſe comme le Miroir , pource qu'il a vne
clarté temperée , & donne le moyen à l'œil de
ſe voir hors de ſoy , ne ſe pouuant pas voir en
ſoy-meſme. Quoy qu'vn Philoſophe die, que
nous n'auons receu l'eſtre que pour contempler le Soleil, ie trouue que ſi cét aſtre eſt amy
du reſte du corps , il ſemble ennemy de l'œil.
Il l'éblouït quand il l'éclaire , il le bruſle au lieu
de le fauoriſer. Vous diriez qu'il eſt enuieux
de ce qu'eſtant ſeul dans le Ciel, il voit deux
ſoleils plus beaux que luy ſur la terre. Tant y
a qu'il ne ſe laiſſe regarder auec liberté , que
lors qu'il ſe doit cacher. C'eſt ce qui a fait
dire , qu'il n'y a rien de ſi viſible, ny de ſi inuiſible que le Soleil , pource qu'il fait voir
toutes choſes , & ne ſe laiſſe point voir. Le
Miroir au contraire ſemble eſtre vne partie
de ce grand luminaire , qui eſtant tombée
dans les terres de Veniſe , ſemble d'autant plus
precieuſe qu'elle a vne lueur moins agiſſante.
On y découure tous les aſtres , ſans s'eſbloüir
on y voit toute la terre, ſans que la prunelle
ſoit chargée. Les ombres s'y produiſent auſſi bien que les tranſparences , & vous diriez

qu'il faudroit dire du Miroir ce qu'on dit de
l'homme, à fçauoir que c'eſt vn petit monde qui enferme tout le grand. Mais l'œil n'y
découure rien, ny de plus noble, ny de plus
agreable que foy-meſme ; il a du plaiſir à ſe
voir hors de la teſte ſans en ſortir; on dit que
la prunelle eſt ſans couleur, & neantmoins elle eſt icy viſible, & par conſequent colorée.
C'eſt que le Miroir ſemble renuerſer l'ordre
des choſes, pour eſtablir l'opinion que nous
deuons auoir de ſa puiſſance, & il fait preſque
voir à veüe d'œil que les concluſions les plus
aſſeurées de la Philoſophie humaine ſemblent
eſtre des fauſſetez approuuées. Pourquoy dit-
on ordinairement qu'vne choſe ne ſe peut pas
produire elle-meſme, veu qu'apparemment les Dames ſe produiſent dans vne glace en s'y regardant? A quel propos aſſeure-
on qu'vne meſme perſonne ne peut pas eſtre
en deux lieux, veu qu'on voit icy vn meſme
corps en deux places differentes? Il reçoit vn
eſtre nouueau ſans perdre le premier; il ne ſe
remüe point, & neantmoins il ſe trouue loin
de ſoy-meſme. On ne peut donc pas douter
que la nature du Miroir ne ſoit merueilleuſe,
puis qu'elle peut operer de ſi grands Miracles
contre l'ordre de la Nature.

XIII. Ie pourrois adiouſter icy que l'excellence du Miroir paraiſt encore en ce qu'il eſt le fidele Conſeiller de la Beauté, ainſi que le Poete l'appelle : ſi d'ailleurs c'eſt ſon exemplaire. Quel plaiſir n'auons-nous point à voir vn viſage icy bas, à qui les Anciens euſſent donné vn Ciel, & d'apperceuoir en vn ſuiet toutes les Graces, qui pour paraiſtre plus adorables, ſe ſont rendües viſibles. Vous n'apperceuez rien dans cette faec ny dans tout le reſte du corps qui vous rebutte la veuë, mais tout ce que vous voyez vous rauit le cœur par les yeux. Ces cheueux ſont friſotez auec art, & neantmoins eſpars à la negligence. Ils releuent d'or ou d'ebene, la blancheur du front & des ioües qui paraiſt d'autant plus viuement, qu'elle eſt detrempée auec du vermillon naturel. Les yeux ſourient en menaçant, & ſont fiers en ſouriant, mais neantmoins la douceur l'emporte ſur la cruauté, & ils monſtrent bien qu'ils veulent eſtre aymez meſme lors qu'ils exigent du reſpeƈt. Ces Cils ſemblent pluſtoſt eſtre des ombres rapportez ſur vn viſage, qu'vne de ſes parties, & rendent l'œil plus gay en le rendant vn peu ſombre. Ce nez eſt éleué par vne belle eminence, & s'abbaiſſe doucement vers ce coral

animé dont la bouche eſt compoſée. Au reſte elle n'eſt ny trop grande ny trop petite, &
à la voir fermée, elle a tant de grace qu'il ſemble qu'on ne voudroit iamais qu'elle s'ouuriſt,
d'ailleurs quand elle s'ouure pour nous eſtaler
les threſors de ſa voix, & nous monſtrer cét
yuoire enchaſſé naturellement dans la chair,
nous voudrions qu'elle ne ſe fermaſt iamais.

XIV. Parleray-ie de la langue qui fait
tant de beaux diſcours, & qui ne laiſſe pas de
nous produire ſa gloire, combien qu'elle ſoit
cachée ? Il ſuffit de dire que cette belle pri-
ſonniere eſt la confidente de l'eſprit & du
cœur, & qu'elle nous rend ſenſibles les choſes meſmes qui ne le ſont point. Elle nous
découure les beautez de l'interieur, quand
nous découurons celles de l'apparence exterieure. Le menton eſt la derniere partie de
cette face, & a vne iuſte longueur dans vne
rondeur agreable, qui acheue les proportions
des parties. Ce palais de la Perfection eſt
eſtably ſur vne colomne, qui n'eſt ny de marbre ny de porphyre, mais qui eſt d'vne matiere plus precieuſe, qui cede neantmoins à
l'excellence de la figure. Ie ne veux point
toucher à ce ſein qui nous eſt découuert &
caché tout à la fois, & qui ſemble allumer

le defir en repaiſſant la curioſité. Ie ne fairay
point auſſi mention des habillements, quoy
qu'on puiſſe douter s'ils ne compoſent pas la
beauté, pluſtoſt qu'ils ne l'embelliſſent, &
s'ils ſont de ſon eſſence, ou bien s'ils ſont de
ſes accidents. Ie veux dire ſeulement que ſi
nous prenons du plaiſir à voir tant de raretez, nous les deuons rapporter au Miroir auſſi bien qu'à l'obiet qui ſe repreſente à nous.
C'eſt en s'y regardant que cette Dame a appris la façon de ſe faire regarder; elle a ſouſry
ou fait la froide dans la glace, deuant que
d'enflammer nos cœurs par ſa froideur, ou
par ſes ſouſ-ris. C'eſt le Miroir qui a peigné
ces cheueux, qui a eſtendu ce front, qui a
adoucy ces yeux, qui a aiuſté ce corps, &
l'on peut dire, qu'il a fait tout ce que nous
voyons, quoy qu'il n'ait agy que par figure.
Il eſt muet, & neantmoins il a fait des leçons,
pour parler de bonne grace; il n'a point d'a-
me, & pourtant il a appris à la Beauté la façon
d'animer vn viſage. Enfin il eſt nud, & toutesfois il a fait voir comment il ſe faut habil-
ler pour plaire aux yeux, par l'apparence, auſſi bien que par de veritables attraits.

XV. Mais le Miroir ne tient pas toutes
les raretez de la nature; l'art contribuë encore

...re à sa perfection, & s'il naît dans les cam-
paignes, il se peut dans les villes. Ie n'allegueray pas icy que c'est par l'instruction des hommes qu'il a de la vogue, & que son éclat seroit couuert des ordures du Sol , si les hommes n'auoient eu soin de le purifier. Ie ne diray pas aussi qu'Esculape en fut le premier inuenteur , comme si le Dieu de la Medecine
eust voulu aussi estre le Dieu des Miroirs, &
nous recréer la veuë , en nous conseruant la
vie. D'autres asseurent que Praxiteles fut le
premier qui fit des Miroirs d'argent, & qu'on
l'appella pour ce sujet le Seruiteur Naturel,
pource qu'il faisoit voir des traicts si naïfs
par l'opposition le ... beaux ... prisez ... x.
On tient aussi que ... les
premiers faiseurs de Miroirs ... & ceux ...
rendirent l'argent ...
... plus éclatant ...
... d'un ...
... de faire part à tous ...
places , qui font ... mais
gentillesse , ... du ...
... par tous les ... d'...
nature dans les ... Et ...
& enfin deux objets ... par ...
de la Barbarie. Apres ... ay ... ...

L

me dans cette Cité merueilleuse, qui est so-
lide au milieu des eaux, & qui semble plustost vn Miracle flottant, qu'vn effet de l'industrie. On estime ailleurs des murailles éleuées dans la Mer; voicy vne ville entiere ɋ
est fondée sur les vagues. Mais sans parti-
cularisér les lieux où l'on trauaille en miroirs,
il est certain qu'à parler generalement ces
sujets d'esclat & de gloire n'ont d'estime que
celle que nous leur donnons, & vous diriez
qu'ils reluysent plustost par nostre addresse,
que par leur constitution.

XVI. Pourroient-ils renuoyer à l'œil les
images des choses qu'ils representent, si ayant
la puissance de les receuoir nous ne leur
auions communiqué celle de les resleschir?
Ils ont vne belle surface, mais nous leur donnons vn beau fonds qui rejette les especes qui
passeroient à trauers, & fait voir tout ce qui
luy est opposé, au lieu qu'on n'y verroit rien
autrement. C'est par le moyen du plomb
fondu, ou de l'estain mesme qu'on opere ce
miracle, pource que ces corps terrestres ioi-
gnant leur opacité à la transparence d'vn
corps eclatté, font sortir pour ainsi dire, hors
de la glace, les objets qu'elle y auoit laissez
entrer. Or c'est encore vn prodige que ces

suiets massifs qui font la reuerberation ne paraissent point dans le miroir, bien qu'il soit
diafane, & qu'ils soient visibles, & qu'en re-
presentant tout ce qui est hors de luy, il cache tout ce qui est au dedans. Mais il faut considerer qu'encore que le plomb qui est derriere la glace puisse enuoyer son espece vers
le deuant, pource toutesfois qu'il y en a
d'autres qu'il reflechit, & qui precedent la
sienne, il ne se faut pas estonner si vn obiet
opposé à l'autre le rend inuisible pour ainsi
dire, quelque visible qu'il soit. Regardons
maintenant les rares operations de l'art sur la
superficie du Miroir, aprez auoir veu celles
qu'il desploye sur son fonds. La glace est
naturellement representatiue de quelque obiet que ce soit, pourueu qu'il soit coloré, &
neantmoins vous diriez qu'elle ne represente que ce qu'on veut. Paulanias rapporte
qu'à Megalopolis il y auoit vn miroir dans
le temple de Ceres, où l'on voyoit distin-
ctement les Dieux dans leurs sieges, & où la
figure des hommes ne paraissoit point, quoy
qu'ils fussent curieux de s'y regarder. Vous
eussiez dit que c'estoit vn petit Ciel, qui ne
vouloit auoir aucun commerce auecque la
terre. On dit aussi que Cosme de Medicis

enuoya vne glace à vn autre Prince, laquelle ne reprefentoit que le grand Duc de Tof-
cane , quoy que d'autres Ducs fuffent prez
d'elle , au lieu qu'il en eftoit efloigné.　On
pouuoit appeller ce Miroir vn tableau fubfi-
ftant, pluftoft qu'vn image frefle.

XVII.　Or ces deux effets dont i'ay parlé, n'eftoient pas deux proprietez attachées
à la nature des glaces , mais des qualitez
eftrangeres qu'elles tenoient de l'inuention.
Ce qui fera plus manifefte fi nous voulons
regarder les Ouurages ordinaires de l'Optique Speculaire, car c'eft ainfi qu'on la nomme , aprez en auoir contemplé de miraculeux.　Les hommes ne peuuent agir que fur
les accidents des Miroirs, & neantmoins il
femble qu'ils leur donnent vne forme nouuelle, en ne leur donnant qu'vne nouuelle figure.　Ils en font à diuerfes faces, qui toutesfois ne reprefentent qu'vn mefme obiet,
& qui d'autres fois en reprefentent plufieurs.
Quelques vns par leur concauité femblent
efloigner les efpeces que d'autres approchent
par leur éminence. Vous en verrez de maf-
fifs & de tranfparans, de boffus & de plats:
les vns font ronds, les autres pointus en forme de Pyramide; les vns renuerfent les figu-

res que d'autres redreſſent. Il s'en trouue
encore qui grofliffent prodigieufement les
obiets, comme auſli de ceux quiles reduifent
à vne extréme petiteſſe. D'autres monſtrent
à main droite les parties dextres d'vn obiet,
& les feneſtres à gauche, contre la nature ordinaire des miroirs. Quelques vns ne produifent pas les figures au dedans, mais au dehors, de telle forte qu'elles femblent pluſtoſt
des Phantofmes fufpendus en l'air, que des
images enfoncées dans vne glace. Que diray-ie de ceux qui efloignent ce qui eſt proche, & qui approchent les obiets les plus
efloignez? Parleray-ie encore de ceux qui ne
reprefentent rien en certains endroits, quoy
qu'il n'y ait point faute de lumiere, & qui
neantmoins reprefentent tout ailleurs? Il ne
faut pas oublier les Miroirs ardens qui femblent faire defcendre l'element du feu fur la
terre, & qui rendent des flammes au Soleil,
n'en ayant receu que de la lumiere & de la
chaleur. Ce font des glaces qui embrafent
ce qu'elles deuroient rafraichir. Tout le monde a ouï parler de ces Miroirs d'Archimede,
qui de fa chambre confommoient en pleine
Mer les vaiffeaux des ennemis, & leur faifoient trouuer vn incendie au milieu de l'eau.

XVIII. Ie ne fairay point mention de ces autres glaces qui éleuent par deſſus nous, ce qui eſt deſſous nos pieds, & abbaiſſent au deſſous de nous, cé qui eſt par deſſus nos teſtes. Ie ne dy rien auſſi de celles qui pour vne choſe en font voir pluſieurs, & qui changeant les couleurs & l'apparence des obiets, en ſemblent changer l'eſſence. Les Miroirs communs me plaiſent plus que les extraordinaires, pource qu'ayant l'auantage de repreſenter les Dames, ils nous monſtrent plus de beautez que tous les autres enſemble. Ils contiennent des ſoleils, ſi les miroirs ardents n'en contiennent que la lumiere; enfin ils nous produiſent tout ce qui eſt agreable, nous produiſant toutes les Graces. Ne nous ſoucions pas de voir les tranſparances bizarres des autres, pourueu que nous voyons les naifs attraits de ceux-cy. Tout leur prix ſemble conſiſter dans leur fonds, & neantmoins vous diriez qu'il conſiſte dans leur Corniche. Elle eſt d'ordinaire d'Ebene, dont la noirceur releue mieux la blancheur de la lumiere, & iamais les contraires ne ſe donnerent plus de iour l'vn à l'autre, qu'en ces illuſtres compoſez. On encroûte encor cette Ebene de plaques d'or & d'argent, où

l'on ne fçait eſtimer pluſtoſt , ou la matiere , ou la façon. Il ſuffit de dire, que ſi l'vne
eſt rare, l'autre ſemble miraculeuſe. On y tire quelquesfois en boſſe de petits Cupidons,
qui ſe faſchent d'eſtre aueugles , ne pouuant
pas ſe regarder comme ces Dames. D'autresfois on y repreſente les trois Graces , qui ſemblent auoüer qu'elles ne ſont qu'en figure autour de la glace, eſtant en effet au dedans auec
l'image de ces belles. Enfin pour leur donner
du plaiſir comme la nature auoit taſché de ſurmonter l'art, l'art a taſché à ſon tour de ſurmonter la nature.

XIX. Mais il eſt temps d'eſloigner nos
penſées du Miroir , pour ne contempler que
l'obiet qu'il repreſente, veu meſme qu'il n'eſt
pas fait par le miroir ; quoy que le miroir ne
ſoit proprement fait que pour luy. Parmy
les choſes creées l'image eſt moindre que l'o-
riginal, pource que l'original peut eſtre ſans
image , mais l'image ne ſçauroit eſtre ſans
original. Or pour ſuiure l'ordre que nous
nous ſommes preſcrits , il faut examiner icy
ſi ce ſont les yeux des Dames qui font vne
peinture au fonds du miroir, ou ſi c'eſt le Miroir qui produit vn tableau qu'il preſente aux
yeux des Dames. On peut dire premiere-

ment en faueur des yeux, qu'eſtant des Miroirs animez, ainſi que parle le Philoſophe, il
eſt probable qu'ils font plus pour vn miroir
inanimé, que le miroir ne fait pour eux. En
ſecond lieu, la glace du miroir repreſentant
des ſoleils, il faut croire que les yeux des Dames qui ſont des ſoleils terreſtres, en ſont les
cauſes productrices, ou il faudroit dire qu'vn
principe de froid fuſt vn principe de chaleur,
& qu'vn excrément de la terre peuſt former
les plus pures parties du Ciel. D'auantage,
vne choſe inſenſible, comme eſt le miroir, ne
ſçauroit mettre au iour vn ſuiet capable de
ſentiment; c'eſt pourquoy il n'appartient qu'à
vne Dame de nous faire voir ſon portrait vi-
uât dans le fonds d'vne glace morte. On pourroit adiouſter icy que les Platoniciens tiennent que la viſion ne ſe fait pas par la reception des eſpeces, mais par l'emiſſion des
rayons qui ſortent des yeux, pour faire venir
l'obiet à leur connoiſſance en s'eſtendant iuſques à luy, & qui ayant leur pointe aux yeux,
ont leur baſe en l'obiet comme de petites Py-
ramides. C'eſt ce qui a fait dire qu'il n'y a rien
de ſi prompt que la reddition de l'eſpece par
le miroir, pource qu'il ne fait rien de ſoy, encore qu'il monſtre tout. D'où il s'enſuit que
le

le miroir ne prefente rien du fien à l'œil, mais qu'il ne fait que luy rendre ce que l'œil luy auoit donné.

XX. Le fondement de cette Opinion eſt que l'œil eſt de la nature du feu, & non pas de l'eau, comme veut Ariſtote, & que ce feu n'eſt pas de celuy qui bruſle & luit tout enſemble, ny de celuy qui bruſle & ne luit point, mais de celuy qui luit & ne bruſle point, comme le celeſte. Cette vraï-femblance paſſera pour verité, ſi l'on veut conſiderer que l'agilité preſque incroïable de l'œil, ſon action qui ſe fait en vn moment & ſans mouuement local, & ſa figure Pyramidale monſtrent aſſez la ſubtilité de ſa nature, & nous declarent qu'il ne laiſſe pas d'eſtre ignée, quoy qu'il nous paraiſſe humide. Et puis l'œil ne friſſonne iamais, quoi qu'il ſoit expoſé au froid, pource qu'il eſt tout plein de flamme. L'organe encore doit auoir quelque proportion auec ſon obiet : or eſt-il que celuy de la veuë c'eſt la couleur, qui eſtant vne flamme ſortant des corps, comme parlent les Anciens, ne ſouffre point que ſon organe tienne de la froideur. Outre cela, n'eſt-il pas vray qu'en frottant les yeux dans les plus épaiſſes tenebres, on y apperçoit quelque clarté radieuſe, & qu'en

M

voyant ceux d'vn homme qui eſt en colere,
on les voit tous étincelans. La paſſion ſemble rendre le Criſtallin meſme embraſé. A ce
propos l'Hiſtorien raconte que les Samni-
tes commencerent à redouter les Romains,
quand ils virent que leurs yeux qui paraiſ-
ſoient autresfois ſi doux, brilloient comme
des flambeaux ardents. Pline remarque auſſi
que l'Empereur Tibere auoit la veuë ſi per-
çante, qu'il eſtonnoit plus de ſoldats par ſon
œil, que par ſes menaces. Caius Marius fit
tant de peur par ſon regard au bourreau, que
les Minturnes auoyent enuoyé pour le tuer,
qu'ils le laiſſerent aller croyant qu'ils auoient
pluſtoſt pris vn Dieu qu'vn homme. On
dit encore que les ſoldats qui eſtoient en gar-
niſon dans Aquilée, ne reconnurent iamais
qu'Attila les euſt pourſuiuis, que quand ils
firent refléxion, que ſes yeux iettoient de
tous coſtez des bluettes de feu, comme ſi celuy qui s'appelloit le fleau de Dieu, leur euſt
monſtré ſur la terre vne image de l'Enfer. Tacite conclut à ce auſſi, que ce ſont les
yeux qui ſont les premiers vaincus dans les
batailles, & que ſi toſt que les hommes ceſſent de voir auec vigu_eur_, ils ceſſent d'agir
auecque force. Adiouſtez à ces exemples ce

qu'Ariſtote rapporte d'Antipheron , à ſçauoir qu'encore qu'il n'euſt point de miroir,
il voyoit touſiours ſon image par les rayons
de ſes yeux. Il eſtoit touſiours preſent à ſoy-
meſme, & en effet & en figure. Enfin Gal-
lien raconte qu'vn ſoldat deuenant inſenſiblement aueugle , ſentoit tous les iours ſortir de ſes yeux , comme vne lumiere qui l'a-
bandonnoit. La clarté du dedans s'en eſtant
allée , celle du dehors ne luy pouuoit qu'eſtre
inutile.

XXI. Mais venons des exemples à la raiſon. Ie ne diray pas icy que le Baſiliſc infecte
de ſa veüe ceux qu'il regarde, & qu'il ne faut
qu'en eſtre apperceu pour en eſtre tué. Ie
n'alle gueray pas auſſi que les Anciens ont crû
qu'on peut charmer & enſorceller par la
veüe, comme quelqu'vn a dit au contraire,
que l'œil fauorable du maiſtre engraiſſe inſenſiblement vn cheual, non ſeulement pource qu'il en a ſoin , mais encore par vne in-
fluence particuliere. Ie n'adiouſteray pas
qu'en regardant vn homme qui a les yeux
rouges on peut prendre le meſme mal , comme ſi la veüe, qui eſt le plus agreable de tous
les ſens, ſembloit eſtre le plus nuiſible. I'a-
uanceray ſeulement qu'vne grande blancheur

ne nuit à la veuë, que pource qu'elle diſſipe les eſprits qui ſortent de l'œil, au lieu que la noirceur les raſſemble. Que l œil ne s'affoiblit en voyant, que pource qu'en perdant ſes eſprits & ſa lumiere, il ſemble perdre toute ſa force. Que ceux qui veulent voir de fort loin vn obiet fort petit, ferment les yeux à demy, afin d'vnir mieux tous leurs rayons & les élancer plus directement. Que certains animaux ne verroient pas durant l'obſcurité de la nuit, ſi leurs yeux ne leur fourniſſoient de la lumiere. Que ſi la veuë ne ſe faiſoit par émiſſion, il ne ſeroit pas neceſſaire que l'œil ſe tournaſt vers l'obiet, veu que l'eſpece viendroit d'elle-meſme à nous, & que nous verrions en ne voyant pas. Que ſi nous voyons ſeulement par la reception des eſpeces qui ſont par l'air, les gros yeux verront mieux; que les petits, pource qu'ils reçoiuent mieux, les prunelles larges feront meilleures que les étroittes, ce qui eſt contre l'experience ; on découurira auſſi toſt vn petit obiet qu'vn grand, & on verra auſſi bien de loin que de prez. Qu'en vn mot, ſi la veuë ſe faiſoit par émiſſion, vn ſeul œil receuroit à meſme temps deux contraires, à ſçauoir le blanc & le noir : ce qui choque l'ordre de la

nature, & que fa petiteffe l'empefcheroit de
receuoir la grandeur & la figure des montaignes.

XXII. Voila l'opinion de ces Philofophes qui fauorifoient les yeux des Dames en
faifant voir qu'elles fe voyent pluftoft par
elles-mefmes que par l'aide du miroir. Auffi
certes comme il n'appartenoit qu'à vn feul
Apelles de peindre le Roy de Macedoine, il
n'appartenoit qu'à ces Reines de tout le
monde de fe dépeindre elles-mefmes. Suiuons donc l'opinion de Chryfipe & des autres Stoiciens, qui ont tenu que le cœur en-
uoïe vn certain efprit aux yeux, qu'ils renuoyent à l'obiet ; pource qu'en effet les Dames ne fçauroient s'aymer fans fe regarder
fouuent, ny fe regarder fans s'aymer. Difons encore que le feu de leurs yeux n'eft
iamais plus beau que lors qu'il paraift dans
vne glace. Elles ne font pas redoutables
comme des Conquerans où des Barbares,
mais elles ont vn regard fier qui fait ceder
tout le monde, quoy que cette fierté foit toufiours accompagnée de de douceur. Elles ne
tuent pas comme le Bafilifc, mais pourtant
leurs yeux nous font viure & mourir quand
il leur plaift. Enfin voïant que leurs œillades

brûlent nos cœurs, nous ne ſçaurions douter qu'elles ne ſoient enflambées. Toutesfois quittons les intereſts des Dames pour
prendre ceux du miroir, comme tantoſt nous
auons quitté ceux du miroir, afin de pourſuiure ceux des Dames. Ne banniſſons ny
l'amour ny la verité. Suiuons Ariſtote aprez
auoir ſuiuy Platon, & ne receuons pas de pre-
ſcription de l'authorité, mais ſeulement de
la fantaiſie. Nous honorerons touſiours les
Dames, ſoit que nous regardions leurs yeux
en eux-meſmes, ou que nous les regardions
dans leur image que la glace nous repreſente. Aprez tout nous ne ſçaurions parler ny
contre l'exigence du deuoir, ny contre la
bienſeance, ne traittant qu'vn ſuiet indifferent.

XXIII. Il faut donc auancer en faueur
du Miroir, qu'encore qu'il ne ſoit pas animé
de ſa nature, il l'eſt neantmoins par l'image
de la Dame qui le regarde, & qu'on ne peut
appeller ſa glace morte, puis qu'elle peut enuoyer de ſon fonds à l'œil, comme vne perſonne viuante. Qu'au reſte, l'obiect ſemble
ceder les droits qu'il a ſur ſon portrait, aprez
l'auoir donné à vn ſuiet qui eſt hors de luy,
& quand bien il en ſeroit le ſeul Autheur, il

eft certain que qui baftit dans le fonds d'autruy, ne baftit pas tant pour foy-mefme que
pour vn autre. Que fi la glace ne peut pas
produire vn Soleil, comment eft-ce qu'vn
Soleil fe peut produire dans la glace? Vn corps
diafane ayant beaucoup de lumiere, a fans
doute de la chaleur, puis qu'on dit, que la
lumiere eft ardente, comme la lumiere eft
lumineufe. I'auoüe que le Miroir eft infenfible, d'où vient donc qu'il pleure ou qu'il fouf-
rit auec vne Dame, & qu'en prenant fa figure, il prend auffi toutes fes paffions? Narciffe
ne croyoit-il pas que l'ombre qu'il voyoit
dans la fontaine eftoit vn vray corps, & ne
refpondoit elle pas à fes mouuements, quoy
qu'elle ne refpondift pas à tous fes defirs? Le
portraict de Compafpé euft-il fi fort touché
Apelles, s'il n'euft eu quelque efpece de vie,
& ne deuons nous pas dire, ou que Compafpé viuoit dans fon tableau, ou que fon tableau
fembloit viure dans Compafpé? Au refte fi
les Stoïciens difent que la vifion ne fe fait que
par l'émiffion des efprits, les Peripateti-
ciens tiennent qu'elle ne fe fait que par la reception des efpeces. Les idées de ceux-là ne
doiuent pas l'emporter fur les dogmes veritables de ceux-cy. Les vns veulent que l'œil

ſoit tout plein de flammes , & les autres qu'il
ſoit plein d'eau.

XXIV. Ie m'en vais prouuer l'opinion
des ſeconds, pour refuter aprez celle des premiers. On tient pour maxime dans la Phyſique, que l'inſtrument de la veüe doit eſtre diafane ou tranſparent, afin qu'il y ait de la reſſemblance entre l'obiet & l'organe , & de la
proportion de l'agent au patient, comme on
parle dans l'Eſcole. Or des corps tranſparents
les vns ſont ſubtils & rares, & les autres ſont
denſes. L'œil ne doit point eſtre diaphane
& rare , pource qu'il laiſſeroit aller les eſpeces à meſure qu'il les receuroit. En effet l'air
ne les peut receuoir pour cette raiſon, & le
verre meſme des Miroirs les perdroit ſans
l'acier & le plomb , qui les arreſtant au derriere, les renuoyent au deuant. Il faut donc
que l'œil ſoit diaphane & denſe, & par conſequent de nature d'eau, puis qu'il n'y a que
cét element qui ioigne en ſes proprietez la
tranſparéce à la denſité, au lieu que le feu ioint
la rareté à la tranſparence. En ſecond lieu, la
principale partie de l'œil c'eſt le Criſtallin, qui
n'eſtant autre choſe qu'vne eau glacée , ne
ſçauroit compatir auec le feu. Enfin quand
on poche l'œil à vn homme, on en voit bien
                                        ſortir

fortir de l eau, mais non point des flammes,
ce qui monftre qu il eftoit froid, pluftoft
qu embrafé. Cela fuppofé, il eft aifé à veri-
fier que la veuë ne fe peut faire par émiffion,
veu que l Humide en quelque fuiet que ce
foit n'eft propre qu à receuoir. Et puis tout
fentiment eft vne Paffion au dire de ces Philofophes ; tout fentiment donc fe doit faire
par reception, & non par emiffion, puis que
c eft agir que d élancer quelque chofe hors
de foy. Puis donc que l'oüie fe fait par la reception des fons, l odorat par celle des odeurs,
le gouft par la reception des faueurs, & l'attouchement par celle des qualitez, qu'on
nomme Traittables, pourquoy déniera-on
à l'œil vne proprieté qu'on accorde aux autres fens ? Doit il eftre moins auantagé parce
qu il eft plus noble?

XXV. Au refte quand on dit que tout
excellent obiet détruit le fens, comme vne
grande blancheur efbloüit la veüe, il faut qu il
y foit receu auec violence, autrement le fens
fe détruiroit luy-mefme, ce qui eft contre
l'ordre de la nature. Ariftote remarque encore que ceux qui ont les yeux humides
voyent les obiets plus grands qu'ils ne font,
pource qu'ils les femblent toufiours regarder

N

dans l'eau, quoy qu'en effet ils les regardent
fur la terre. Outre cela l'experience nous apprend que les vieillards voyent mieux les obiets efloignez, que ceux qui leur font plus
proches; or cela ne peut venir de la force de
leurs yeux, veu qu'ils ont la veüe fort debile;
il en faut donc rapporter la caufe à l'efpece,
qui fe rend plus fubtile par l'interualle de l'e-
fpace, & eft d'autant mieux receüe, qu'elle
vient de plus loin pour faire fon rapport à
l'œil. Ie ne diray point qu'en hiuer quand
le temps eft beau, on voit fouuent les eftoil-
les en plein iour, ce qui n'arriue point en efté.
La raifon en eft, qu'en hyuer l'air eftant plus
groffier & plus denfe qu'en autre temps, les
efpaces s'y terminent & s'y multiplient facilement, au lieu qu'en Efté la rareté de l'air ne
leur donne point d'arreft, & les fait perir bien
loin de les laiffer multiplier. Enfin ceux qui
ont appellé les yeux des Miroirs nous ont voulu monftrer que comme le miroir n'enuoye
rien du fien à l'obiet, quoy qu'il reçoiue les
images de tout ce qu'on luy prefente, l'œil
pareillement ne fait que receuoir ce que les
obiets luy enuoyent. Il eft pluftoft fidele de-
pofitaire que liberal.

XXVI. Mais il me femble qu'on ne fçau-

roit mieux establir cette opinion, qu'en ren-
uerfant celle des oppofans. Ie demande donc,
en cas qu'il forte quelque chofe de l'œil, ou
c'eft vn corps fort fubtil, comme eft l'efprit
animal, ou vn raïon feulement. Si c'eft vn
corps, comment peut-il eftre porté en vn
moment de la terre au Ciel, veu que tout
corps fe meut auec le temps, & que la veüe
fe fait en vn moment imperceptible ? Ce
corps ne fera-il point diffipé par les vents
deuant qu'il arriue à l'obiet, & ne ceffera-il
pas d'eftre auant que de commencer à fe faire voir? De plus ce corps pretendu où il pene-
trera l'air, ou l'air luy fera place pour paffer;
De penetrer l'air il eft impoffible à vn fuiet
creé, puis que la nature ne fouffre non plus
la penetration que le Vuide. Si l'air luy fait
place, la veuë ne fe fera iamais, car la conti-
nuité des rais fera empefchée, d'autant
que l'air le fuiura toufiours & fe mettra entre
deux. Ainfi ce qui deuoit conftituer l'œil
voyant, l'empefchera de voir. Que fi l'on
replique maintenant que ce qui fort de l'œil
eft vn raïon ou vne lumiere qui penetre l'air,
& fe communique en vn inftant par tout le
milieu d'entre la veüe & l'obiet, comme l'efclat du foleil qui illumine tout l'air fans mou-

uement, ie refpondray qu'il n'y a pas affez de
lumiere dans l'œil pour s'eftendre iufques au
Ciel, & que s il porte quelquesfois le nom
du Soleil, il n'en a ny la nature ny la puiffance. Vn grand flambeau ne peut éclairer toute vne falle, & vn petit organe éclairera toute la terre & toutes les regions de l'air? Dauantage fi les raïons qui fortent de l'œil cau-
fent formellement la veuë, il eft neceffaire ou
qu'ils retournent vers l'œil, ou qu'ils demeurent dans l'entre deux; s'ils ne reuiennent
point, ils ne rapportent pas l'efpece de ce
qu'ils touchent; s'ils retournent, il n'y aura
que les corps polis qui fe puiffent voir, pource qu'il n'y a que ceux-là qui facent reflexion
des rayons ou des efpeces. Ainfi vne montaigne pour eminente qu'elle foit ne fe verra
point, quoy qu'vn petit fleuue fe voye. Enfin ou ces rayons qui feruent à la veüe reuiennent vuides, ou ils retournent chargez
d'efpeces; s'ils s'en reuiennent vuides, il n'y
aura point de vifion; s'ils viennent chargez
d'efpeces, la veue fe fera par reception. Et
c'eft ainfi que les Contretenans mefmes de-
fendent nos maximes en les choquant.

XXVII. Détruifons pourtant leurs veritez apparentes par des veritez folides, en

difant que la clarté de l'œil ne vient pas de la
lumiere du feu, mais de la tranfparence du
Criftallin & de la poliffure des tuniques. Que
fi l'action de l'œil fe fait en vn inftant, ce
n'eft pas qu'il foit embrafé, mais c'eft qu'il
ne reçoit que des efpeces immaterielles & dé-
tachées du corps. Que pour fon agilité il
n'eft pas de merueille que fix chordes remuent vn petit organe. Que les yeux ne frif-
fonnent iamais, pource qu'ils font échauf-
fez par vn mouuement continuel, quoy
qu'ils foient froids & humides de leur nature. Que ceux dont on a parlé n'eftonnoient
pas les hommes par des rayons qui fortiffent
de leurs yeux; mais pluftoft par vn regard af-
freux & vne mine affeurée. Qu'Antipheron
eftoit fol, comme l'on dit, & que le défaut
de fon œil venoit pluftoft du cerueau, que
de la veue. Que ceux qui font en cholere ont
les yeux eftincellans, non pas qu'ils iettent du
feu, mais pource que les efprits qui viennent
du cœur s'enflamment dans le Criftallin.
Que certains animaux voyent de nuiét; ou
pource que les vns ont la veue trop debile
pour voir durant le iour, ou pource que les
autres l'ont affez forte pour apperceuoir ce
peu d'eftlat qui refte mefme dans les tene-

bres. Que le Bafilifc & l'Ophtalmique ne
nous infectent pas par des rayons qui fortant
de leur œil penetrent dans le noſtre, mais
pluſtoſt par vne vapeur qui corrompant l'air
infenſiblement, nous communique ſa corruption. Que les charmes qui ſe font par la
veuë, ne font pas des effects naturels, & qu'il
faut que la malice des Demons y agiſſe plus
que la Magie des hommes. Qu'vne grande
blancheur diſſippe la veuë, pource qu'elle attire tous les eſprits au dehors qui doiuent demeurer dans l'œil pour le tenir dans vne bonne conſtitution; que la noirceur au contraire
la ramaſſe, pource que les luy renuoyant elle
fait qu'il a d'autant plus de vigueur en ſon organe qu'il eſt moins épuiſé par ſes obiets. Que
l'œil s'affoiblit en voyant, dautant que la chaleur ſe diſſipant par le mouuement auſſi bien
que les eſprits, il perd ſa force ſi toſt qu'il perd
ſon ſecours, & deuient quelquesfois oiſeux,
parce qu'il a trop agi.

XXVIII. Que nous fermons à demy les
yeux pour voir de plus loin, non pas afin d'v-
nir ſes rayons, mais depeur que la lumiere exterieure par vn auancement ſoudain ne diſſipe l'interieure. Que l'œil ne ſçauroit voir s'il
ne ſe tourne vers l'obiet, pource que la viſion

se doit faire en droite ligne. Que les gros
yeux & les prunelles larges ne voyent pas si
bien que les autres, dautant que les esprits
interieurs qui sont necessaires pour la reception se perdent deuant que de receuoir les
especes. Qu'en fin la petitesse de l'œil n'est
point offencée par l'image des montaignes
qui se presente à luy comme immaterielle,
quoy qu'elle represente leur grosseur. Que
pour la mesme raison il est capable de receuoir deux contraires, pource qu'ils y viennent plustost en figure, que sous la forme de
leur opposition essentielle. On pourroit encore adiouster que l'œil n'est pas la cause de
tout ce qui se voit dans le Miroir, veu qu'encore que la paupiere soit entierement fermée,
il paroist dans la glace beaucoup de choses.
D'où il faut conclurre que, comme l'œil a la
proprieté de produire son image, les autres
suiets colorez se representent pareillement
dans leurs especes, & qu'ils sont visibles
d'eux-mesmes, quoy qu'ils ne puissent estre
veus que par le moyen de l'œil. On peut encore iuger de là que le Miroir n'est pas oi-
seux lors que l'œil trauaille; il luy renuoye
son espece aussi tost qu'il la luy a enuoyée, il
ne produit rien de son fonds, mais il fait pa-

raiftre tout ce qui eft produit. Si l'œil a la
proprieté de faire fon rapport au fens Commun comme à fon iuge, le miroir fait le fien
à l'œil. I'auoue qu'il eft bien difficile d'expliquer la nature des efpeces qui font comme les ombres des corps, & nous les font voir
eftant inuifibles elles mefmes. Il fuffit de dire que ce font des qualitez qui procedant des
fuiets colorez s'efpandent par l'air, & reprefentent fans eftre reprefentées. Il faut renuoyer les autres difficultez qui fe formét fur ce
fuiet, à ceux qui déueloppét tous les myfteres
de l'Optique, & ne fonger deformais qu'aux
Plaifirs des Dames. Nous aurions tort de gé-
ner leur efprit pour donner de l'agréement
à leur veuë. Il fuffit qu'elles fe plaifent à fe
regarder dans vn miroir, fans regarder d'où
vient qu'elles s'y voyent auec plaifir. On doit
pourtant confeffer que, comme le Miroir
leur donne beaucoup de nouuelles graces en
leur faifant mieux eftudier leurs attraits, elles donnent auffi de la vogue aux miroirs. Ils
ne feroient pas eftimez s'ils ne faifoient prifer la Beauté. Au refte, la glace n'eft pas temeraire, quoy qu'elle les reprefente, d'autant qu'elles ne s'y voyent que pource qu'elles s'y font dépeintes. Elle leur rend leurs
traits

tiaits en les receuant , & augmente l'amour
qu'elles se portent en l'est endant sur leur portrait aussi bien que sur leur personne.

XXIX. Maintenant pour venir à la derniere question , à sçauoir si l'image qu'on
apperçoit dans le Miroir respond parfaitement à son exemplaire, ou si son exemplaire
est plus beau que son image ; On peut dire
premierement que l'image ne semblant pas
tant vn obiet nouueau , comme le premier
obiet multiplié, il n'y doit rien auoir dans ce-
luy-ci qui ne se trouue dans l'autre. De plus
les portraits faits auec art approchent si fort
de la nature , qu'on les prend quelquesfois
pour la nature mesme. C'est ainsi que le
plus fameux de tous les peintres s'enamou-
racha plustost de la figure, que du corps de la
Maistresse d'Alexandre, & s'il n'en eust fait
le tableau , il n'en eust iamais fait sa Diuinité. Cét autre qui se maria à la statuë de Venus monstra bien quelles impressions peuuent faire sur nos cœurs les copies qui sont
tirées sur de veritables originaux, veu qu'vn
original inuenté luy auoit causé de veritables passions. Ce ne sont pas les oiseaux seulement que les representations trompent
comme des suiets naturels , les hommes , quoi

que raiſonnables, s'y laiſſent bien ſouuent a-
buſer, pource que cette erreur leur ſemble
belle. Au reſte les loix ne nous ordonne-
roient pas d'honorer les images des Princes
comme les Princes meſmes, ſi leur image n'e-
ſtoit comme leur perſonne, & leur perſonne
comme leur image. Or s'il y a tant de reſſemblance entre les portraits faits à la main &
les ſuiets qu'ils repreſentent, il y en a bien
plus entre les images qui ſe produiſent dans
le miroir & leurs obiets, veu qu'elles repreſentent les actions auſſi bien que la figure, &
nous fait voir les proportions & les couleurs,
le repos & le mouuement. Les autres pein-
tures ſont muettes auſſi bien mortes, celles-
cy ſont viues & éloquentes.

XXX. A ce propos Apulée nous apprend que Demoſthene ayant appris l'eloquence de Platon & la façon de raiſonner
d Eubulide, acheua d apprendre à bien prononcer, non pas en parlant deuant les hommes, mais en s'exerçant deuant le Miroir. En
effet, adiouſte-il, bien que toutes ſortes d'i-
mages ſoient en quelque façon repreſentati-
ues, il n'appartient qu'aux miroirs de reſſembler parfaitement à ce qui leur eſt preſenté.
L'argille a trop de molleſſe pour repreſenter la

vigueur, la pierre n'a point de couleur ny de
tranſparence: la peinture n'a pas aſſez d'eminence ny de dureté ; enfin elles n'ont point
de mouuement, qui eſt la principale & la
plus fidele partie de la reſſemblance. Mais
dans le Miroir on voit vn merueilleux rapport de l'image à la perſonne ; elle eſt mobile
auſſi bien que reſſemblante, enfin quoy que ce
ſoit vne qualité ſans raiſon & ſans conduite,
vous diriez neantmoins qu'elle compaſſe par
raiſon toutes ſes apparences. Elle obeïtà ſon
obiet ſans ſçauoir que c'eſt qu'obiet ny qu'o-
beïſſance. Au reſte elle change quand il change ; elle eſt touſiours ſemblable, & neantmoins elle eſt tátoſt petite & tantoſt grande,
tantoſt ieune & tantoſt vieille, tantoſt triſte
& tantoſt ioyeuſe. Ie pourrois adiouſter encore que l'obiet a des defauts meſlez auecque
des perfections, mais icy les imperfections
ſont cachées, & les perfections ſont dans leur
éclat. On n'y voit point les ordures du dedans du corps, n'y voyant que ſa plus belle
ſuperficie. Outre qu'on peut dire que le Miroir découure l'interieur de l'ame, s'il ne découure pas celuy de la maſſe. Socrate meſme a
témoigné qu'on apprend à former ſes mœurs
en voyant ſon image formée dans vne glace.

XXXI. Il faut auancer d'ailleurs en faueur, des Diuins obiets dont nous parlions, que fi ce font des Miracles, ils ne fe peuuent pas multiplier, & que la nature ne fait pas aifément à toute heure ce qu'elle a fait vne fois auecque beaucoup d'effort. D'auantage fi les Dames font des foleils, ces aftres doiuent eftre feuls, fuiuant l Etymologie mefme de leur nom, & quoy que la terre en iouffre plufieurs, au lieu que le Ciel n'en fouffre qu'vn, neantmoins chacun a des auantages particuliers, pour lefquels il ne peut non plus auoir de riual, que de fuperieur. Au refte les reprefentations font toufiours mortes pour viues qu'elles puiffent eftre, & vne ombre qui paraift dans vn miroir ne doit pas pretendre d eftre auffi folide qu'vn corps. Que fi la figure mefme des Dames eft rauiffante, c'eft figne qu'elles font bien plus charmantes, puis qu'elles ne tirent pas leurs attraits de leur image, quoy que leur image tire d'elles le fonds de fes agréements. Les portraits des Roys font honorez à caufe de leur Maiefté, mais leur Maiefté eft honorée d'elle-mefme, & non feulement à raifon de leurs portraits. Le Miroir peut reprefenter l'apparence & le mouuement, mais non

pas la perfection effentielle de fon obiet.
L'Orateur dont on a parlé n'apprit pas deuant vne glace à eftre eloquent, mais feulement à eftre gentil. Il n'ofoit paraiftre deuant les hommes, mais il n'auoit point de
honte de fe produire deuant vne chofe morte. Il eftoit hardy pource qu'elle eftoit infenfible. Aprez tout, c'eft vn rapport bien
imparfait que celuy qui ne reprefente que la
feule efcorce des chofes; le Miroir découure le vifage, mais non pas la raifon, & s'il
femble quelquesfois animé, ce n'eft que par
le reflechiffement des efpeces de l'obiet qui
le viuifie en apparence. Mais enfin, comme
on ne donne point ce qu'on n'a pas, on a fans
doute ce qu'on donne. D'où il s'enfuit que
l'obiet a beaucoup plus de perfections que le
miroir, puis qu'il fe referue plufieurs chofes,
en luy en communiquant quelques vnes. Il
faut donc conclure à l'honneur des Dames,
que pour parfait que l'exemplaire puiffe eftre,
il eft toufiours imparfait au prix de l'original.

XXXII. Voila vn long difcours pour
vn fuiet qui fe paffe en vn moment, & il faut
auoüer que ceux qui parlent de la forte parlent bien aueuglement de la veüe. Faut-il

s'arrester tant de temps à ce qui se fait en vn
coup d'œil , & traitter d'vn Miroir comme
d'vn Prodige , comme si ce n'estoit pas vn
ioüet de l'art & vne production ordinaire de
la nature. N'est-ce pas encore offencer les
Dames sous couleur de les obliger , que de
croire que pource qu'elles sont belles , elles
sont idolâtres d'elles-mesmes , & qu'elles
n'ont point d'occupation plus serieuse que de
se regarder auec attention? Certes on les
considere assez sans qu'elles se contemplent
auec tant de reflexion : & tout bien consideré , c'est vne maigre satisfaction de voir son
ombre dans la glace aussi bien que sur la terre. Mais pource que la vanité fait des idoles
de verre aussi bien que d'or & d'argent , ie
suis bien aise de les abattre en cet endroit, &
de faire voir que la veuë, qui semble estre le
plus asseuré de tous les sens ,est suiet à plus
d'illusions. Ainsi donc que les Profanes com-
parent les Coquettes à Narcisse, ie veux que
les Dames vertueuses ressemblent à Diane,
qui ne veut pas estre veüe. Faut-il que les
Chrestiennes découurent impudemment leur
visage, pendant que les Turques le cachent?
Celles qui veulent estre trop veües sont quelquesfois regardées de mauuais œil. C. Sul-

pitius Gallus repudia sa femme pource qu'elle
osta son voile dans vne rüe ; luy disant que la
loy ne luy permettoit d'estre visible qu'à son
mary, & que pourueu qu'il trouuast son visage beau, elle ne se deuoit pas soucier de
contenter les yeux des autres. Tant s'en faut
donc que les honnestes femmes doiuent sou-
haitter que tous les lieux soient pleins de Miroirs, qu'au contraire elles deuroient desirer
que la clarté mesme fust tousiours vn peu
obscure, pour tenir leur pudicité dans vne
asseurance parfaite. On ne recherche guere
les beautez qui sont cachées ; c'est pource
qu'elles iettent des rayons, qu'elles allument
des feux.

XXXIII. Aprez tout, il n'appartient
qu'à des coureuses de vouloir estre par tout.
Celles qui veulent paraistre en toutes sortes
d'endroits, se rendent infames voulans se rendre Deesses. Pensant regarder leur grandeur
dans vn Miroir, elles nous monstrent leur vanité. Elles font bien de le porter à la ceinture,
pour donner par tout des preuues euidentes
de leur folie. Ce n'est pas leur beauté qui est
prodigieuse, c'est plustost leur extrauagance. Au reste, pensant nous embraser en se
regardant dans vne glace, elles nous causent

quelquesfois d extremes froideurs. Nous
nous imaginons qu elles ne fe regardent pas
tant pour nous découurir leurs perfections
que pour cacher quelque défaut. Nous nous
piquons mefmes de ce que regardant vne chofe morte auec beaucoup de complaifance,
elles ne nous regardent d'ordinaire qu auec
vn œil de dédain. Ainfi nous nous ennuyons
de les admirer quand elles fe mirent ; nous
ne nous plaifons pas à leur entretien quand
elles nous parlent moins qu à vn obiet tout à
fait muet. Mais pour voir plus clairement
la bizarrerie de ces efprits , nous n'auons
qu'à confiderer la baffeffe d'vn fuiet qu'ils
ont éleué au delà du Ciel, quand ils ont fait
vn Miracle d'vn Miroir , & vn foleil d'vn peu
de terre. Aprez nous fairons reflexion fur la
rareté changeante des efpeces , & reconnoi-
ftrons qu'elle ne fait que tromper les yeux
des Dames , de quelque part qu'elle vienne,
& que c'eft pluftoft vn illuftre amufement
qu vn obiet fort noble & fort éclattant. Enfin , nous remarquerons que l'image & l'e-
xemplaire doiuent paffer comme vne ombre,
& qu'ayant de la reffemblance en leur eftre,
ils. en auront en leur deftruction. Que les
Dames ne s'offencent pas fi ie leur deffille les
yeux

yeux du corps, pour leur rendre ceux de l'efprit plus lumineux. Ie croy les obliger quand
i'empefche qu'on ne croye que leur efclat
vient pluftoft d'vne glace que du Ciel. Enfin ie contribue beaucoup à leur perfection, leur oftant la plus apparente occafion
d'oifiueté, & les obligeant de regarder pluftoft leur interieur, que leur figure exterieure.

XXXIV. C'eft à tort qu'on veut faire
paffer pour maraftre noftre commune mere, ie veux dire la Nature, en affeurant qu'elle eft la caufe productrice des inftruments de
la vanité, au lieu qu'elle n'agit iamais que fo-
lidement, & qu'elle regarde plus le bon plaifir du Createur, que la complaifance des
Coquettes. Nous verrons cy aprez qu'elle
trauaille pour noftre bien, quoy que nous
abufions de fes œuures pour noftre mal. Cependant i'auoüe qu'il y a vn Miroir fans ta-
che de la Maiefté de Dieu, qui le reprefentant dans luy-mefme & dans toutes chofes,
reprefente auffi toutes chofes dans Dieu.
Les Anges s'eftiment heureux d'y pouuoir
regarder auecque leur Maiftre, mais les hommes, tous terreftres qu'ils font, peuuent
participer à cette faueur auffi bien que ceux

P

qui font dans le Ciel. Vne Vierge mefme a
rendu ce Miroir fenfible par vn effet de la
Toute-puiffance, afin de nous le rendre plus
vifible. Mais nous fommes fi aueuglez, que
nous aymons mieux regarder l'impureté d'v-
ne glace terreftre , que la clarté du Soleil.
Quelques Dames fe plaifent plus à voir leur
image, que celle de Dieu, parce qu'elles veulent paffer pour Deeffes. Au lieu de fe confiderer, comme des Copies de ce premier original, elles veulent eftre prifes pour de premiers exemplaires. Le Seigneur a bien marqué fur leur front la lumiere de fon vifage,
mais elles ne defirent voir que celle du leur.
Enfin la faincte humanité de IESVS-CHRIST
ne leur plaift pas, quelque éclattante qu'elle
foit, pource qu'elles veulent reluire deuant
les yeux des hommes profanes. Cependant
qu'elles fe fouuiennent que toutes les perfonnes que Dieu a predeftinées doiuent eftre
femblables à l'image du Fils de Dieu, & que
ce n'eft pas en tenant vn Miroir inutile à la
main, qu'on ira dans l'Empyrée. Cet éclat
orgueilleux ne conduit que vers les tenebres.
Il y aura là des Lucifers de la terre comme du
Ciel.

XXXV. Ie ne nie pas que tous les fu-

iets créez n'ayent des images d'eux-mesmes
aussi-tost qu'ils ont leur essence, & Dieu
qui leur communique quelque rayon de toutes ses perfections leur donne vne espece
d'immensité par la multiplication de leurs
especes, qui respond en quelque façon à celle qu'il a par nature. Mais faut-il que des
Creatures raisonnables s'oublient ce qu'elles
sont essentiellement en voyant ce qu'elles
sont par figure? Est-il de la bienseance qu'v-
ne Dame s'idolâtre, pource que Dieu la fait
voir en plusieurs endroits, & le peut-elle
mespriser legitimement pource qu'il l'a fauo-
risée ? Toutes les autres choses rapportent
leurs ressemblances particulieres à celle de
leur principe : il n'y a que les hommes qui
recueillent la leur en eux-mesmes, & se regardant plustost comme des Premiers principes,
que comme des effets d'vne cause superieu-
re. Ils preferent le neant à celuy qui Est. Ils
détournent leur face de leur Seigneur, pour
ne plus contempler que leurs perfections
imaginaires. C'est de ceux-là que sainct
Paul a dit, Que la cholere du Ciel se va décharger sur l'impieté de ces orgueilleux qui
detiennent la verité de Dieu dans l'injustice,
d'autant que ce qu'on connoist de Dieu se

manifeſtant en eux, 's ſont inexcuſables auſſi
bien qu'incorrigibles. En effet ayant connu
Dieu, ils ne l'ont pas reconnu, mais ils ſe ſont
éuanouys dans leurs penſées, & ſont deuenus
fols dans leur ſageſſe pretenduë? Ils ont chan-
gé la gloire d'vn Dieu incorruptible à la reſſemblance de l'image d'vn homme ſuiet à la
corruption. C'eſt pourquoy Dieu les a a-
bandonnez de telle ſorte, que leur ame ayant
ſoüillé leur corps, leur corps a ſoüillé leur
ame; & ayant mieux aymé ſeruir à la Creature qu'au Createur, ils ont demeuré ennemis du Createur, & ſuiets de la Creature.
S'ils euſſent eu moins de complaiſance en eux-
meſmes, ils n'euſſent pas eu tant de malheur. Ils ne ſe ſont perdus que pource qu'ils
s'aymoient exceſſiuement.

XXXVI. Que l'homme dont ſe regarde comme le petit monde, mais qu'il recon-
noiſſe vn Maiſtre auecque le grand. Si toutes choſes ſont faites à ſa reſſemblance, il eſt
fait à la reſſemblance du Tout-puiſſant. Il a
de grandes perfections, mais c'eſt pluſtoſt
dans l'ame que dans le corps; peut-il negliger
la principale partie de ſoy-meſme, pour auoir
ſoin de la moindre? Les Dames regardent
mille fois leur viſage dans vn Miroir, & le-

roient bien marries de regarder vn peu la conftitution de leur ame! Pourucu que l'vn foit
fans défaut, elles ne fe foucient pas que l'autre ait vne infinité de taches. Ce qui tient
de l'Ange eft défiguré, & ce qui tient de la brute eft embelly. Quelle folie? N'auons-nous
receu la raifon que pour faillir auec vne reflexion particuliere? Deuons-nous eftre infenfez, pource que la Nature nous a rendus capables d'admiration? Ie confeffe que de tous
les animaux qui fe peuuent voir, il n'y a que
l'homme qui fe connoiffe en fe regardant,
mais i'ofe dire auffi qu'il n'y en a pas vn qui fe
connoiffe moins que luy. Ce défaut ne
vient pas de fon intellect, mais pluftoft de fa
volonté. Il s'aueugle pource qu'il eft trop
clair-voyant. Au lieu de fe regarder dans vn
Miroir comme vn fuiet de mifere, il s'y regarde comme vn Miracle. Voyez vne Coquette qui fe contemple de l'efprit & des
yeux; elle ne fonge plus qu'elle eft foible,
mais qu'elle eft belle. Elle ne fe reprefente pas
qu'elle eft Chreftienne, mais qu'autresfois
elle euft paffé pour Deeffe. Elle ne penfe pas
à conformer fes mœurs à fa compofition exterieure, mais à brufler interieurement les
ames par les attraits de fon exterieur. Elle

fait les doux yeux à vne glace, pour les faire
aprez à vn Amant embraſé. En vn mot vous
diriez qu'elle n'a de la conſideration que pour
eſtre déraiſonnable.

XXXVII. Mais pour mieux voir la
vanité des Dames, voyons celle du Miroir,
qui eſt leur idole. Ceux qui confeſſent que
ce n'eſt qu'vne exhalaiſon & qu'vne vapeur
ne renuerſent-ils pas l'ordre de la Nature en
preferant au Ciel ce qui vient du ſein de la
terre ? Certes les Payens qui ont fait vne E-
ſtable du Firmament, en y mettant toutes
ſortes d'animaux, ont moins failly ce me
ſemble, que ceux qui veulent mettre vn peu
d'argille détrempée en la place du Soleil.
La Phyſique nous apprend que le moindre
corps viuant eſt plus noble que le plus excellent de tous ceux qui n'ont point d'ame,
mais des corps ſublunaires inanimez ne peuuent entrer en comparaiſon auec les celeſtes.
Ce n'eſt donc pas la nature qui donne du prix
au Miroir, c'eſt le caprice des hommes. La
glace n'eſt eſtimée que pource que nous
ſommes extrauagans. Et qu'on ne die point
icy qu'on ne peut blâmer vn effet que les
aſtres produiſent auec la terre, & qu'vn ſuiet ſi éclattant ne ſçauroit eſtre obſcurcy par

les paroles des hommes. Ie blafme les agents libres , & non pas les naturels ; & décrie noftre folie, & non pas la iuſteſſe des cauſes qui produiſent leurs effets dans les reigles , quoy qu'elles n'ayent point de raiſon. La terre fait bien de purifier ſes entrailles par l'ayde du ſoleil qui en attire quelques parties , & l'eau ne s'eſloigne point de ſa fin en ſe deſchargeant de quelques vapeurs qui ſe ſubtiliſeront, quelques peſantes qu'elles ſoient. La chaleur qui meſle les vnes auec les autres , & fait vn compoſé de deux élements, n'opere rien contre l'exigence de ſa nature , quoy qu'elle produiſant vne glace , elle produiſe ſon contraire. Ce ſont les hommes qui pechent en abuſant volontairement de ces productions neceſſaires & tournant au meſpris de Dieu ce qu'il a fait pour ſa gloire.

XXXVIII. Il a formé des Miroirs pour ſe faire regarder , & nous les prenons pour nous regarder nous-meſmes, en oubliant ou effaçant ſon image. Diſons donc que ce n'eſt pas la nature qui a failly , mais noſtre volonté qui ſe rend coulpable. Tertullian dit par quelque ſorte de proportion au ſuiet dont nous parlons , que Dieu a creé les taureaux, & que neantmoins il n'eſt pas le principe de l'idolatrie qui les immole aux Demons. Il a formé les perles, mais il n'eſt pas l'Autheur du luxe. Enfin il nous a donné l'vſage des choſes du monde, mais il n'approuue pas les abus que nous en faiſons. Auſſi comme nous ſemblons maintenant choquer toutes les creatures contre luy, il liguera vn iour toutes les creatures contre nous. Cette terre que nous adorons nous reprochera le tort que nous aurons eu de l'auoir preferée au Ciel. Le ſoleil qui ayde à former le Criſtal, nous reprendra de ce que nous n'y aurons apperceu de la lumiere durant noſtre vie que pour marcher dans l'obſcurité de la mort. Ce Miroir meſme qui nous repreſente noſtre viſage, nous repreſentera la faute que nous faiſons en regardant moins l'image de Dieu dans nous, que noſtre image hors de nous. C'eſt ainſi, mes Dames, que vos Plaiſirs feront vos ſuplices. Vous penſez reluire maintenant comme des aſtres, & peut eſtre que vous reluirez lors comme des charbons.

XXXIX. Mais pour ne pas ſembler manquer de raiſon, en ne décriant la vanité que par des menaces; voyons dans la nature meſme & dans les proprietez du Miroir, que ce qu'on appelle Diuin n'eſt pas ſeulement
ment

ment digne d'eftre prifé d'vn homme. Si
c'eft vn peu de terre & d'eau, il paraift que
ce n'eft qu'vn fuiet fort bas, & quoy que le
Soleil le regarde, il n'eft pas plus noble pour
cela, qu'vn fumier qui en reçoit les rayons
auffi bien que luy. Au refte quelque dur qu'il
foit, il femble eftre d'autant plus aifé à caf-
fer qu'il paraift plus épaiffy; & les Egyptiens
qui fignifioient toutes chofes par des apparences myfterieufes, ne reprefentoient qu'vn
Miroir, pour reprefenter la Fragilité. Il n'y
a rien de moins durable que l'image qui paraift dans vne glace, fi ce n'eft la glace mefme. Ie ne diray pas que fi le Soleil l'efclaire,
la moindre vapeur la ternit, & que les Naturaliftes remarquent que les femmes en
certain temps la foüillent en la regardant,
tant s'en faut que leurs yeux s'y purifient.
D'où les Dames doiuent apprendre qu'elles ne peuuent pas attendre de l'embelliffe-
ment d'vn fuiet qu'elles enlaidiffent. Que s'il
tire fon éclat de la lumiere, c'eft toufiours
vne marque qu'il n'en a point de luy-mefme,
& que tout ainfi qu'il n'eft precieux que par
imagination, il n'eft clair que par emprunt.
La lumiere eft bien plus belle en elle-mefme
que dans le miroir; c'eft elle qui nous fait voir,

Q

au lieu qu'il ne fait que terminer noſtre veuë.
Il eſt touſiours groſſier dans ſa tranſparence,
mais elle eſt touſiours ſubtile. Il ne ſe trouue qu'en vn lieu, mais elle ſe trouue par tout.
Qu'on ne die donc pas que c'eſt le Miroir
qui la rend viſible, veu que c'eſt elle qui rend
viſible le miroir. On ne ſçauroit ſe regarder
dans les tenebres, quoy qu'il y ait vne glace
bien polie, mais on ſe peut bien voir en plein
iour, quoy qu'on ne ſe mire point. Et puis
la lumiere ne ſe refléchit quelquesfois du
fonds du miroir, que pource qu'eſtant celeſte, elle ſe rebutte d'eſtre dans vn ſuiet terreſtre. Elle remonte apparemment par inclination, ne deſcendant que par violence.

X L. Quoy que ce raiſonnement ſoit auſſi fort qu'il eſt éclattant, i'en veux neantmoins changer la face, ſans pourtant changer de matiere. Afin donc qu'on ne vante
plus le miroir pour eſtre vn ſuiet fort lumineux, meſpriſons vn peu la lumiere aprez l'a-
uoir eſtimée. Quelques excellentes que
ſoient les proprietez qu'on luy donne, ce n'eſt
touſiours qu'vn accident, qui eſtant commun
& vniuerſel, ne peut pas auoir des auantages
fort rares. On adore ſon éclat, mais on ne peut
ſouffrir ſon eclipſe. Comme elle paraiſt en vn

moment, elle difparaift en vn clin d'œil. Or
tout ce qui paffe fi toft, ne paffe iamais pour
excellent. La durée des chofes eft le caractere le plus affeuré de leur perfection. Dieu
eft infiniment adorable, pource qu'il habite
vne lumiere inalterable auffi bien qu'inacceffible. Mais le iour que nous voyons icy bas
fait place à la nuict, & la plus pure clarté y
eft toufiours meflée auecque des ombres.
On l'appelle celefte, & neantmoins on la
voit ramper fur la terre, auffi bien que voler
dans l'air. Si c eft comme la tapifferie du monde, d'où vient qu'elle fe perd fi fouuent, &
qu'on l'ofte prefque auffi toft qu'on l'eftend?
Quant à la Beauté, on ne peut dire que toute fa grace dépende d'vne lueur paffagere, où il
faudroit dire que toutes les femmes qui font
belles durāt le iour, font laides durant la nuict.
La lumiere eft la robe de la fuperficie des chofes, comme on a fort bien remarqué, mais elle
ne fait pas le fonds de leur effence ny de leur
gloire. Au refte, c'eft vne herefie de croire
qu'elle compofe le corps de la Diuinité, veu
que la Diuinité n'a point de corps, & que la
lumiere n'eft qu'vne qualité accidentelle aux
fubftances. Que fi l'on adioufte qu'elle en
compofe le trofne, ie refponds que c'eft plu-

ftoſt vne lumiere infenſible que celle que
nous voyons tous les iours, & qu'il eſt vray
d'ailleurs que Dieu a ſa retraite enuironnée
de tenebres, ainſi que parle l'Eſcriture. l'a-
uoüe que la production de la lumiere eſt vne
choſe miraculeuſe, quoy qu'elle ſoit ordinaire, pource qu'elle s'eſtend par tout ſans
aucun mouuement local, & que venant du
Soleil ou des autres aſtres, elle ſe trouue à
meſme temps dans la terre & dans le Ciel.
C'eſt ce qui faiſoit dire à Iob qu'il neſçauoit
comprendre vn Myſtere qui nous eſt ſi fami-
lier, & ceux qui penſent ſatisfaire à ſa demande ne voyent pas que le ſainct Eſprit ne l'euſt
pas propoſée comme impoſſible à reſoudre,
ſi dans le train commun on en euſt pû donner vne parfaite reſolution. Les autres qui
appellent la lumiere la vie de la vie nous monſtrent que ſi la vie paſſe comme vne ombre,
ce qui l'entretient ne peut pas eſtre ſubſi-
ſtant.

XLI. Plotin qui a dit que les Dieux en
nous regardant nous enuoyoient la lumiere
de leurs yeux s'abuſe bien lourdement, puis
que la Diuinité n'a non plus d'yeux corporels
que de pieds ſenſibles, & quoy que S. Auguſtin aſſure qu'elle eſt tout œil & tout pied,

il faut entendre cela par analogie, & non pas
par propriété. Iamblique aussi a dit auecque
aussi peu de Sagesse que cet autre Philosophe, que la lumiere est vn Acte pur, qui venant de l'acte de l'Intelligence de Dieu s'e-
stend generalement par toutes choses, comme s'il y auoit d'autre acte pur que Dieu mesme, & que l'Intelligence de Dieu, qui est
l'Esprit des esprits fust materielle aussi bien
que la lumiere. Outre cela les actes de l'Intelligence de Dieu sont immanents, & ne s'espan-
dent pas au dehors: elle a bien des obiets estrã-
gers au regard de sa nature, toutefois elle ne
sort point de Dieu pour aller à eux, mais elle
les fait venir à soy, comme ils sont sortis de ses
idées. Ne deifions donc pas des creatures, &
ne considerons pas comme creature vne perfection essentielle de Dieu. Nous pouuons
pourtant tolerer l'opinion de ceux qui ont appellé la lumiere sa fille aisnée, pourueu qu'on
la regarde comme vne production tempo-
relle, sans la comparer à la generation de son
Fils. Mais enfin Dieu laisse perir cette fille
aussi bien que les autres choses corruptibles,
& comme il ne fallut qu'vne parole pour la
créer, il ne faut qu'vn moment pour la détruire. Qu'on appelle encore la lumiere vn

Q iij

Miracle qu'on voit toufiours , pource que
n'ayant point de couleur en foy, elle contient
les couleurs de toutes chofes; pour moy ie ne
puis beaucoup eftimer vne qualité qui eft le
truchement des fuiets vifibles, & s'il eft vray
qu'il n'y a rien de fi vain que les couleurs, la
lumiere fera donc encore plus vaine , puis
qu'elle n'eft faite que pour les reprefenter.
La lumiere donc n'eft pas la caufe de la veuë,
mais fon inftrument, & elle n'a pas beaucoup
d'éclat, veu qu'elle ne le fçauroit faire voir
qu'en le donnant à vn autre obiet. Enfin qu'on
la nomme la plus pure de toutes les qualitez,
ie ne puis m'imaginer qu'elle ne s'infecte en
quelque façon, s'efpandant dans les cloaques
auffi bien que dans le Ciel.   Et fi le miroir
eft fon element, peut-elle eftre pure au milieu de l'impureté ? Qu'eft-ce qu'vne glace,
finon vn meflange des excrements de la terre & de l'eau qui forment vn compofé? Certes vn accident Celefte ne peut pas garder
fon incorruption parmy les corruptions ordinaires de la nature.

     XLII.   C'eft icy que ie ne doute point
que ie ne fois regardé de mauuais œil de
beaucoup de Dames , veu que ie veux atta-
quer leurs yeux, & blafmer ce que les autres

adorent. Oferay-ie obfcurcir ces deux flambeaux de l'Amour fans eftre hay de toutes
les honneftes gens? Les dois-ie profaner puis
qu'on les nomme Diuins? Si ce font les foleils du petit monde, les peut-on eclipfer
impunément? ne faut-il pas fe refoudre à
mourir deuant que de choquer ces deux arbitres de la vie? L'ame s'offencera fi i offence l interprete de fes paffions; l'efprit fe pic-
quera fi ie bleffe fes organes, le cœur mefme
s'efmouura, fi i'efbranle fes feneftres. Ne
fçay-ie pas que ce font les trofnes de l'Empire, auffi bien que les fieges de la beauté;
& que comme le Poëte dit que fa Dame l'a rauy par vne de fes œillades, les Empereurs
Grecs rendoient aueugles ceux qu'ils vouloient rendre incapables de commander?
Puis-ie ignorer encore que ceux qui ont voulu peindre les Anges les ont depeints comme
de veritables Argus? Les Fgyptiens mefmes
pour nous reprefenter Dieu, ne nous reprefentent qu'vn œil. N'attaqueray-ie donc pas
Dieu & les Creatures, les Anges & les hommes, fi i'attaque les yeux des Dames? Mais
d'ailleurs uois-ie fuiure la prefcription pour
m'efloigner de la verité? N'entens-ie pas dire au Sage, qu'il n'y a rien de pire que l'œil

parmy les chofes creées, quoy qu'il n'y ait rien
de plus beau ? Le mefme n'aioûte-il pas que
qui fait figne des yeux, femble donner ouuerture à la malice, auffi bien qu'à la trifteffe, &
que l'exaltation des yeux, & la dilatation du
coeur eft le Phare des impies ? S'ils n'auoient
point de veuë, ils ne marcheroient pas dans
les tenebres.

XLIII. Noftre Seigneur mefme qui
nomme l'œil la lampe du corps, ne dit-il pas
que lors que cette partie eft obfcurcie par les
vices, tout le corps ne fçauroit auoir d'éclat;
& que lors que ce qu'il y a en nous d'éclattant vient à eftre fombre, nous pouuons iuger combien les tenebres mefmes feront noires. Il ne nous défend pas feulement les mauuaifes actions, mais encore les mauuais regards, comme vn pere ne punit pas feulement
vn enfant aprez qu'il s'eft bleffé d'vne épée,
mais encore lors qu'il la manie. Il eft feuere
par auance, afin de l'empefcher de fe faire
mal. D'auantage, fainct Auguftin appelle
l'œil le plus nuifible de tous les fens, il le
nomme ailleurs le meffager de l'impudicité
du cœur, le tifon de la conuoitife, & l'éclat
de l'infamie. Sainct Ifidore dit que les yeux
font les plats de la lubricité & les feneftres

de lamort; vn autre les qualifie les appas des
vices, les autheurs des forfaits, les ministres
des adulteres, les ministres des mauuais desirs,
& les flesches d'vn amour lascif. Iob connoif-
fant combien ils font dangereux, dit qu'il a
fait pacte auec eux, pour ne iamais fonger
aux filles; pour eftre chafte il fe rend volontairement aueugle. Aprez cela nos Dames
croiront qu'il leur eft permis de découurir
impudemment leur vifage aux hommes, fans
confiderer qu'elles les bleffent à mort en penfant leur agréer? Elles fe regardent mefme
dans vn Miroir pour fe faire plus regarder,
& pour fe mettre en danger, en iettant les
hommes dans le peril! Le Sauueur du monde difoit que nous nous deuons pocher vn
œil & le ietter hors de la tefte, fi toft qu'il
nous fcandalife, & neantmoins les Coquettes les conferuent tous meurtriers & trai-
ftres qu'ils font, ou bien elles ne les iettent
dans vne glace qu'afin qu'elle les leur renuoye plus ardents & plus effrontez. Saincte
Luce s'arrache les fiens pour guerir vn cœur
malade, les autres gardent les leurs pour nous
bleffer? Au lieu que Dauid dit que fes yeux
font toufiours tournez vers Dieu, ces Deeffes pretenduës les tournent vers elles-mef-

R.

mes ? Le mesme Roy prie le Seigneur de détourner ses yeux de la vanité, elles y portent volontairement les leurs. Elles ayment mieux regarder vne glace que le Ciel. Disons donc que, comme le Sage asseure que les yeux des fols sont au bout de la terre, les yeux des folles se plaisent à se voir terminez par vne terre éclattante. Maintenant si l'on nomme l'œil vne Diuinité, il faut respondre que les Anatomistes remarquent que les yeux se forment les derniers, & meurent les premiers de tous les membres, ce qui monstre qu'estant plus mortels que tout le reste du corps, on ne leur peut pas donner vn nom d'immortalité. Si l'œil est le soleil du petit monde, cela veut dire, qu'il dure bien peu, & qu'il ne reluit que pour estre bien tost enseuely dans les tenebres. C'est l'eschauguette de l'homme, & son capital ennemy ; c'est le tableau de l'ame, & son meurtrier ordinaire. Ce flambeau de tout le corps l'obscurcit presque aussi souuent qu'il l'illumine. Cet espion de l'esprit est souuent infidele au cœur. Ce peintre de l'imagination fait sur son fonds plus de crotesques, que de tableaux raisonnables. Enfin ce truchement de la verité la cache en la manifestant, & fait prendre quelquesfois le

menfongepour elle. Platon qui l'appelle vn
feu celeſte, deuoit conſiderer que ce n'eſt
qu'vn peu de terre remplie d'humidité. Ces
autres eloges qu'on luy donne ſont ſpecieux,
mais les maladies qui l'accablêt nous font voir
qu'il eſt bien miſerable dans ſa grandeur.
Il ne peut donc pas eſtre le principe de la ſanté,eſtant le ſuiet de mille foibleſſes. Ceux qui
l'appellent la feneſtre de l'ame parleroient
plus vrayſemblablement s'ils l'en appelloienc
le voile; on croit que l'œil nous monſtre l interieur, & c'eſt vn diſſimulé qui nous le cache. Il ſoufrit quelquesfois quand le cœur
pleure ; & pleure quand le cœur ſe ré-
joüit.

XLIV. Au reſte ſon actiuité n'eſt pas vne
marque de ſa puiſſance, mais ſa legereté. Si les
autres ne ſont pas ſi vifs, ils ne ſont pas ſuiets
à tant d'illuſions. La nature n'eſt pas Magicienne pour auoir fait l'œil auec beaucoup
d'artifice, mais pour auoir renfermé tant de
malice dans vne ſi petite circonference. Il n'y
a preſque point de membre ſi peu eſtendu ny
ſi nuiſible que l'œil. Ceux qui diſent que ſa
façon d'agir eſt toute ſpirituelle, ne prennent
pas garde que les actions des agents materiels
ne peuuent pas eſtre tout à fait immateriel-

les. L'œil s'esblouït quelquesfois pour vouloir estre trop clair-voyant, & ne découure quelquesfois aucun obiet, pource qu'il en découure trop à la fois. Aprez cela qu'on ne die point que l'œil est le sens de l'inuention, disons plustost que c'est celuy de l'ignorance. Nous nous abusons plus par la veuë que par tous les autres sens ensemble. Et puis, n'a-on pas veu des aueugles dont l'esprit estoit d'autant plus éclairé, que leur corps estoit moins capable d'apperceuoir la lumiere? Tyresias ne commença d'estre Deuin, qu'aprez qu'il eut perdu la veuë. On disoit de luy que les Dieux luy auoient osté la clarté du visage pour la luy mettre dans le cerueau. Homere ne laissa pas d'estre le prince des Poëtes, quoy qu'il ne vist point écrire: & il semble que la Prouidence luy auoit osté les instruments humains qui seruent le plus à la composition des beaux ouurages, pour nous monstrer que le sien estoit tout Diuin. Democrite se creua les yeux, pour mieux voir dans les secrets de la Nature. Que diray-ie de Diodore le Sicilien, qui apprit les Mathematiques tout aueugle qu'il estoit, & deuint maistre en vne science qui ne se peut apparemment exercer que par des demonstrations visibles. Ap-

pius Claudius eſtoit le chef du Conſeil de la
Republique, quoy qu'il euſt perdu la veüe,
& on diſoit de luy, qu'il voyoit d'autant plus
clair dans les affaires, qu'il ne voyoit rien
hors de là.

XLV. L'Hiſtoire Eccleſiaſtique fait vne
mention honorable de Dydimus, qui ayant
eſté aueugle dés ſon enfance, ne laiſſa pas
d'eſtre le Protecteur de l'Egliſe iuſques à vne
extréme vieilleſſe. Sainct Antoine le viſitant
vn iour luy diſt, qu'il ne ſe deuoit pas ſou-
cier d'auoir perdu des yeux qui luy eſtoient
communs auecque les beſtes, puis qu'il en
auoit d'autres qui luy eſtoient communs a-
uecque les Anges. C'eſt de luy qu'on raconte encore qu'vn iour quelque Hereſiarque luy
ayant demandé quelle conſolation il pouuoit
trouuer dans ſa diſgrace naturelle, il luy répondit auec autant de ſageſſe que de courage, qu'il eſtoit bien aiſé d'eſtre aueugle,
pour ne point voir le monſtre qui luy parloit. Et par là on peut refuter ce qu'on dit,
que la veüe eſt le plus grand adouciſſement
des calamitez de la vie. Au contraire, l'Orateur Romain remarque fort bien qu'ils augmentent la douleur d'vne perſonne affligée,
pource qu'ils la contraignent de voir ce que

les autres ne font qu'entendre , & que rendans l'obiet touſiours preſent, ils ne permettent pas à l'eſprit d'en eſloigner la pen-
ſee. Ainſi donc, ſi nous ne pouuons pas douter de ce que nous voyons, nous ne pouuons
ne nous en pas reſſentir lors qu'il nous bleſſe. Et puis, s'il y a du plaiſir à voir la clarté du
Ciel, il y a bien du deſplaiſir à voir les ordures de la terre. Si la beauté vous rauit, la laideur vous rebutte.

XLVI. Adiouſtez à cela que la veüe eſt
dangereuſe plus qu'elle n'eſt agreable. C'eſt
ce qui a porté quelques perſonnes à défigurer leur viſage, pour entretenir la bonne grace de leur ame. Elles ont mieux aymé eſtre
ſans yeux que ſans Charité. D'autres qui
n'ont pas eſté ſi cruels enuers eux-meſmes
ont fait par deſir, ce que les autres ont exe-
cuté en effet. Ils ont ſemblé auoir des
yeux, comme n'en ayant point. Sainct Bernard oblige les ſiens à ne plus voir que ſes
pieds, pource qu'ils ont regardé, quoy que
ſans y penſer, le viſage d'vne femme. Vn
Philoſophe meſme de l'Antiquité nommé Iſœus eſtant ſollicité de regarder vne
belle femme, qui en paſſant ſembloit embra-
ſer tous les cœurs, reſpondit froidement,

qu'il n'auoit plus mal aux yeux. Auſſi certes, comme diſoit vn grand Capitaine de la
Grece, il faut que les yeux s'abſtiennent de
regarder, auſſi bien que les mains de prendre:
Et Xenocrates aſſeure que c'eſt toute vne
meſme choſe de ietter les yeux dans la maiſon
d'autruy, que d'y vouloir entrer par force.
Il ne parle pas d'vne ſimple œillade, mais
d'vne viſion, ou trop auide ou enuieuſe. Que
ſi les Payens meſmes ſe ſont tellement défiez
de leurs yeux lors que les forfaits de la veuë
& de la penſée ſembloient eſtre indifferents,
que deuons-nous penſer dans le Chriſtianiſme, où l'on peut eſtre adultere par les yeux
comme par effet, & où Dieu ne nous permet
proprement de regarder que ce qu'il nous eſt
licite d'auoir. Concluons donc que ſi la veüe
eſt recommendable pour eſtre l'organe de la
verité, elle eſt ſuſpecte pour eſtre miniſtre
de l'iniuſtice, & la ſource de toutes ſortes
de pechez. Diſons enfin qu'elle ne met pas
la vie dans vne bonne conſtitution, la mettant à chaque heure dans vn danger continuel d'vne eternelle mort.

XLVII. Ceux qui ont dit que la veuë
eſt la perfection de l'homme n'ont pas conſideré qu'vn ſuiet Diuin & ſpirituel ne ſçau-

roit eftre acheué par vne puiſſance materielle. Ce n'eſt pas par les ſens que nous nous ren-
dons ſemblables à Dieu, c'eſt plutoſt par l'Intelligence. Nous ne ſommes pas créez pour
voir les choſes corporelles, mais pour con-
noiſtre & aymer l'Éſprit des Eſprits. Si nous
auons la veuë eſleuée, c'eſt pour apprendre de
noſtre figure meſme que noſtre eſprit ſe doit
encore plus éleuer que noſtre corps. Il ne voit
Ciel qu'afin que l'ame s'y porte par vn mouuement naturel; c'eſt icy ſon exil, c'eſt là ſa
patrie. Mais quel tort ne fait-on point à la dignité de l'homme, en diſant que ſon œil n'eſt
fait que pour regarder vn miroir, comme ſi
ce que nous foulons ſous les pieds eſtoit l'obiet de la plus belle partie de noſtre teſte. C'eſt
abbaiſſer iniuſtement noſtre nature pour éleuer vn peu de boüe. Les Payens meſmes ont
reconnu que la veüe nous auoit eſté donnée
pour contempler les choſes celeſtes, & non
pas pour regarder celles de la terre, & que
les Dieux nous auoient donné des ſens pour
nous ſeruir d'inſtruments à l'acquiſition de
la ſageſſe, bien loin de nous en auoir fait preſent pour fauoriſer nos folies. Mais il y a des
naturels ſi mal faits qu'ils abuſent des dons
de Dieu meſme pour l'offencer. Ils preferent

rent vne glace fragile au Soleil.

XLVIII. Vne Coquette desdaigne de voir ce bel astre pource qu'il est esblouïssant, & adore vn Miroir, pource qu'elle y voit son ombre. Elle ayme mieux apperceuoir la figure des choses que leur substance. La solidité de tous les suiets luy déplaist, d'autant qu'elle ne se plaist qu'à la vanité. Elle est abusée, & neantmoins elle trouue de l'agréement dans cét amusement trompeur. Qu'on ne prouue point la puissance du Miroir par vn effet de foiblesse ; il ne nous produit que des apparences, pource qu'il ne sçauroit produire des corps. Les especes mesmes que nous voyons dans son fonds viennent de celuy d'vn autre Principe : l'œil se represente de luy-mesme, & le miroir ne fait que luy renuoyer son image. C'est donc en vain qu'on dit qu'il met vne chose en deux lieux, veu que c'est elle-mesme qui s'y estend par le moyen de son espece. & aprez tout, vne Dame n'est pas fort obliglée à vne glace, de ce qu'elle la fait prendre pour vne Ombre deuant sa mort. Nous ne sommes que poussiere, mais le Miroir nous aneantit encore plus en montrant que nous ne sommes qu'vne apparence. Nous ne nous reproduisons pas en nous

S

regardant dedans , mais nous nous reprefen-
tons à nous-mefmes; nous connoiffons mieux
noftre neant , voyant qu'vn neant nous fait
reconnoiftre. Et par là l'on peut voir que le
Miroir n'eft miraculeux que pour nous faire
paraiftre plus miferables que nous ne fommes
en effet.

XLIX. Mais peut eftre que ce difcours
nous faira condamner des belles , veu que
nous blàmons icy le plus fidele confeiller de
la Beauté , & les hommes mefmes qui font
profeffion d'honnefteté nous accuferont de
décrier auec trop de paffion vne efcolle
muette de gentilleffe. Ie fçay bien qu'on peut
dire que la beauté a quelque rapport auec le
Miroir , pource que, comme difoit Pertine,
c'eft vn morceau de verre de toutes couleurs;
elle eft tantoft rouge, & tantoft pafle; le foleil & le feu la brufient, comme s'ils eftoient
ialoux de fon éclat : d'ailleurs l'humidité la
rafraifchit , pour empefcher qu'elle ne fe
croye toute celefte. D'auärage puis qu'vn O-
rateur acheue de perfectionner fon Eloquence en fe regardant dans vne glace muette, il
eft bien plus aifé d'y apprendre la façon d'a-
gréer par vne belle prefence, & de rauir le
monde par fa mine auffi bien que par fes dif-

cours. Mais à parler veritablement , n'est-
ce pas offencer cette illustre qualité qui em-
brase tous les cœurs , que de la comparer à
vne glace , comme si elle pouuoit estre considerable , estant froide & changeante comme vn Miroir. La beauté n'a point d'attraits
si elle n'en a de durables. Et puis le fonds d'v-
ne glace n'est elle pas conseillere des monstres
aussi bien que des Poppées , veu qu'elle les
represente indifferemment. Elle fait son rapport à vne vieille , aussi bien qu'à vne ieune Demoiselle , & si Lucifer prenoit vn corps,
il s'y verroit de mesme que nos Deesses pretenduës. Ie ne dy point icy qu'elle les abuse
souuent , sous pretexte de leur donner des
auis , & qu'elle est si infidele, qu'elle fait passer quelquesfois les belles pour laides , & les
laides pour belles. Il n'y a point de femme
pour difforme qu'elle soit, qui ne croye auoir
des traits charmants , & qui ne paraisse ra-
uissante à ses yeux , si elle parais rebuttante
à ceux des autres. C'est le Miroir qui la laisse dans son erreur , pource que son esprit
la trouue agreable , & qu'il ne nous sert que
pour nous tromper. Il persuade encore à d'autres de se défigurer d'autant qu'il semble enuieux de voir qu'elles sont bien proportion-

S ij

nées. Il fait mettre du blanc d'Espagne où il y
auoit vn beau teint aturel, & gaster auecque
du vermillon estranger des ioües que le sang
entretenoit fort vermeilles. Et puis les Coquettes qui se mirent n'ont iamais assez d'ornements, pource qu'elles ne croyent iamais
auoir assez de beauté. Si elles ne se voyoient
pas, elles ne se soucieroient pas tant d'estre
veües, & qui casseroit toutes les glaces, oste-
roit toutes les superfluitez des parures de ce
sexe.

L. Quant à ce qu'on dit que le Miroir est
vne vraye Academie de gentillesse, ne sçait-
on pas que les hommes qui s'aiustent auec
trop de soin, sont mesprisez plus facilement?
On les regarde auecque desdain, parce qu'ils
se font regardez auec trop d'opinion de leur
bonne mine. Ils n'ont point de grace, pource qu'ils sont excessiuement gentils. Leur exterieur peche en beaucoup de choses, d'autant
qu'il ne peche en rien. D'auantage on pourroit dire icy qu'vne leçon d'vn moment ou
de quelques heures ne peut pas instruire absolument vn homme pour le réglement de
toute sa vie. Sainct Iacques compare ceux
qui escoutent la parole de Dieu sans la prat-
tiquer, à vn homme qui se regarde dans vn

Miroir, car aprez s'eſtre regardé (dit-il) ils'en
va, & ne ſe ſouuient plus dece qu'il a veu; il
s'oublie de ſoy-meſme: Par où il eſt aiſé à voir
qu'vne veüe paſſagere fait trop peu d'impreſſion ſur noſtre eſprit pour nous donner
vn caractere d'honneſteté ſubſiſtante. Ce
qui paſſe en vn moment ne peut pas entretenir ce qui doit touſiours durer. Mais pour
monſtrer par exemple que le Miroir eſt auſſi
bien le miniſtre de la laideur que de la beauté,
& de l'infamie que de la gentilleſſe, ie ne
veux que rapporter vne hiſtoire que ie puis
mettre icy ſans blâme, puis que le ſage Romain l'a couchée au long ſur la fin du premier liure de ſes Queſtions Naturelles. Il dit
premierement qu'il n'y a que tromperie dans
le Miroir, & qu'vne glace eſt vne illuſtre
piperie, en ce qu'elle fait voir des ombres
comme des corps, & des corps comme des
ombres. Que ce qui paraiſt dans le Miroir
n'y eſt pas veritablement ; autrement il n'en
ſortiroit pas en vn inſtant, & ne ſeroit pas
effacé par l'image d'vne autre choſe, & il
n'y auroit pas vne infinité de formes pro-
duites & détruites en vn moment. Qu'il
faut donc dire que ce ſont des figures des
choſes, & vne vaine imitation des corps

qui femblent fpiritualifez dans leur efpece.

LI. Aprez ces propofitions il adioûte parlant à fon cher Lucilius , qu'il luy veut faire
vn plaifant conte , mais veritable , pour luy
monftrer comme la volupté ne mefprife aucun inftrument qui la puiffe feruir , & combien elle eft ingenieufe pour augmenter fa fureur. Il y auoit vn homme extrémement riche
nommé Hoftius , fi toutefois il faut appeller homme vn monftre de brutalité. Il eftoit
fi infame en fa vie, que la Scene mefme en a
fouuent porté des marques, & qu'Augufte
ayant fceu qu'il auoit efté tué par fes feruiteurs , defendit qu'on prit vengeance de fa
mort. Ce Prince crût que la nature l'auoit fait
mourir pour fe décharger, & non pas fes do-
meftiques, ou bien qu'elle auoit employé leur
main pour vne action fi neceffaire à tout le
monde. Cet Hoftius auoit fait faire des miroirs qui aggrandiffoient les plus petits obiets, de telle forte qu'vn doigt paraiffoit gros
& long comme le bras , & il fe feruoit de ces
inftruments pour flatter fa lubricité infatiable par de fauffes apparences. Aprez cela
dites que les miroirs font inuentez en faueur
de la bienfeance? On ne fçauroit dire fans
vergongne ce que ce Monftre faifoit fans

honte, & quoy que ses vices fussent arriuez
iusques à l'excez, nous deuons estre discrets
à les décrier. Il faisoit mettre les Miroirs de
tous les costez dont il pouuoit estre veu, pour
estre luy-mesme spectateur de ses ordures,
aussi bien que tesmoin de ses forfaits, & pour
presenter à ses yeux, ce que la conscience
mesme s'efforce de cacher, & que les plus im-
pudents nient auoir fait, mesme lors qu'ils en
sont conuaincus. Chaque pecheur craint de
regarder ses crimes, cestuy-là craignoit de ne
les voir pas assez. Les personnes les plus a-
bandonnées à l'impudicité, ont les yeux mo-
destes en quelque façon; elles ne peuuent pas
étouffer tout à fait la pudeur, quoy qu'elles
la blessent mortellement. Mais cét infame ne
se contentant pas de faire des choses inoüies,
vouloit voir ce qu'il faisoit. Il ne pensoit pas
que ce luy fust assez de se voir pecher; il mit
des Miroirs autour de soy pour estendre ses
forfaits en augmentant leur figure, & semblant les mettre en ordre, & lors qu'il ne les
pouuoit pas voir en eux-mesmes, il les voyoit
dans leur image. Il prenoit plus de plaisir à
regarder son opprobre, que nous n'auons de
peine à le décrire honteusement.

LII. Aprez cela, que pouuoit-il faire

dans les tenebres , qu'il n'euſt fait parmy la
clarté du iour. Il n'apprehendoit point que le
Soleil s'eclipſaſt pour ne point voir ces hor-
reurs dénaturées ; au contraire il ſe reiouyſſoit
de ſe les montrer à ſoy-meſme , pour ſe les faire approuuer.　Ne penſez-vous pas qu'il euſt
voulu eſtre peint en meſme poſture qu'il vouloit eſtre repreſenté ?　Veritablement on ne
ſçauroit aſſez exaggerer la griefueté de ce
crime , quelque diſcours figuré qu'on y employe ?　Quoy ! les Courtiſanes meſmes les
plus effrontées ont quelque eſpece de retenüe : ce ſont des victimes des voluptez du public , mais neantmoins elles s'immolent en ſecret ; elles cherchent des pretextes pour colo-
rer leur ignominie , ne la pouuant pas tout à
fait diſſimuler ; tant il eſt vray que le lieu infame meſme retient quelque ombre d'honneſteté. Mais ce monſtre faiſoit vn ſpectacle de
ſa deshonneſteté, & produiſoit à ſes yeux ce
que les nuicts les plus obſcures ne ſçauroient
aſſez cacher. Il vouloit que tous ſes membres
eſtant occupez à pecher , ſes yeux meſmes
fuſſent complices auſſi bien que témoins de
leur peché. Il taſchoit de voir par induſtrie,
ce que la Nature ne luy permettoit pas de regarder , de peur qu'on ne penſaſt qu'il faiſoit
des

des crimes fans fçauoir qu'il les faifoit. Il
croyoit que fes excez ne feroient pas confiderables, s'ils n'outrepaffoient les bornes de la
nature, auffi bien que du deuoir. Il euft fou-
haitté de pecher en effet autant de fois & en
autant de façons qu'il fembloit pecher par figure. Il fe repaiffoit d'vn menfonge, ne pouuant pas rendre vray tout ce qu'il euft bien de-
firé. Enfin il affectoit que fa lubricité re-
gardât plus de chofes qu'elle n'en pouuoit
commettre, & qu'elle admiraft fes déreglements prodigieux. Il mourut fans doute dans
ce deffein; & certes il ne pouuoit mieux mourir que deuant les miroirs qui l'auoient veu
viure auecque tant d'infamie.

LIII. Moquons nous maintenant des
Philofophes de ce qu'ils font tant de folles
queftions de la nature du Miroir, & de ce
qu'ils recherchent, d'où vient qu'en nous y
regardant, noftre image nous reprefente par
deuant, au lieu qu'apparemment elle nous deuroit reprefenter par derriere. Quel a efté le
deffein de la nature, quand elle a voulu qu'on
ne vit pas feulement les corps en eux-mef-
mes, mais encore dans leur figure. Pourquoy
a-elle preparé vne matiere fufceptible des efpeces, & fait des mixtes tranfparents, aprez

I

en auoir fait d'opaques ? N'eft-ce point
afin qu'à la veuë du Miroir nous nous rele-
uions la mouftache, & qu'eftans hommes
nous nous efforcions de nous rendre beaux
comme des femmes ? Ne croyons pas qu'vne
fi bonne mere ait volu fauorifer le luxe de fes
enfants ; elle n'eftoit pas cruelle pour nous
complaire à ce poinct-là. Mais pource que
nos yeux font trop foibles pour regarder le
Soleil de prez, & qu'il n'eftoit pas expedient
que nous ignoraffions fa nature, elle nous
le monftre dans vn eftat, où fa lumiere eft
reboufchée, pour nous eftre plus fupporta-
ble. D'auantage nous ne fçaurions pas beaucoup de fecrets du Ciel, fi nous ne les décou-
urions fur la terre par le moyen des miroirs.
Ie dis encore, que la Nature nous a fait connoiftre les glaces pour nous apprendre à nous
connoiftre nous-mefmes. Nous pouuons
mefme prendre confeil d'elles, comme nous
en receuons beaucoup de reprefentations ? Elles apprennent à ceux qui font beaux à prendre garde de ne fe pas enlaidir par l'infamie
de leurs vices, & à ceux qui font laids de
tafcher d'acquerir à la faueur de la vertu de
leur ame, vne perfection qui manque à leur
corps. Elles auertiffent les ieunes gens,

que la fleur de l'âge est le temps propre à apprendre & à faire de grandes choses ; & les vieillards, qu'ils ne doiuent plus agir comme des enfans, & qu'il leur faut songer à la mort estans sur la fin de leur vie.

LIV. La nature ne nous a donc permis de nous voir que pour nous bien connoistre, & gouuerner comme il faut. Autresfois on ne se regardoit que dans l'eau ou dans vne pierre bien polie, & neantmoins les mœurs estoiét beaucoup moins negligées qu'elles ne sont à present. Comment pensez-vous que s'embellissent ceux qui se regardoiét dans ces Miroirs naturels? Cet âge du monde estant extremément simple, les hommes ne sçauoient proprement que c'estoit que d'artifice; on se contentoit de ce qui se presentoit fortuitemét, sans faire de vaines recherches. On n'auoit point encore appris à détourner à des mauuais vsages les bienfaits de la nature, n'y à vser de ses inuentions en faueur du luxe & de la lubricité. Au commécement c'estoit par vn pur accidét qu'vn homme voyoit son visage; aprez l'amour propre ayát fait trouuer agreable aux hommes le regard de leurs propres traits, ils commencerent à mespriser des suiets où ils auoiét veu auparauát leur image. Aprez

T. ij

comme ils fe furêt accouftumez à viure auffi
bien fous la terre que deffus , & qu'ils eurent
produit au iour ce qui deuoit demeurer caché
pour le bien du monde, le fer fut en vfage , &
l'on peut dire qne fi les hommes n'euffent pas
tiré autre chofe des mines,ils pouuoient iouyr
impunément des fruicts de cette premiere
temerité. Mais leur curiofité ne s'arrefta
point qu'elle n'euft fait paraiftre fur la terre
tout ce qui peut caufer du malheur , & ils
nommerent richeffes , ce qui fut caufe de leur
perte. On commença lors à fe mirer dans l'airain & dans le cuiure , quoy que neantmoins
ces deux metaux fuffent employez à d'autres vfages. Aprez on en fit vn rond qu'on
nomma Miroir , & l'on compofa vn inftrument de vanité des matieres qu'on auoit eftimées fi neceffaires. Il eft vray qu'on n'y met-
toit pas encore d'argent , mais vne matiere
fragile & de peu de prix. Mais aprez que le
luxe a inondé tout le monde , on a fait de
grands Miroirs d'or & d'argent , où l'on peut
voir le corps tout entier , & dont les perles ne
femblent eftre que les fuperfluitez. Vn de
ces inftruments a plus coufté à vne Dame,
que ne montoit la fomme de la dot que le
public donnoit autrefois aux filles des Gou-

uerneurs ou des Generaux d'armée, qui se
trouuoient en necessité. Pensez-vous que les
filles de Scipion eussent vn Miroir tout d'or,
veu qu'elles n'eurent pour toute constitution de mariage que les debtes de leur pere?

LV. Il est vray que cette pauureté fut
heureuse, qui donna suiet à vne liberalité fort
illustre. Le Senat ne leur eust pas donné leur
dot, si elles en eussent eu. Et celuy à qui le
Senat tint lieu de beau pere, reconnut bien
qu'il auoit receu vne dot qu'il n'estoit pas
permis de rendre. Maintenant cette somme
que le Senat constitua pour doter les filles de
Scipion ne suffiroit pas à celles d'vn Affran-
chy pour acheter vn miroir. Le luxe s'est
accrû auec les richesses qui l'entretiennent,
& tous les vices ont commencé à regner a-
prez que la modestie a esté bannie. Et toutes choses ont esté tellement confonduës
par des inuentions prodigieuses, que ce qu'on
appelloit autrefois ornement des femmes, est
maintenant vne charge que les hommes portent; ie dy mesme ceux qui font profession de
porter l'espée C'est ainsi que le miroir qu'on
n'employoit au commencement qu'à l'em-
bellissement du visage, s'est rendu necessaire à
tous les vices.

T iij

LVI. Ce Diſcours de Seneque nous fait voir qu'vne glace eſt auſſi bien vn ſuiet d'infamie que de gloire, & que pluſieurs perſonnes s'en ſeruent pour enlaidir leur ame en embelliſſant leur corps. Diſons donc, que ſi c'eſt le conſeiller de la beauté, c'eſt vn conſeiller infidele, ou bien qu'il n'eſt fidele qu'en ce qu'il auertit les Dames que leur beauté doit paſſer preſque auſſi viſte que ſon eſpece. La mort faira des ſquelettes de ces rares compoſez dont ont fait maintenant des Idoles. On ne regardera plus qu'auec regret ces viſages qu'on regarde auecque tãt de plaiſir. Cependant ie trouue qu'on offence bien griéuement celles qu'on fait eſtat d'obliger, quand au lieu de dire qu'vne glace leur doit rapporter tous les traits de ſa repreſentation, on dit qu'elles doiuent rapporter tous leurs attraits à vne glace. Ce n'eſt pas pource qu'elles ſe mirent qu'elles ſont belles, mais c'eſt pource qu'elles ſont belles qu'elles ſe mirent. Elles ne reçoiuent point d'eſpece du miroir qu'elles ne luy ayent donnée. Enfin elles ſeroient bien laides, ſi elles n'eſtoient belles que par emprunt. C'eſt tout vn de tenir ſa bonne miñe d'vn Miroir, ou d'vne boëte de pommade.

LVII. Mais confiderons maintenant la bizarrerie des hommes en voyant l'artifice dont ils compofent les miroirs, & monftrons que l'induftrie n'eft guere plus auantageufe aux glaces que la Nature. J'auöue bien que fi les hommes n'euffent perdu le iugement, les Miroirs n'auroient pas acquis vne fi grande vogue, & que fi nous euffions détruit l'image de Dieu en nous-mefmes, nous n'euffions pas efté chercher noftre figure dans la terre. Mais ce fut vne iufte punition du Ciel, que ne voulans pas nous regarder comme Diuins, nous nous regardaffions comme terreftres & materiels. On pretend de faire les Dieux autheurs des Miroirs, comme on les a faits compagnons des crimes des hommes. On deifie la diffolution pour la fuiure auec plus d'impunité, la fuiuant apparemment auec quelque forte de merite. On cherche pourtant des Diuinitez fabuleufes pour authorifer cette erreur; pource que, comme remarque Tertullian au liure qu'il auoit fait des Atours des femmes : ce n'eft pas Dieu mais Sathan qui eft l'Autheur de tous les inftruments de la vanité. Il les a donnez aux Dames, pource qu'au commencement elles luy donnerent leur cœur. Or qui ne voit que les Idoles & les Demons ne faifoient qu'vne mefme chofe, & qu'il faut appeller Lucifer ou Behemoth, ce qu'on nommoit Efculape. Au refte, on ne doit pas rechercher toute l'Antiquité pour trouuer l'inuention des glaces, puis que, comme nous auons veu, c'eft vn effet naturel, & que le fage Romain nous monftre que chaque gouttiere fait vn Miroir. Ie fçay bien que l'Italie eftant la mere du luxe, veut paffer pour la caufe productrice de ces effets qui la décrient, au lieu qu'elle en croit tirer la gloire. Autresfois elle donnoit des marques de fa force, maintenant elle donne des marques vifibles de fa molleffe. Vous diriez que lors qu'elle en enuoye par tous les endroits du monde, elle luy fait reparation d'honneur, pour l'auoir autrefois affuietty, & auoüe que fi fa fortune eftoit autresfois d'or, elle eft maintenant de verre.

LVIII. Mais aprez tout, qu'eft-ce que les hommes font quand ils compofent vn Miroir, fi ce n'eft qu'ils s'abufent les premiers pour abufer les yeux des autres. Ils poliffent les glaces par art, mais ils ne les rendent pas reprefentatiues, puis qu'elles le font naturellement : & fouuent, quoy qu'ils agiffent par reflexion, ils ne fçauroient rendre raifon des

qualitez

qualitez de leur ouurage. D'où vient que l'e-
ftain qu'ils mettét derriere le verre n'y paraiſt
pas, quoy qu'il ſoit viſible, & que la main y
paraiſt, quoy qu'il y ait vn autre obiet par le
deuant, qui enuoyant ſon eſpece ſemble deuoir couurir celle de l'autre. Qu'ils me dient
ſi ce ſont les obiets refleſchis qu'ils voyent
dans le Miroir, ou ſi ce ne ſont que les figures
des obiets? Ces diuerſes formes qu'ils luy
donnent ne ſont que des principes d'illuſion,
puis qu'il eſt certain qu'elles nous trompent
d'autant plus aiſément qu'elles nous plaiſent. Or peut-on fort eſtimer vn art dont les
productions ne font que ſeduire les hommes
& les contraignent de douter meſme de ce
qu'ils voyent. Et puis, doit-on fort priſer
des ouurages qui ne ſemblent delicats que
pour eſtre freſles, & qui ſe caſſent dans vn
moment, bien qu'ils ne s'acheuent qu'aprez
vn long eſpace de temps. On dit qu'Albert
le Grand fut quarante ans à faire vne teſte
d'airain qui prononçoit quelques mots articulez, neantmoins elle ſe rompit en vn tour
de main. Que ſi l'airain eſt ſi freſle, que
doit-on penſer du verre? Ie ſçay bien que
pour le conſeruer, auſſi bien que pour en releuer le luſtre, on l'enferme dans de l'ebene:

V

mais enfin il ne change pas de nature pour
eſtre ioint à vn ſuiet eſtranger ; & tout bien
conſideré, on ne doit pas admirer extraordinairement vn peu de bois & vn peu de terre.
Ce ſont des choſes communes quelques rares
qu'elles ſoient. L'or meſme & l'argent qu'on
met aux coſtez monſtrent bien que ſon prix
ne vient pas tant de ſon fonds, que de ſon aſ-
fortiſſement. Mais enfin ce ne ſont que des
excrements de la terre alliez enſemble, & qui
ne ſont precieux que pource que nous ne ſca-
uons pas eſtimer les choſes. Nous adorons la
terre, & nous meſpriſons le Ciel.

　　LIX. Ie laiſſe maintenant à part ces queſtions qu'on fait de la viſion & de l'eſpece,
pource qu'elles ſont inutiles, n'eſtant iamais
bien reſoluës. Il ſuffit de dire que lors qu'vne
Dame ſe contemple dans vn miroir, c'eſt vn
ſuiet de vanité qui ſe regarde dans l'autre. Les
Dames encore ne ſe doiuent pas vanter d'a-
uoir des ſoleils dans leurs yeux, où il faut
qu'elles auoüent qu'vn ſoleil peut eſtre humide. Le ſang & la pituite faiſant leur
temperament, elles ne peuuent auoir vne ardeur celeſte. Et puis ſi elles ſe glorifient de ietter du feu par les yeux, elles n'ont point d'auā-
tages en cela qui ne leur ſoient communs auec

les Dragons aiſlez, & auec certains monſtres
d Iſlande, dont Olaus eſcrit, que quoy qu'ils
ſoient touſiours au milieu des eaux, leur veüe
pourtant iette ſans ceſſe des flammes. Si elles
diſent qu'elles ſont ſemblables à Iuppiter,
nous leur dirons plus veritablement qu'elles
reſſemblent à Attila, dont nous auons tantoſt
rapporté l'exemple. Il eſt vray qu'elles tuent
ſouuent des hommes ſans les meurtrir, mais
leur veüe n'eſt pas aſſez puiſſante pour leur
redonner la vie. Il faut que Dieu gueriſſe vne
playe que la creature fait. Enfin qu'elles ne ſe
vantent point de viuifiel par leurs regards
vne glace morte ; comment communique-
roient ils de la vigueur à d autres ſuiets n'en
ayant pas aſſez en eux-meſmes? Outre que le
miroir leur renuoyant ce qu'elles luy donnent
ſemble eſtre plus puiſſant qu'elles, puis qu'il
les repreſente au lieu qu'elles ne le ſçauroient
repreſenter. Enfin ſi le fonds d'vne glace
reçoit leurs eſpeces, elle reçoit pareillement
celles des animaux. On voit auſſi bien vn
ſinge qu'vn homme, & vne huppe qu'v-
ne Princeſſe. Quant à la reſſemblance de l'i-
mage & de l obiet, il faut conclure qu'ils ont
vne grande conformité, en ce qu'ils ſont tous
deux fragiles, & qu'vne paſſant en vn mo-

ment, l'autre doit paſſer en quelques années. Si Demoſthene ſe rendit habile en ſe regardant, d'autres ſe rendent extrauagants, enfin la pluſpart des Dames penſant receuoir de nouuelles graces d'vn miroir, y perdent le iugement. On leur pourroit donc bien dire cequ'vn Philoſophe diſt autrefois à vne Greque qui faiſoit faire ſa ſtatuë de marbre; Pourquoy auez vous tant de ſoin qu'vne pierre vous reſſemble, & que vous n'en auez point de faire en ſorte que vous ne reſſembliez point entierement à vne pierre? Pluſieurs penſant eſtre plus belles qu'vn miroir, ſont plus legeres que ſes eſpeces. Elles n'ont de conſtance que dans la fragilité. Ie ſçay bien qu'Apulée a dit qu'il n'eſt pas honteux de ſe regarder dans vn miroir, aprez que Socrate a fait voir par experience que c'eſtoit vn diuertiſſement honneſte. Il apprenoit à ſes diſciples à contempler leur exterieur, pour acquerir bien-toſt la perfection interieure, & tenoit pour maxime qu'vne glace nous forme à la bienſeance plus que la veüe des hommes. En effet, celuy qui ſe voit doüé d'vne beauté ſinguliere doit faire en ſorte que ſon ame n'ait point de difformité, & qu'ayant des charmes au dehors, il ne ſoit point mon-

ftrueux au dedans. Ceux au contraire, qui
font naturellement laids , doiuent s'efforcer
d'auoir vne belle ame , & vn grand thre-
for caché fous vne terre mal figurée. A ce
propos Phredrus nous fait vn conte auffi in-
ftructif qu'il eft agreable. Il dit qu'vn homme auoit engendré vn ieune garçon parfaitement beau & vne fille fort laide. L'vn eftoit
toufiours à fe contempler dans vn miroir, &
l'autre ne s'y ofoit iamais regarder. Enfin cette inégalité de perfections caufa de la ialou-
fie & de la froideur entre le frere & la fœur,
& l'vn appelloit l'autre Monftre , & l'autre
l'appelloit le Demoifeau. La mere pour pa-
cifier ce differend leur defendit de s'approcher du miroir, afin que l'vn n'euft pas trop
de complaifance en fes attraits , & que la
fille n'euft pas trop de regret de fe voir difgra-
ciée de la Nature. Mais le pere qui auoit plus
de prudence & d'affection pour leur bien,
les prit par la main, & les mena deuant le miroir ; & puis il leur dit ; Ie veux, mes enfants,
que vous vous y regardiez tous les iours, vous
mon fils , afin que vous appreniez à ne pas
corrompre l'embonpoint & la beauté de voftre corps par de mauuaifes mœurs ; & vous
ma fille, afin que vous tafchiez de contrepefer

la laideur de voftre corps , par les graces de
voftre ame. Si toutes les femmes fe regar-
doient dans cette vifion, ie leur tiendrois le
miroir , tant s'en faut que ie le leur vouluffe
ofter. Mais certes la plufpart s'y regardent
pluftoft par vanité que par vn principe de
vertu : quelquesfois elles aiuftent leur corps
pour foüiller leur ame , & les laides n'y apprennent pas à fe rendre fages , mais à fe tromper auecque plaifir. Les belles recherchent
fouuent des flammes dans vne glace, & non
pas du rafraichiffement à leurs paffions. Enfin elles ne voyent pas leur image pour s'embellir hautement, mais pour fe défigurer.

LX. Que les Dames fairoient donc bien
mieux de ne fe pas regarder dans vne glace
trompeufe , mais dans vn miroir fidele. Ie
leur en donneray plufieurs , pourueu qu'elles
s'attachent à vn. Qu'elles fe regardent en
Dieu , qui eft le miroir qui nous fait voir toutes chofes en luy , comme nous le voyons en
toutes chofes. Qu'elles fe regardent dans les
playes de IESVS-CHRIST , qui ayant efté
plus funeftes que la mort , font maintenant
plus luifantes que le Soleil. Qu'elles dient
auec le grand Olympyodore , Seigneur vous
auez fait de voftre corps vn vray miroir

à mon ame, ie n'euſſe iamais connu les hor-
reurs de ma vie, ſi ie n'euſſe veu les tour-
ments de voſtre mort.   Mirons nous encor
dans la vie des Sainſts ; qui, comme parle
ſainſt Paul, eſt vn ſpeſtacle propoſé aux yeux
de Dieu, des Anges & des hômes, & taſchons
de voir dedans ce qu'ils ont eſté, ce que nous
deuons eſtre, & ce que nous ſommes. Enfin
contemplons-nous dans tout le monde, &
faiſons vn miroir du meſme ſuiet, dont ſainſt
Antoine faiſoit ſon Liure. Conſiderons que
ſa figure paſſe, quelque ſolidité qu'il ait,
& qu'encore que nous ayons vn corps &
vne ame, nous paſſons dans luy comme vne
ombre. Enfin contemplons le miroir de l'in-
conſtance & de la folie que Platon nous met
deuant les yeux, & nous nous moquerons de
la ſageſſe & de la beauté.   Aprez tout, ſi
nous ſongeons à cét Oeil qui nous regarde
touſiours, nous ne ſongerons pas à nous regarder auec trop d'agréement, & taſcherons
pluſtoſt de nous rendre agreables à ſa veüe
qu'à la noſtre.   Nous nous admirons quelquesfois, pource que nous ne cognoiſſons
pas noſtre baſſeſſe & la grandeur de celuy
qui nous a produits, & qui obſerue tout
ce que nous faiſons. En vn mot, faiſons re-

gner la crainte de Dieu dans nos cœurs , &
nos yeux ne feront plus fuiets à la vanité.
Aymons ce qui eſt ſolide , & nous n'ayme-
rons plus les apparences des choſes.

LES

LES PLAISIRS DES DAMES.

LA PROMENADE.

I. 'Est en vain qu'on appelle les Palais & les maisons de plaisance, des salles des Soleils terrestres ; ils ne sont pas faits pour estre cachez, mais pour reluire par tout, & le Ciel ne peut pas souffrir que les visages des Dames ne paraissent que dans les ombres. Les yeux de là haut veulent estre aussi auantagez que ceux des hommes. Ne dit-on pas que Mercure est dans vn roulement continuel, que Mars ne se repose que dans l'agitation, que la Lune mar-

X

che touſiours, que les Planetes ne ſont fixes
que dans vn branſle infallible, & pourquoy
voudrons nous rendre nos Deeſſes creées immobiles ? Puis que Flora ſe tenoit plus à la
campagne que dans les Temples, que Diane
aymoit moins les villes que les foreſts, que
Ceres ſe plaiſoit à fertiliſer les terres en marchant deſſus ; & à faire naiſtre des fleurs auecque ſes pieds, il eſt croyable que des ſuiets
veritablement diuins ne doiuent pas eſtre
plus contraints que des Diuinitez fabuleuſes.
Ou biē pour parler auec plus de ſolidité, pourquoy voudrons nous que des aſtres animez
ne ſoient pas auſſi actifs ques les autres qui
n'ont point d'ame ? Et puis ſi les poiſſons ſe
promenent dans la mer, les oiſeaux dans l'air,
les animaux ſur la terre : enfin ſi toutes choſes preſque cherchent leur bien eſtre dans la
promptitude de leurs mouuements, il n'eſt
pas raiſonnable qu'on oſte à l'homme vn
droit qu'on donne à des ſuiets deſraiſon-
nables.

II.   Ie ne diray point icy que puis qu'au
rapport des Poëtes, les arbres & les rochers
ſe ſont autrefois déracinez pour gouſter le
plaiſir d'vne Promenade melodieuſe, nous
deuons pour le moins auoir autant de ſenti-

ment que des choses insensibles , pour chercher toutes les occasions d'agréemēt. Or si les
hommes mesmes veulent pretendre aux Plaisirs de la vie, quoy qu'ils soient condamnez
au trauail, on ne peut douter que les Dames
n'y doiuent plus legitimement participer,
veu que les Graces mesmes ont vn droiĉt
naturel sur tout ce qui est agreable. Puis
qu'elles font nos plus doux contentements,
ne doiuent-elles pas en auoir. Mais pour ne
nous pas écarter de nostre suiet en parlant
de la promenade , qui est vn des plus doux
diuertissemens des Dames , nous considererons icy premierement sa nature & ses effets,
& puis la disposition du lieu où elle se fait,
aussi bien que celle des personnes qui s'y rencontrent. La Santé se debattra icy auec la
Beauté, & la Sagesse qui n'estoit qu'en idée
dans le porche de Zenon , se rendra icy sensible. Les Muses s'en vont à ce coup descendre des montaignes pour prendre vn meilleur
air dans les vallées.

III. L'Histoire des Indes nous apprend
que certains Barbares voyans vn iour quelques Portugais qui se promenoient , les prirent pour furieux ou pour insensez , en ce
qu'ils alloient & venoient d'vn mesme lieu

X ij

. fans rien faire , & fe remuoient fans s'occuper. Mais les peuples ciuilifez ayans toufiours
pris pour gentilleſſe ce que les brutaux prennent pour folie : & vn Philofophe a eu raifon d'appeller la Promenade le diuertiſſement
le plus agreable & le moins dangereux de
tous. En effet Platon dit que les recreations
les plus honneſtes font celles qui ne different guere des actions ferieufes , & font fort
eſloignées du peril ; de telle forte que le relafche mefme femble eftre vne contention,
ainfi que parle Seneque , & que parmy le
plaifir on ait toufiours de la referue. Or ce
temperament eft d'autant plus difficile à garder, que noftre efprit s'empreſſe ou fe diuer-
tit d'ordinaire dans l'excez ; & il y a bien plus
de peine à fe moderer dans l'agréement, que
dans la douleur. D'auantage il y a bien peu
de diuertiſſements où l'on ne perde beaucoup
en fe donnant du plaifir. Le ieu nous rauit
les biens auſſi bien que le temps : la courfe
nous ofte la vigueur en l'efprouuant auec
trop de violence. On peut fe rendre paraly-
tique en fautant au lieu de fe rendre habile.
Mais la Promenade a cette proprieté, qu'en
relâchant l'efprit, elle le tient toufiours en haleine , & a tant de rapport aux occupations les

plus tenduës, qu'elle a quelquefois produit
de plus grands ouurages, que le repos du Cabinet. Cette secte de Philosophes est assez
fameuse, où l'on apprenoit la science en se remuant, au lieu qu'ailleurs on l'apprenoit dans
le silence, de telle sorte que les Maistres faisoient dresser des galleries à perte de veuë,
ou d'autres faisoient bastir des écoles.

IV. Sainct Bernard confesse aussi qu'il a
beaucoup plus appris de choses dans les bois
que dans les liures, & que les campagnes l'ont
plus instruit que les Autheurs. C'est ce qui
faisoit dire au Pere des Hermites, qu'en lisant
dans le grand liure du monde, il auoit cogneu
des secrets incogneus à tous les Sages, & que
son esprit s'instruisoit plus en se promenant
dans vn desert, que ceux des autres en fueil-
lettant toutes les Bibliotheques. Et certes
la Promenade tenant le corps éleué, ne semble pas permettre à l'esprit de ramper pour
peu que ce soit, & l'éloigne d'autant plus du
commerce des choses basses, qu'elle l'approche plus du lieu de son origine. Quand on
est assis, on panche tousiours vers la terre,
quand on est debout, on semble viure desia
dans le Ciel. Et puis le mouuement mesme
excitant les esprits & dissipant les humeurs

qui pechent dans tout le corps, rend l'efprit
d'autant plus vif, qu'il luy ofte tous les fuiets quile rendent melancholique. D'ailleurs
la pureté de l'air le rend tout Diuin, rabat-
tant tout ce qui eft terreftre ; & les belles
imaginations que la beauté des lieux luy enuoye ne luy permettent pas de former delai-
des idées. C'eft pour cela que les plus grands
Autheurs ont commencé la plufpart de leurs
ouurages en des lieux qui ne femblant eftre
faits que pour le plaifir, ne fembloiét d'ailleurs
eftre faits que pour l'eftude. Le Petrarque
n'a rien compofé, ny en Latin ny en Italien,
qu'il ne rapporte au doux climat de la France. Les Payens croyoient que nous deuions
puifer le fçauoir d'vne fontaine fabuleufe,
mais ce grand homme auoüe en diuers endroits qu'il tientle fien de la fource de Sorga.
Ce lieu luy femble plus eloquent & plus in-
ftructif que tous les liures du monde.

V.   Enfin les grands voyages que Platon,
Apollonius & plufieurs autres ont fait autrefois pour apprendre quelque chofe de chaque climat du monde, nous monftrent ma-
nifeftement qu'ils croyoient que comme l'é-
ternité des chofes fe maintient par le mouuement, comme parle le Panegyrifte, la fuf-
fifance pareillement ne s'entretient que par

vne actiuité perpetuelle. On dit que la science vient du Ciel, mais il faut courir bien long
temps sur la terre pour l'acquerir. Il est vray
que la Promenade est plus vtile que les voyages, pource qu'agitant moins le corps, elle
éueille mieux l'esprit, & le fait agir auec
d'autant plus de vigueur, qu'elle occupe vne
personne en la delassant. Au reste comme elle nous donne toute sorte de contentements,
elle nous exempte de toutes sortes de dangers. Il n'y a point icy de lascheté ny de violence. On s'y exerce sans s'efforcer, on s'y des-
ennuye sans dégoust. Aprez cela ie ne m'e-
stonne pas que la promenade soit nommée
mesme d'vn Stoicien, la mere du plaisir, &
l'ennemie du chagrin. L'ambition qui regne en la plus part des autres exercices di-
uertissants est bannie de celuy-cy. Les Dames mesmes y songent plustost à passer le
temps, qu'à paraistre dans leur grandeur.
L'interest qui a tant de pouuoir ailleurs, est
icy foible; on n'y gaigne que des cœurs, encore les gaigne-on bien souuent sans reflexion.
Aprez tout le seul dáger où l'on se trouue, c'est
d'auoir trop de satisfaction de se voir en seureté. Les grandes ioyes ne sont pas quelquefois
moins insupportables que les grádes afflictiós.

VI. Aprez auoir parlé en general de la nature de la Promenade, il faut parler maintenant de ses effects en particulier. I'en remarque trois parmy plusieurs autres, à sçauoir le relasche de l'esprit, l'égayement du corps, & l'entretien du plus doux commerce du monde. Quant au premier, il faut observer qu'encore que nostre esprit soit immortel de sa nature, & qu'il ne s'espuise iamais tellement en agissant, qu'il ne puisse tousiours agir, pource toutefois qu'il est enfermé dans la masse tout immateriel qu'il est, & que les organes de l'imagination trauaillent tousiours conioinctement auecque l'intelligence, de là vient qu'on dit qu'il se lasse quand le cerueau a dissipé beaucoup d'esprits, & on attribuë à la Cause Principale ce qui n'appartient qu'à l'instrument. Or pour reparer les forces du corps, il faut que l'entendement condescende à ses foiblesses, & qu'il interrompe ses plus hautes operations, pour ne pas troubler celles de la vie vegetatiue. C'est ainsi que sainct Iean mesme aprez auoir penetré dans le sein de Dieu par vne éminente contemplation se ioiioit auec vne Perdrix, & cette Aigle abbaissoit son essor du plus haut du Ciel, pour ramper vn peu contre terre.

VII.

VII. Platon mesme aymoit tellement les recreations de l'esprit, que dans sa Republique il parle plus des diuertiffements, que des preceptes que les Maiftres doiuent donner à leurs difciples. Vous diriez qu'il veut que les chofes les plus ferieufes le foient le moins. Il fçauoit bien que noftre efprit eftant parfaitement libre, il n'a iamais plus de force, que lors qu'il a plus de franchife, & il femble trauailler auec vn double genie, aprez qu'il s'eft repofé. Enfin fon dogme a efté qu'il ne falloit iamais exercer l'efprit fans donner quelque exercice au corps, ny exercer le corps fans donner quelque forte d'exercice à l'efprit. Les autres Philofophes quoy que plus feueres n'ont pas efté moins indulgens que luy. Seneque dit que comme vn graueur repaift fes yeux aprez les auoir fixement occupez à fa befongne, il faut auffi que les yeux de l'efprit fe refacent de leur trauail par quelque agreable interualle, pourueu qu'on prenne garde que cette oifiueté mefme luy femble eftre bienfaifante. Quelquefois la contention eft moins falutaire à l'ame que le relafche. L'Hiftorien de la Nature dit d'autre part, que les Champs recompenfent auec vfure le repos qu'on leur donne l'efpace d'vne an-

nécentiere, & deuiennent plus feconds pource qu apparemment ils ont efté infertiles. Il
veut dire par la que les efprits ont plus de vigueur quand ils ont moins de contrainte, &
qu'ils font de grandes chofes en peu de temps,
pource qu'ils ont efté vn peu de temps fans
rien faire.

VIII. Plutarque veut que, comme il y a
de la viciffitude entre les veilles & le fommeil,
le iour & la nuict, le calme & la tempefte,
la guerre & la paix, il y en ait auffi entre le
repos & le trauail. Il adioufte qu'on détend
les cordes d'vn luth, depeur qu'elles fe re-
lafchent à force d'eftre tenduës, & qu'vn bon
Efcuyer lafche quelquefois la bride à vn cheual pour la mieux ferrer aprez. Conformément à cela vn Roy d'Egypte, vn iour que fes
fuiets s'eftonnoient de ce qu'aprez auoir vac-
qué aux plus importantes affaires de l'Eftat il
abaiffoit fa Maiefté iufques à des ieux in-
dignes de fa condition, refpondit auec autant
de fageffe que de douceur, que ceux qui ont
vn arc, ne le bandent que lors qu'ils veulent
tirer, qu'autrement il fe ramollit, par la contention, & fe rompt pource qu'il ne flechit
point. Que par quelque forte de proportion
ceux qui ne fe donnent pas quelque plaifir

aprez la peine qu'ils ont prife, deuiennent
ou malades ou infenfez. A parler des fuiets
naturels, ce qui ne fe repofe point, n'eft pas
durable. Les Poëtes mefmes parmy leurs fi-
ctions ont reconnu cette verité. L'vn dit,
parlant à Pifon, que l'Eloquence ne plaift
pas quand elle eft toufiours occupée, & qu'elle n'eft pas moins agreable lors qu'elle fe recrée, que lors qu'elle rauit les hommes. Il
adioufte que les p'us grands Conquerans ne
font pas toufiours à la guerre, ils portent des
branches d'oliuier, aprez auoir porté des
lauriers victorieux: la trompette qui fonne
quelquefois le fignal du combat, fonne celuy de la retraitte. Alors les foldats prennent des couronnes de fleurs pour des caf-
ques, & des houlettes pour des épées. Les
hommes ne font rien en cela qu'à l'imitation des Dieux. Iuppiter quitte quelquefois
les foudres pour prendre vne coupe de la
main de Ganymede, & s'affeoit à table auecque plus de douceur, qu'il n'auoit eu de cholere eftant affis fur fon throfne.

IX. Vn autre dit que noftre vie n'eftant
qu'vn tiffu de malheurs & de foucis, nous ne
deuons pas refufer vn entredeux d'agréement quand l'occafion ou la fortune nous le

preſente , & que nos plaiſirs ne ſeront que
trop troublez , ſans que nous ayons ſoin de
les trauerſer. Quelque autre dit encore que
les diuertiſſements doiuent eſtre pour le premier âge, & les occupations pour le dernier.
Que puis que la douceur du temps s'enuole,
nous ne deuons pas tarder à en iouyr, & que
ſi nous differons nos contentements , la Par-
que ne differe point ſon terme. Chaque
heure nous pouuant eſtre malheureuſe, gou-
ſtons du moins vn ſeul moment de bon heur.
Le plus auſtere de tous a dit , que la vertu a
couſtume de ne rien faire aprez auoir beaucoup fait, & qu'elle ceſſe quelquefois d'eſtre
occupée, ſans pourtant eſtre iamais oiſeuſe.
Enfin Stace conclut que le relaſche pris à propos entretient les forces : que ſa Muſe ſeroit
muette , ſi elle parloit touſiours, & que la
puiſſance d'agir s'augmente par la ceſſation
des trauaux. Qu'Achille venant d'auprez de
Briſeide auoit plus de courage pour aller combattre Hector, & que ſa main fut plus propre à porter les armes aprez auoir pincé vn
luth.

X. Puis donc que le relaſche eſt ſi neceſſaire à l'eſprit, il ne luy doit pas eſtre dénié, mais
il faut prendre garde qu'il ſoit honneſte, puis

qu'il n'y a rien de meſſeant qui puiſſe eſtre neceſſaire. Or il eſt aiſé à voir que la Promenade eſtant vn des plus doux diuertiſſements,
eſt auſſi des plus honneſtes. Agitant medio-
crement le corps, elle ſoulage l'eſprit, & luy
eſt d'autant plus agreable, qu'elle ne le fait
pas d'abord paſſer du mouuement au repos,
mais d'vn mouuement violent à vn mouuement plus doux. On ne va iamais tout d'vn
coup d'vne extremité à l'autre ſans y aller
auec peine & auec danger. Et puis bien qu'vn
homme qui ſe promene quitte ſon eſtude, il
ſemble porter encore ſon cabinet; il ne voit
plus de liures, mais tout le monde luy ſert
de liure : il parloit tantoſt à quelques
morts, maintenant toutes les creatures luy
parlent. Outre qu'on s'inſtruit plus quelquefois dans la Societé, qu'on ne fait dans
la ſolitude, c'eſt encor dans les bonnes compagnies qui ne manquent iamais à la Promenade, qu'on peut debiter agreablement
vne partie de ce qu'on a appris dans la retraite d'vne maiſon. Ne liſons-nous pas que du
temps de l'Orateur Romain, les plus grands
hommes de ſon ſiecle s'aſſembloient auecque luy à Fraſcaty, & nous laiſſoient ainſi les plus belles choſes de la Philoſophie

Y iij

traittées auecque soin parmy leurs plus doux
diuertissements. Ils faisoient plus en s'es-
gayant, que les autres en se mettant à la gé-
ne. Que diray-ie de cette celebre Promenade
d'Octauius & de Cecilius, que Minutius Fe-
lix nous décrit auec autant de grauité que de
gentilesse? Qui en considerera l'entrée ne
trouuera rien de moins attachant, & qui en
considerera la suitte, ne trouuera rien de
plus serieux. Vous diriez que ces deux grands
Genies ne sont sur le riuage de la mer que
pour prendre l'air dans vne suspension generale de toutes les pensées qui chargent, & cependant ils déueloppent tous les mysteres
des faux Dieux, & de la vraye Diuinité.
Nous auons desia parlé des Philosophes, qui
enseignoient en se promenant, voicy des
Theologiens qui semblent estre de leur secte sans estre de leur creance.

XI. Ie ne diray point icy que sainct Au-
gustin conceut à la Promenade, le dessein de
composer sur la Trinité, & que ce fut là qu'vn
Ange luy fist voir qu'il estoit plus aisé de
renfermer tout l'Ocean dans vne fossette,
que de renfermer toute la Diuinité dans le
destroit d'vn cerueau. Ie n'allegueray non
plus icy que les Payens mesmes ont mis les

Muſes ſur des montaignes , & non pas dedans les villes , pour nous monſtrer que l eſprit peut beaucoup plus apprendre à la campagne que dans les cabinets les plus retirez du
monde , & qu'il s'inſtruit quelquefois mieux
en ſe recreant dans la liberté , qu en s occupant dans la contrainéte. Ie ne fairay non plus
mention de cette maxime de Quintilian , qui
porte que les enfants ayent des exercices du
corps auſſi bien que de l'eſprit , mais qu'il y
faut garder ce temperament , qu'on ne leur
donne ny trop , ny trop peu de relâche , depeur qu'en leur refuſant vne honneſte recreation , on ne leur face hayr l'eſtude , &
qu'en leur en donnant trop ſouuent, on ne les
accouſtume à l'oiſiueté. Or entre tous les
exercices agreables, il met la Promenade , ſuiuant en cela l'opinion de tous les Sages qui
ont crû qu'en rendant le corps vigoureux , elle viuifie auſſi l'ame. I'adiouſteray ſeule-
mêt que ce qui me fait dire, que la Promenade
a vne proprieté particuliere pour donner du
plaiſir à l'eſprit, c'eſt qu'elle le décharge abſolument de tous ſes ennuys. Or cela ſe fait
en deux façons, car ou elle les luy fait oublier,
ou elle luy donne moyen de les éuaporer li-
brement par ſes ſouſpirs.

XII. En effet, qui se resouuiendra de ce qui le picque, voyant que tout le monde le flatte? Qui voudra pleurer considerant que toute la Nature luy rit? Qui osera porter la melancolie dans vne compagnie la plus ioyeuse du monde. Si toutefois on a le cœur si plein d'amertume, qu'il ne semble susceptible d'aucune douceur, où le peut-on mieux vuider qu'en vn lieu où tout semble estre muet pour ouyr vos plaintes, où l'Echo les repete agreablement, & où toutes choses vous donnent la liberté de leur dire ce qu'il vous plaist? Elles vous garderont le secret, quoy qu'elles semblent incapables de confidence. Quel contentement prend vn Amoureux à raconter aux rochers & aux bois le suiet de ses agréements & de ses regrets, & à leur exprimer les rares attraits & l'estrange cruauté de sa Maistresse? D'ailleurs quelle satisfaction est-ce à vne Amante de pouuoir découurir dans vn iardin ce qu'vne maison fascheuse la contraint de dissimuler, & d'auoüer deuant des fleurs & des arbres le feu secret qu'elle cache à ses parents? Elle adore icy en effet celuy qu'ailleurs elle rebutte en apparence; Sa modestie dispense sa honte de ces cruelles loix qui l'obligent à se taire de ses amours,

quoy

quoy qu'elles foient les arbitres de fa vie &
de fa mort. Quel plaifir peut auoir vn Poëte égal à celuy qui le débaraffant de la foule du monde, luy donne loifir d'entretenir
innocemment fa fureur, ou de refpirer dans
la pureté de la nature, aprez auoir fouffert
les ardeurs de l'entoufiafme? Enfin vn homme d'Eftat ou de robe longue eft rauy d'aife
quand fortant d'vn embaras d'affaires il peut
entrer dans vn Labyrinthe de fleurs, & viure
à foy, ayant vécu à tous les hommes.

XIiI. Mais fi l'efprit fe récrée par vn
mouuement corporel, il ne faut pas douter
que le corps mefme n'y reffente encore plus
de plaifir. L'vn eftant vn Acte pur femble
eftre hors de fon élement, quand il n'eft
plus en action, & à le prendre dans le fonds
de la nature il eft certain que les occupations
les plus attachantes font fes plus doux diuertiffements. Il reffemble en ce point à Dieu
qui ne fe laffe point en operant, quoy qu'il
exerce fa toute-puiffance. Il eft le mefme auiourd'huy qu'hyer, & les penfées qu'il for-
mera durant toute l'éternité n'amoindriront
non plus fa vigueur que celles de cette vie.
Mais le corps eftant vne maffe qui ne vit que
pour mourir, & qui eft compofée de quatre

Z

qualitez contraires qui la détruifent en la con-
feruant, il faut qu'on s'efforce d'autant plus
de la faire fubfifter, qu'elle a des principes interieurs qui ne tendent qu'à fa ruine. Or pour
tenir dans vn parfait temperament ces quatre
humeurs qui le conftituent mixte, il faut
que le mouuement les excite, & que le repos
les accorde. D'auantage le trauail épuifant
fes forces, le fommeil ou vne oifiueté fpe-
cieufe luy donnent moyen de fe refaire de fes
pertes, & de reprendre la vigueur que la contention a diffipée. Outre cela, comme il a
des qualitez qui pour luy eftre accidentelles
ne laiffent pas de faire apparemment la plus
belle partie de fon effence, il faut mettre le
fuiet en bonne conftitution, afin que fes accidens ne periffent point.

XIV. Ainfi outre le fommeil qu'on peut
appeller vn diuertiffement naturel, les Medecins en ordonnent d'autres pour conferuer la
fanté, en éloignant les caufes des maladies.
Les Legiflateurs mefmes ont inftitué des ieux
pour entretenir la force du corps parmy les
foibleffes de cette vie, & Platon mefme affeure que la beauté ne garde pas fi aifément fon
embonpoint à l'abry que dans vne courfe me-
diocre. Les autres Philofophes qui ont efté

les plus grands ennemis du corps , ont aymé la
recreation. Ils difoient qu il ne falloit pas prendre des plaifirs meffeans, pource qu'ils en vouloient prendre d'honneftes. Ils refufoient d'e-
ftre efclaues de leur chair , mais ils ne vouloient pas auffi en eftre appellez les meurtriers. Ils ont fait grand eftat de l'exercice de
l'efprit , mais ils n'ont pas negligé celuy du
corps.

XV. Vn d'entre eux l'appelle élegamment la conferuation de la vie humaine,
la pointe de la chaleur naturelle, le dégour-
diffement de la nature endormie , le redou-
blement des forces , la diminution des fuperfluitez des humeurs, l'ennemy de l'oifiucté,
le gain du temps , le deuoir des ieunes gens,
& la ioye de la vieilleffe. Il conclut enfin qu'il
n'y a que ceux qui veulent auoir faute de
fanté , qui ne vueillent point faire vn peu d'e-
xercice. Ariftote eft du mefme aduis quand
il dit , que l'exercice eft la caufe de la fanté,
comme la fanté l'eft de l'exercice. Ces maximes fe verifient en ce que ceux qui fe repofent le moins fe portent le mieux. Vn homme de ville gemit dans vn lict parmy la delicateffe , & vn payfan chante parmy la peine. L'vn eft toufiours indifpofé, pource qu'il

eſt ſedentaire, & l'autre eſt touſiours gail-
lard pource qu'il eſt touſiours debout. Il eſt
vray que l'exercice doit eſtre moderé pour
eſtre vtile, autrement comme il cauſe la ſanté eſtant pris par diſcretion, il cauſe de grandes foibleſſes eſtant pris outre meſure. D'a-
uantage il faut qu'il ne ſoit pas trop violent
pour s'accommoder à la douceur de la nature, autrement il rompt vn corps qu'il ne deuroit que relaſcher. C'eſt pourquoy on a
eu raiſon de blaſmer les ieux des Spartiates,
qui tuoient les ieunes gens, ſous pretexte de
les endurcir au trauail, & ne croyoient pas
eſtre bons inſtructeurs qu'ils ne fuſſent par-
ricides.

XVI. Mais ſi ces cruautez ſont odieuſes,
on ne peut qu'aymer la promenade, qui eſt
vn exercice d'autant plus efficace pour la ſanté, qu'il agit plus doucement. Elle reiouyt
tout d'vn coup le cœur & les yeux, & anime à meſme temps le dehors & le dedans
d'vn corps affoibly. Son mouuement conſu-
me les cruditez que la peſanteur entretient,
& elle ne laiſſe pas d'éueiller l'appetit, quoy
qu'elle ſemble ſaouler l'ame par la veüe.
C'eſt pourquoy Socrate, vn ſoir qu'il fut interrogé pourquoy il ſe promenoit ſi tard, ré-

pondit agreablement, qu'en se remuant il
vouloit faire venir la faim. Il s'excitoit deuant soupper pour mieux soupper aprez.
Ce qu'on dit de ce Philosophe a quelque rapport à ce qu'on raconte de Denys le Tyran
de S⁻ gosse en Sicile. Ce Prince auoit oüy
dire que les Lacedemoniens faisoient de certains potages fort exquis , & comme il son-
geoit plus à contenter ses plaisirs qu'au sou-
lagement du peuple , il fut curieux d'acheter vn Cuisinier de Laconie , pour satisfaire
tout à la fois sa gourmandise & sa curiosité.
Mais comme il ne trouua pas de son goust
ce que l'autre auoit apprecié, le Cuisinier luy
dit auec beaucoup de grace, qu'il eust trouué
ce potage bon , s'il l'eust pris aprez la fatigue
des exercices comme les Lacedemoniens. Il
vouloit dire, que la faineantise nous desbau-
che le goust, au lieu que le trauail le re-
gle.

XVII. Ie ne diray point icy combien la
Promenade ayde à faire la digestion aussi
bien qu'à aiguiser l'appetit. Tous sçauent
que pour cette raison Amasis Roy d'Egypte
defendit à ses suiets de laisser manger les ieunes gens qu'ils n'eussent parcouru cent huit
stades de conte fait. Il s'imaginoit qu'aprez

Z iij

auoir esté las, ils se referoient mieux par la
nourriture, & que l'appetit ne pouuoit pro-
fiter au corps, s'il n'auoit de l'auidité ou naturelle ou recherchée. Ie n'allegueray pas
aussi que la Promenade en agitant le corps
augmente ses forces, & luy fait hayr le repos, le tenant tousiours en haleine. C'est
pourquoy Auguste & Adrian faisoient exercer leurs soldats à la Promenade, mesmes au
milieu du Camp, & ioignoient ainsi les diuertissements aux alarmes continuelles. Ils ne les
vouloient pas rendre par là mols, mais dis-
pos & allaigres. Ie n'auanceray point encor
que cet exercice sert beaucoup pour arrester
les fluxions, pource qu'il les consume par
vne actiuité remuante, & rend la chaleur maistresse de la Pituite, au lieu que dans le repos
la pituite est quelquefois maistresse de la chaleur. Seneque me pourroit seruir icy de tesmoin, car il asseure dans vne de ses Epistres,
que la Promenade a esté le plus souuerain remede d'vn catharre, qui luy estoit venu dans
le cabinet, & qu'ayant trouué son mal dans le
repos, il auoit trouué sa guerison dans le mouuement.

XVIII. Ie veux dire seulement que si la
Promenade est auantageuse à toutes sortes de

perfonnes , elle eft principalement neceffaire
aux Dames , dont l'embonpoint nous doit
eftre d'autant plus precieux que la vie deplu-
fieurs perfonnes de noftre fexe , ne dépend
que de leur fanté. En effet comme elles font
naturellement plus foibles que les hommes,
elles doiuent auoir d'autant plus de foin de
fe fortifier. Adiouftez à cela que leur plus
noble proprieté eftant de produire des hommes , elles doiuent viure comme des Amazones , qui égaloient la generofité des Heros , pource qu'elles imitoient leur vie , &
fuyoient les ombres des villes , pour ne paraiftre qu'à la campagne. Conformément
à cela Lycurgus eftant interrogé pourquoy
il exerçoit le corps des filles à la courfe , &
engageoit le plus doux fexe du monde en de
fort penibles occupations, refpondit qu'il le
faifoit à deffein, voulant que leur fecondité
fe rendant plus vigoureufe , les fruicts qu'elle produiroit en feuffent plus meurs , & que
leurs enfants euffent d'autant moins de laf-
cheté , que leurs meres auroient efté plus ge-
nereufes.

XIX. Et puis , ie n'offenceray pas les
Dames en difant que fi elles ont plus de beauté que nous, elles ont auffi plus d'humidité,

& que la foupplefle de leur teint vient d'vn principe, qui l'eft aufli de la corruption. Il faut donc qu'elles prennent garde que ce precieux humide qui fait l'embonpoint de leur corps ne le ruine infenfiblement, & qu'elles épuifent par l'exercice ces fuperfluitez de Pituite qui fe produifent dans le repos. Aprez tout, comme elles font plus belles que les hommes, il faut aufli qu'elles foient plus vifibles, & vn monftre ne doit pas paraiftre à découuert, comme vn Miracle du monde. Puis que Seneque qu'on nous figure fi laid, fe faifoit voir aux yeux de toute la Nature, leur doit-on cacher le vifage des Graces mefmes? La terre & les champs peuuent-ils rien voir de plus agreable que les attraits de celles qui reprefentent ces fameufes Diuinitez qui les embelliffent? Les Flores font ou fabuleufes ou impudiques, en voicy de vrayes & de chaftes tout enfemble. Nous fommes pluftoft faits pour voir que pour eftre veus, mais elles font faites pour eftre veües. Or c'eft par la Promenade qu'elles fe monftrent tout à la fois au Ciel & à la terre, aux Anges & aux hommes. Concluons donc que cet exercice eft vn des plus doux plaifirs de leurs corps aufli bien que de leurs efprits,

&

& qu'on a eu raison de nommer par excellence, les Plaisirs de la Reine , certains lieux où
elle se va promener aprez auoir tenu Cercle.
Ailleurs elle a diuerses satisfactions, mais icy
elle semble trouuer tous ses plus parfaits a-
gréements.

XX.   Mais il est temps de parler du troi-
siesme effet de la Promenade , qui est l'entretien du plus doux commerce du monde, & les
Dames ne se doiuent pas rebuter d'ouyr vn
discours qui a vn suiet si rauissant. Mais pour
le faire mieux gouster , il faut presupposer que
ceux qui ont fait des regles pour la societé,
ont esté bien diuisez entre eux : les vns ont
voulu qu'on fust tousiours dans la solitude,
& les autres en compagnie. Il semble qu'on
doit fuir tous les hommes, quand on entend
dire au sage Romain; Sçauez-vous ce qu'il
vous faut principalement éuiter, c'est de vous
trouuer parmy la foule du monde; ie ne vois
pas que vous puissiez estre en seureté parmy
tant d'ennemis cachez qui vous enuironnent.
D'auantage il faut que dans ma naifueté ie
vous auoüe ma foiblesse : Ie ne rapporte iamais à la maison les mesmes mœurs auec les-
quelles i'estois forty. Il se trouble tousiours
quelque chose de ce que i'auois mis en ordre.

Aa

& ie vois reuenir beaucoup de ſuiets que i'auois chaſſez. Ie reſſemble pour ce poinct à ces malades, qui s'eſtans tenus au lict par vne longue foibleſſe ne s'expoſent iamais à l'air ſans vn danger apparent, & tirent quelquesfois leur mort d'vn élement dont les autres tirent leur vie. Ie crains la meſme choſe pour vne ame qui ne fait que releuer de maladie, & qui eſt d'autant plus aiſée à offencer que le corps, que ſa conſtitution eſt plus delicat. La conuerſation de pluſieurs eſt ennemie de la ſageſſe d'vn ſeul. Touſiours quelqu'vn nous donne des impreſſions ou des teintures d'vn vice, quoy que d'abord nous ne le ſentions pas. La peſte n'eſt pas ſi contagieuſe que le peché.

XXI. Au reſte plus le monde eſt grand où nous nous meſlons, plus il y a de danger pour nous. Enfin ie reuiens de dehors plus auare, plus ambitieux & plus inhumain, pource que i'ay eſté parmy des hommes. Il faut donc eſloigner d'vn commerce general vn eſprit encore tendre, & qui n'eſt pas attaché au bien, mais qui s'y addonne. On ſuit facilement les humeurs, auſſi bien que les auis d'vne multitude. Si Socrate, Caton & Celius euſſent frequété des compagnies qui euſſent

eu des maximes côtraires aux leurs, ils euffent
peut eftre efté auffi diffolus qu'ils ont efté
fages. Tant il eft vray que perfonne de nous,
quelque foin qu'il ait de polir fon efprit ne
peut fupporter l'effort des vices qui viennent
en foule fur luy. Vn feul exemple d'auarice
& de lubricité caufe quelquefois des defor-
dres generaux. Il ne faut qu'vn compagnon
de table, pour nous deftourner de la vertu
vers le vice. Vn voifin riche excite la conuoitife dans noftre cœur, vn autre détruit noftre
fimplicité par fes fineffes ordinaires & nous
rend diffimulez, de finceres que nous eftions.
Que deuez vous donc penfer de ce qui arriue
à ceux à la probité defquels la malice de tous
les hommes femble faire violence? Il faut que
vous les imitiez ou que vous les ayez en hayne. Et neantmoins il fe faut également garder de ces deux extremitez, de peur que vous
ne deueniez femblable aux mefchans, pource
qu'ils font plufieurs en nombre, ou ennemy
de plufieurs, en viuant autrement qu'eux.
Rentrez en vous-mefine autant que vous
pourrez, & perfuadez-vous par vne ambition genereufe, que vous n'en deuez pas fortir pour plaire vainement au monde. Et ne
penfez pas que vous perdiez la fcience, quoy

que vous ne la produifiez pas en public; vous
auez bien appris , fi vous auez appris pour
vous. Certes vous n'auez pas de fuiet de vous
glorifier , fi le peuple mefme eft capable de
vous entendre. Vos biens doiuent fe recueillir au dedans fans s'efpancher au dehors. Enfin il faut embraffer vne efpece d'oifiueté qui
nous fait viure auec les Dieux, ou pluftoft qui
nous rend Dieux d'hommes que nous eftions.
La vertu ne fera pas cachée pour cela ; il n'y a
point de vertu qu'on puiffe cacher, & aprez
tout ce n'eft pas fon dommage que de ne pas
eftre trop apparente. Tout ce qui eft en lumiere femble eftre en trouble.

XXII. Voila ce qu'on peut dire en faueur de la folitude ; voyons maintenant ce
qu'on peut auancer en faueur de la focieté.
Ie ne diray pas icy que le Sage maudit celuy
qui eft feul, pource que s'il vient à tomber,
il n'aura perfonne qui le releue. L'Ecclefia-
ftique dit auffi que la peine du folitaire eft vaine , comme fi ne profitant point au public,
elle fembloit eftre inutile. Mais il ne faut pas
employer les maximes de la fageffe de Dieu
où celles de la fageffe humaine ne font que
trop inftructiues. On peut donc dire que tous
les Philofophes , tombant d'accord que l'a-

 action est preferable à l'oisiueté, la solitude est moins noble que le commerce. En second lieu l'homme se definissant vn animal sociable aussi bien qu'vn animal doüé de la raison, il semble quitter vne proprieté de sa nature, en quittant la compagnie de ses semblables. C'est ce qui a fait dire à l Aristote, qu'vn solitaire est necessairement ou Dieu ou beste; ou il s'esleue apparemment au dessus des Anges, ou il s'abbaisse au dessous des hommes. Adioustez à cela que si vn seul compagnon nous tient lieu de char en voyage, & de plaisir parmy les afflictions, certes nous serons bien plus soulagez ayant autant de compagnons, qu'il y a de personnes dans le monde.

XXIII. Seneque mesme auoüe qu'il n'y a rien qui corrige si efficacement nos mauuaises inclinations que la conuersation des gens de bien. Leur probité entre peu à peu dans nostre cœur, & c'est vne espece de precepte que d'estre veu. Il dit encore ailleurs, que nous deuons frequenter les autres, ou pour deuenir meilleurs en imitant leurs exemples, ou pour les rendre meilleurs en leur proposant les nostres. I'adiouste que nous auons accoustumé de garder les personnes qui ont

ou vn regret ou vne apprehenſion extraordinaire, depeur que la ſolitude ne fauoriſe
leur deſeſpoir. Il n'y a point d'inſenſé ny de
furieux qui doiue eſtre laiſſé à ſa diſcretion,
pource que la ſolitude ſemble auoir vn auantage pour le crime , qui eſt de ne craindre
point de Iuge. C'eſt ainſi qu'elle nous per-
ſuade toute ſorte de maux : & il n'y a point
d'homme qui ſoit iamais plus mal aſſeuré,
que lors qu'il n'eſt qu'auecque ſoy-meſme.
À ce propos Cleanthes ayant vn iour trouué
vn ſolitaire qui ne vouloit parler à perſonne,
luy dit agreablement , prends garde qu'en
parlant à toy-meſme, tu ne parles à vn meſ-
chant homme.

XXIV. Enfin que ſert il de ſe cacher &
de fuyr les yeux & les aureilles des hommes,
vne bonne conſcience attire le monde aprez
ſoy , & eſt bien ayſe qu'on la voye ; mais celle qui eſt mauuaiſe ſe tient dans la retraitte,
pour ne pas faire paraiſtre en public ſes deſ-
reglements. Si ce que vous faites eſt conforme à l'honneſteté , il faut que chacun le ſçа-
che , on bien ſi c'eſt quelque cas honteux,
vous n'eſtes pas abſous de vos crimes,
quoy que perſonne ne les ſçache , veu que
vous ne les pouuez ignorer. Que vous eſtes

miſerable , ſi vous meſpriſez ce teſmoin! Le
meſme Philoſophe dit encore que ceux qui
fuyent les hommes ſemblent bannis du commerce par l'infortune de leurs deſirs. Ils ſe
retirent, pource qu'ils ne peuuent pas voir la
félicité des autres;ce n'eſt pas le courage qui
les porte à la ſolitude , c'eſt la crainte &l'oiſiueté. Enfin, ils ne viuent pas à eux-meſmes,
puis qu'ils ne viuent à perſonne. Celuy
qu'on peut appeller viuant doit ſeruir les autres , & pouuoir v ſer de ſoy-meſme. Mais
ceux qui croupiſſent en cachette ſemblent
preuenir leur mort. L'eſprit de l homme ſe
porte bien dans vne vie pleine de bruit , pourueu qu'il n'y ait point de tumulte au dedans,
quoy qu'il y en ait au dehors; & que les paſ-
ſions ſoient dans vn parfait repos parmy toutes les emotions du monde. On ne profite
rien à ſe tenir dans vn haue ſilence exterieur, ſi la concupiſcence agite le cœur.

XXV. Par ce diſcours on peut voir que
quelquesvns blaſment la ſolitude, pour rendre la ſocieté plus recommandable , comme
d'autres auoient blaſmé la ſocieté, pour nous
faire eſtimer la ſolitude. Pour moy ie trouue les vns trop diſſolus, les autres trop ſcru-
puleux. Les vns voudroient que nous fuſ-

fions toufiours en compagnie , & les autres
que nous n'y fuſſions iamais. Les extremitez quelques belles qu'elles foient, font touf-
jours vn peu vicieufes. Pofons donc pour
maxime , qu'il faut quelquefois s'engager
dans le commerce , & quelquesfois s'en retirer par vne retraitte iudicieufe. L'vn nous
en faira gouſter les douceurs, & l'autre nous
empeſchera d'en reſſentir les déplaifirs : ou
bien difons qu'il nous faut embraſſer certains
exercices, qui ne font ny trop cachez ny trop
éclattans , qui nous eſloignent en quelque
façon du monde en nous y introduifant, &
nous font accorder auec vn parfait temperament , la folitude auecque la focieté & la focieté auecque la folitude. Or il me femble
que la Promenade a cette excellente proprieté , car nous retirant des compagnies defa-
greables , elle nous fepare de la plus grande
partie du monde , & nous empefche d'eftre
feuls , en nous en donnant d'agreables. D'ailleurs nous faifant fortir de nos cabinets , elle
nous produit au iour , & nous faifant entrer
dans les bois , elle nous tient parmy les ombres. Nous ne laiſſons pas d'eftre dans le
commerce, quoy que nous foyons dans quelques deferts magnifiques. Noftre folitude
eft

est frequentée, pource qu'elle est pompeuse.
Nous parlons tout ensemble aux autres & à
nous mesmes ; aux hommes & aux forests.
Nous nous excitons en vn temps, & puis nous
nous reposons ; nous gardons le silence aprez
auoir discouru , & l'on nous peut nommer
iustement des Hermites qui demeurent dans
les villes.

XXVI. On voit par là que i'auois raison
d'appeller l'entretien du plus doux commerce du monde vn effet de la Promenade ; nous
ne semblons iamais estre plus sociables que
lors que nous nous assemblons pour nous réiouyr. On dit qu'autrefois on tira les hommes des bois pour les engager dans la commu-
nauté des villes , mais nous operons vn plus
grand miracle , en les tirant des villes pour
former vne plus belle societé parmy les bois.
Nous faisons regner la douceur & l'humanité où la barbarie estoit absoluë. Mais aprez
auoir parlé de la nature & des effects de la
Promenade , il faut parler maintenant des cir-
constances qui l'accompagnent , & gouster
ses agréemens par les sens & par la raison.
Ie ne parleray point icy du temps , quoy qu'à
la verité l'heure & la beauté du iour seruent
beaucoup à ce diuertissement , qui ne nous

B.b

égaye d'ordinaire fur la terre que lors que le
Ciel n'eſt point en cholere. Il faut que toute
la nature ſe repoſe pour nous engager dans
cét exercice mouuant, & nous ne nous promenons guere à noſtre gré, que le iour ne
ſoit tel que nous l'euſſions fait, ſi vn ordre
qui ne dépend que de la Prouidence euſt dé-
pendu de noſtre conduite. Ie veux ſeulement
traitter icy de la diſpoſition du lieu, qui doit
eſtre d'autant plus belle, que la terre doit à
preſent ſe changer en Ciel pour ſouſtenir des
Diuinitez creées.

XXVII. Qu'on ne me parle point icy
des Iardins des Heſperides ny de ceux d'Al-
cinoüs, où l'or qui naiſt dans les entrailles de
la terre ſe produiſoit ſur les arbres, & où les
fruiĉts ſe multiplioient viſiblement à meſure
qu'on les cueilloit. Les lieux fabuleux ne ſont
pas propres pour les diuertiſſements des Dames, & elles leur donnent aſſez de prix
ſans qu'il ſoit beſoin de mentir pour leur en
donner. Qu'on ne loüe point les Vergers
d'Adonis, qui faiſoient mourir d'amour ceux
qui y entroient : les Dames produiſent l'a-
mour où elles ſe trouuent, tant s'en faut que
les lieux le produiſent dans leur cœur, & ſi
elles nous font mourir, elles nous font auſſi

viure. Ie ne veux pas mesme entendre priser
les iardins de Semiramis , quoy qu'ils sem-
blassent estre plantez dedãs l'air, & qu'ils tins-
sent beaucoup moins de la terre que du Ciel;
la terre que nos Dames touchent deuient celeste sous leurs pieds. La Grece vante ses
Tempé, mais on sçait bien que le mensonge
fait l'essence de ses richesses; elle n'est feconde en beautez que pource qu'elle est or-
gueilleuse. La France n'a pas de si hauts sen-
timents de soy , mais elle est plus magnifique. C'est le seiour de toutes les Nymphes,
& neantmoins elle ne parle ny de Pinde ny
d'Helicon. Enfin Pline le Ieune a tort de
loüer si hautement son Tusque & son Lau-
rentin ; son élegance couure la beauté des
lieux qu'il décrit , & l'on voit bien qu'en
voulant faire vne representation naifue , il
fait vne description figurée. L'art ne change
pas absolument la nature ; mais les lieux les
moins considerables deuiennent beaux quand
les Dames y paraissent , & ceux qui sont
beaux naturellement , le sont encore plus
quand ils iouysslent de la presence de ces soleils. Il est vray que les attraits de ces diuins
visages sont si charmants , qu'en les regardant nous ne songeons plus à la terre , &

Bb ij

neantmoins il faut maintenant regarder la terre, pour mieux contempler aprez ces visages adorables. Nous considererons icy le Porche pluſtoſt que la Sageſſe, pour mieux admirer la Sageſſe, aprez auoir admiré le Porche.

XXVIII. Les Interpretes de l'Eſcriture ſont bien en peine à deuiner où eſtoit le Paradis terreſtre; mais on peut dire que s'il en reſte de viſible aprez le peché, c'eſt le lieu où les Dames ſe promenent. Pour en décrire toutes les particularitez, il ſuffit de dire en general que c'eſt vn Amphiteatre, où la nature & l'artifice s'efforcent de ſe ſurmonter reciproquement. Vous ne ſçauez qu'admirer pluſtoſt, ou la pureté de l'air, ou la bigarrure de la terre; d'vn coſté vous vous plaiſez à vne libre découuerte de l'orizon, & de l'autre à vne veüe bornée agreablement. Icy vous vous plaiſez à regarder le Soleil, & là tout au contraire à vous tenir à l'abry. La ſeichereſſe du ſol vous recrée auſſi bien que l'humidité des fontaines. Vous entrez premierement dans vne allée dont la longueur reſpond parfaitement à la largeur, & qui eſt auſſi bien vnie par le milieu, que releuée par les bords. De là vous vous engagez dans vn

labyrinthe, où vous prenez du contentement
à vous perdre, vous trouuant tout d'vn coup
enuironné de mille fleurs, qui dans la vanité
qu'elles semblent auoir de vous monftrer
leur beauté, femblent d'ailleurs s'abbaiffer
en voftre prefence, pour vous prier de les
cueillir. Que ces Tulippes font glorieufes de
ce que les Dames les couppent pour s'en embellir, & les tranfportent d'vne terre morte
fur vne terre viuante? Mais il faut quitter
ces obiets fi delicieux pour en voir d'autres,
& paffer par des galleries ombragées, aprez
auoir paffé par des allées découuertes. Qu'on
trouue le iour clair lors que dãs cette obfcurité
artificielle on trouue vne efpece de nuiɛt. Que
le Soleil paraift beau, quand il a de la peine à
paraiftre parmy ces ombres, & n'ofe entrer
qu'en tremblant & comme à la dérobée en
des lieux où ces Soleils terreftres cherchent
le frais. Il y a là des repofoirs pour rendre les
Dames fedentaires au milieu de la Promenade,
& les délaffer mefme de leurs plaifirs. Enfin,
elles font éueillées par le bruit d'vne fontaine
qui hauffe fes boüillons pour les abbaiffer deuant leurs yeux, & les y reprefenter plus
purs. Ces Naïades fortent donc pour voir le
cours de cette belle eau, qui s'épuife touf-

jours, & ne s'efpuife iamais. Mais que regarderont - elles pluftoſt ou l'abondance du tuyau, ou la clarté du baſſin ; d'vn coſté la nature les rauit, d'autre part l'artifice les eſtonne. On dit que l'eau n'a point de faueur, elles en gouſtent neantmoins comme ſi c'eſtoit de l'ambroſie, & s'en lauent les mains & le teint, pour en augmenter le vermillon en leur donnant vne nouuelle fraiſcheur. Cependant que les Amants qui les accompagnent ont de peine à contraindre leurs feux deuant cette glace? que leur ardeur porte d'enuie à la froideur, qui a l'honneur de toucher de ſi beaux ſuiets?

XXIX. Mais le flux continuel de cette fontaine monſtre aux Dames qu'elles ne ſe doiuent pas repoſer encore. Elles s'auancent donc vers vne prairie, où l'émail des couleurs eſt égal à la verdure, & où l'herbe qui en fait la ſuperficie, ne ſe fait pas moins remarquer, que les arbres qui en compoſent l'extremité. On voit vn eſtang à coſté, où l'eau ſeroit moins agitée que la terre, ſi vn vent agreable ne la friſoit, & n'eſleuoit de petites boſſes au deſſus d'vn fonds bien vny. C'eſt là que les Cygnes & les Poiſſons nagent à meſme temps, & leur élement a vne

fi belle tranfparence, que les arbres femblent
s'eftre détachez de la terre pour ne plus auoir
de racines que dans les eaux. Les Dames
mefmes font rauies trouuant vn miroir naturel qui les reprefente, & voyant briller le feu
de leurs yeux iufques dans le criftal. Elles
font là plus vifibles que Diane, & neantmoins elles font plus affeurées de la veuë des
regardants. Cependant le Soleil qui femble
eftre ialoux de voir leur image, redouble fa
chaleur par l'oppofition de l'humidité, &
contraint cette belle compagnie de quitter
l'eftang pour gaigner vn bois. A voir d'a-
bord fon épaiffeur, vous la prendriez pour
vne affreufe folitude, & à voir fes compar-
timents vous le prendriez pour vn parterre
qui porte des arbres au lieu de fleurs. A l'entrée vous eftes eftonné d'vn fombre filen-
ce, mais le chant du roffignol adoucit cét
eftonnement, & vous fait trouuer toutes les
douceurs de la Mufique, où vous ne croyiez
entendre que des cris de beftes feroces. Au
refte le iour y paraift d'autant plus beau qu'il
eft plus fombre, & les yeux des Dames re-
luifent plus, où ceux du Ciel femblent auoir
moins d'efclat. C'eft vne merueille encore
que les biches & beaucoup d'autres animaux

semblables se presentent à la veüe de ces
Reynes des bois, & ne craignent point la ri-
gueur de leur main, aprez auoir apperceu la
douceur de leur visage. Mais les chasseurs
changent leur asseurance en apprehension, les
poursuiuant à outrance pour donner du plaisir aux Dames. Vous voyez vn pauure Cerf
qui perdant l'haleine semble estre bien aise de
rendre le dernier souspir aux pieds de ces
Nymphes, comme s'il croyoit deuenir vn autre Acteon par la puissance de ces Dianes. Vn
cheureul est arresté aprez auoir fait mille
bonds, & ne peut se sauuer dans vne plaine,
bien qu'il ait passé sans danger à trauers mille
précipices.

XXX. Aprez auoir veu exercer ces
cruautez innocentes, les Dames sortent du
bois, & quoy qu'elles feussent hors de contrainte, elles semblent pourtant iouyr d'vne
nouuelle liberté. Elles se trouuent premierement au bord d'vne belle riuiere, qui semble
faire mille détours pour se rendre plus long
temps visible aux yeux de ces belles, & qui
n'est pas moins considerable pour le trafic,
que pour la pesche. Son lict n'est ny trop lar-
ge ny trop estroit, son eau n'est ny rapide ny
paresseuse, & rien n'en trouble la surface que
les

les poiſſons qui ſemblent vouloir changer d'é-
lement pour venir rendre hommage aux Dames. Qu'elles ont d'agréement à voir cette grande aſſemblée d'eaux qui s'écoule ſans
ſe vuider, & qui vient d'vn coſté de la mer,
& y retourne de l'autre? C'eſt icy veritablement le mouuement perpetuel que les Phi-
loſophes cherchent parmy des chimeres. Au
reſte cette belle eau a tant d'excellentes proprietez, que les hommes ont quitté la terre
ferme pour baſtir les plus belles villes ſur ſon
riuage : & ſi Rome n'eſt qu'vne colonie du
Tybre, nous pouuons dire que Londres n'en
eſt qu'vne du fleuue dont nous parlons.

XXXI. Ne loüons pourtant pas l'eau
au deſauantage de la terre. Vn Poëte a dit
élegamment, que les riuieres ne ſont que des
paſſements qu'on a mis ſur cette robe. Vous
découurez d'vn coſté de la riuiere vne foreſt
ſi épaiſſe, que les Sangliers ont de la peine à
la forcer, & dont les arbres ſont ſi hauts,
qu'ils ſemblent ioindre la terre au Ciel. Vne
partie ſe courbe vers vne pente, où les cheſ-
nes & les ormeaux ſemblent pluſtoſt ſuſ-
pendus en l'air, qu'attachez par vne racine
terreſtre. Vous découurez d'ailleurs vn plat
pays, qui n'eſt borné que par l'eminence des

montagnes qu'on voit au bout, & dont on doit admirer également l'eſtenduë & l'abondance. Là vous voyez vne vallée qui gemit ſous le poids des grains qu'elle porte, & là vne colline qui ne ſemble eſleuée que pour approcher d'auantage la vigne des rays du ſoleil. Enfin les Dames n'auroient iamais fait ſi elles vouloient voir toutes les particularitez de ce lieu, & vne heure ne peut pas découurir toutes les raretez que la nature & l'artifice y ont miſes depuis le commencement des ſiecles. Outre que les yeux leur manqueroient pluſtoſt que la curioſité, & la Promenade ne peut eſtre qu'ennuyeuſe, ſi elle n'eſt limitée. Les plus doux plaiſirs deuiennent inſipides quand on les prend outre meſure. Les Dames donc ſçachant que la collation ou le ſoupé les attend, & que le ſoleil les va quitter, aprez s'eſtre vn peu repoſées ſur l'herbe, elles ſe retirent dans le meſme agréement qu'elles ſont parties, & prennent vne autre route que la premiere, pour faire deux Promenades en vne.

XXXII. Mais quelque beauté qu'on ſe puiſſe figurer d'vn lieu qui a de ſi doux diuertiſſements, ie ne puis que ie ne le regarde de mauuais œil, en ce que m'ayant occupé trop

long temps à confiderer fes attraits, il m'a em-
pefché de contempler ceux des Dames. Il eft
vray qu'il femble excufable , en ce que me
difpenfant de les regarder , il m'a difpenfé
d'vne exftafe neceffaire , car au lieu que i'ay
parlé iufques icy par vn ordre regulier , il
me faut maintenant parler dans l'admiration.
Introduifons nous neantmoins dans vne fi
belle compagnie , & tafchons d'en penetrer
les difcours, auffi bien que d'en reconnoiftre
les perfonnes. Vous apperceuez d'abord ces
Reynes des cœurs qu'on prendroit pour des
Iunons, fi elles n'eftoient fur la terre, & qui
font bien moins confiderables pour leur fuitte , que pour leurs propres qualitez. Les
traits de leur vifage les font prendre pour des
Venus, plus adonnées à la chaftcté que celles des Payens ne l'eftoient à l'infamie, & la
Maiefté de leur taille nous fait croire apparemment que nous voyons de vrayes Pallas
dans le Chriftianifme.   Mais le langage qui
defcoule de leur bouche nous perfuade que
les rayons de miel ne venoient pas de la bouche de Neftor, mais qu'ils fe forment maintenant fur la langue de ces Deeffes de l'Eloquence.

XXXIII.   Or quoy qu'il ne faille qu'ad-

mirer principalement celles qui font comme
les principes mouuans de la Promenade, il
faut pourtant loüer les Demoiſelles auec les
Dames, & reuerer les fuiuantes auſſi bien que
les Maiſtreſſes. Si les vnes font des Soleils,
les autres font des eſtoilles. Si les vnes font
Princeſſes des cœurs & des peuples, les autres le font des cœurs. Enfin ſi l'on voit icy
les meres des Dieux, on y voit auſſi leurs filles & leurs épouſes. Au reſte la terre pour
embellie qu'elle ſoit ſemble eſtre enuieuſe
contre elles, pource que ſi elles l'honorent
de leur veüe, elles nous empeſchent de l'e-
ſtimer aprez les auoir conſiderées. La grandeur nous fait meſpriſer la baſſeſſe. Tous
les élements neantmoins s'accordent parfaitement dans leur contrarieté, pour faire à
l'enuy contre les Cieux, à qui donnera plus
de plaiſir aux plus beaux corps de la nature.
Les fleurs croiſſant ſous leurs pieds ſemblent
les auantager autant que la teſte; l'air ſe ra-
fraiſchit pour adoucir l'ardeur du iour,
l'eau retient ſes vapeurs, depeur d'en corrompre la pureté, & le Soleil tempere ſes
rais pour laiſſer regner vne agreable fraiſcheur, au milieu meſme des plus grandes
chaleurs de l'Eſté. Enfin vous diriez que

toutes choſes ne ſont occupées qu'à fauoriſer les diuertiſſements des Dames.

XXXIV. Mais aprez auoir conſideré
leur demarche à la campagne, que dirons-
nous de ceux qui les menent? & qui appuyent
des ſuiets ſur qui leurs plus cheres eſperan-
ces ſont fondées? Vous les prendriez pour
des Mars à la guerre, & pour des Adonis à la
Promenade. Quelque affection qu'ils ayent
pour les Dames, ils ſe tiennent touſiours dans
le reſpect en leur preſence, & c'eſt vne choſe
merueilleuſe que la familiarité qu'on dit eſtre
ailleurs mere du meſpris & d'vne liberté vi-
cieuſe; c'eſt icy de la reuerence & de la reſer-
ue. Quoy qu'ils égayent leur veuë dans la découuerte des champs, ils s'affligent pourtant
s'ils deſtournent tant ſoit peu les yeux du viſage de leurs Reynes; ils croyent voir là tout
ce qu'on voit ailleurs, & n'auoir point beſoin de contempler le Ciel quand ils contemplent ces Deeſſes. Qu'ils ont de plaiſir à les
trouuer dans vne belle humeur, bien loin
d'vne mine deſdaigneuſe qu'elles prennent
quelquefois, & qui rebutte des cœurs qu'elles attirent par leurs charmes. Qu'ils s'eſtiment heureux de ſe pouuoir deſtourner pour
faire vn preſent aux Dames, & de recueillir

à terre vn bouquet qu'elles mettent fur leur
fein. Mais ils font bien plus rauis de voir
leur cœur à mefme temps que toute la nature leur fait vne monftre generale de tous
fes threfors, & d'ouyr les Diuins entretiens
de celles dont vne feule parole peut faire le de-
ftin de tous les cœurs. Cette derniere confideration me fait fouuenir qu'il eft temps de
parler des difcours à qui la Promenade donne fuiet, & qu'apréz auoir traitté des diuertiffements des yeux des Dames, ie ne dois pas
oublier ceux de leur bouche.

XXXV. Or ie trouue que leurs difcours font icy d'autant plus doux qu'ils font
ioyeux, fans eftre aucunement diffolus, &
que les Dames eftant efloignées des importuns & des Coquettes, ne traittent maintenant que des fuiets agreables. La langue nous
a efté donnée pour exprimer nos penfées dans
la franchife ; mais il faut auoüer que fon af-
fiette mefme nous monftre qu'eftant prifon-
niere, comme elle eft, elle ne fe doit pas trop
émanciper. Ou foit que Dieu nous vueille
apprendre par là qu'il vaut mieux bien faire
que bien parler, & qu'il faut beaucoup de
precaution pour regler vn membre qui com-
met mille irregularitez, mefme dans la con-

trainte où il est. Ou soit que la nature mesme nous signifie que la bouche est vn temple fermé qu'il ne faut pas tousiours ouurir, & qu'on y doit loüer Dieu par le silence aussi bien que par des airs melodieux. Mais sans nous engager en des considerations vn peu trop spirituelles, il est certain qu'encore que nous puissions parler dans la liberté, nous deuons vser de beaucoup de reserue en nos paroles. Tous ceux auec qui nous traitons ne sont pas capables de nos secrets : il y a des gens à qui on doit tout dire, & d'autres à qui on ne doit dire quoy que ce soit. De plus il y a des temps où les entretiens serieux sont aussi necessaires, que les autres sont messeans. Quelquefois encore on n'ose pas se resiouyr, quoy qu'on en ait le congé, pource qu'on a peur de pecher contre la modestie, quoy qu'on ne peche pas contre les autres loix. Il est bien difficile de garder vn temperament dans les plaisirs qui ne tienne, ou d'vne trop grande seuerité, ou d'vne trop grande indulgence enuers soy-mesme.

XXXVI. C'est dans la Promenade que regne principalement la douceur de l'entretien, pource que l'austerité en est bannie, & qu'vne volupté innocente y est Souueraine.

C'eſt là qu'on parle d'amour ſans offencer la chaſteté. C'eſt là qu'on fait de veritables recits des fables qu'on a leües dans les Romans. En vn mot, c'eſt là que les diſcours ſont d'autant plus rauiſſans, qu'ils ſont moins tendus. Quoy qu'on y déploye toutes les richeſſes de la langue, on ne craint point de faillir contre les regles de l'Eloquence, pource qu'vne barbarie affectée y a quelquefois plus de grace, qu'vne politeſſe trop delicate. Au reſte les yeux & les cœurs parlent icy auecque les langues; les chanſons & les concerts interrompent les narrations, & l'Echo fait vn miracle en nous monſtrant que les paroles qu'on dit ne ſe pouuoir r'appeller peuuent reuenir vers nous aprez en eſtre parties. Ie ne deuclopperay point icy les myſteres des entretiens ſecrets des Amantes & des Amants : il ſuffit de dire que toute la chaleur de leur cœur s'en va ſur leur langue, & que leur ardeur interieure n'eſt iamais plus grande, que lors qu'elle s'éuapore au dehors. I'adiouſteray ſeulement que ce qui fait le plus doux plaiſir du commerce des Promenades, c'eſt qu'on n'y voit rien qui puiſſe cauſer de l'ennuy. On a deſtourné tous les fleaux des agreables compagnies, les importuns

n'ont

n'ont point icy de voix, non plus que les im-
pudents, & les linottes transformées en Demoiselles n'ont point d'entrée dans ces bois
ny dans ces iardins des oiseaux du Paradis.
On n'y voit que des personnes dont la seule
humeur rauit les cœurs sans qu'elles parlent,
& dont les paroles ne sont pas moins charmantes que leur humeur. On est souuent
contraint d'entendre beaucoup de gens en
particulier, qu'on rebutte icy en public. La
Promenade estant vn exercice de sincerité,
ne souffre point toutes ces dissimulations de
la societé ciuile. Comme c'est le plus honneste de tous les ieux, c'est aussi le plus naif. Il
ne s'y assemble guiere que des personnes dont
les cœurs ne sont bien vnis ; celles qui se hays-
sent ne peuuent que fort difficilement se réjouyr ensemble. C'est la sympathie qui forme icy les compagnies, & non pas le compliment. Et par là on peut voir quel plaisir
c'est d'estre à la Promenade, veu qu'on semble sortir du monde, pour rentrer dans la pureté de la nature. Cet agreable seiour que
font les Seigneurs & les Dames parmy les
bois ressemble à celuy que faisoient Adam &
Eue deuant qu'ils eussent perdu l'innocence,
dans le premier iardin du monde. La Pro-
Dd.

menade nous femble faire iouyr derechef des premiers droits de l'innocence.

XXXVII. Voila certes vne bien longue digreſſion pour loüer la Promenade, car de l'appeller diſcours raiſonnable, on ne le peut, à moins que de croire qu'on peut employer la plus ſerieuſe de toutes nos facultez, à ne parler que des matieres les plus legeres du monde. Ie ne m'eſtonne point maintenant qu'on ait nommé noſtre vie vne farce continuelle, veu qu'on y prend des diuertiſſements pour des occupations, & les occupations pour des diuertiſſements. Au reſte on fait grand tort aux Dames, ſous pretexte de les loüer, quand on veut qu'elles ſoient mobiles comme la Lune, comme ſi c'eſtoit vn grand éloge pour elles, que de les appeller coureuſes. I'auoüe bien que les aſtres roulent touſiours, toutefois ce n'eſt pas par vn relaſche mort, mais par vne operation viue. Ainſi les Dames doiuent eſtre vn peu remuantes, mais il faut que ce ſoit pour bien employer les heures, & non pas pour les perdre inutilement. I'ayme bien mieux qu'elles ſoient inuiſibles dans les maiſons, que non pas qu'on ait raiſon de dire qu'elles paraiſſent comme des Flores. La chaſteté n'eſt

pas asseurée autant qu'il faut, lors qu'elle est
trop éuentée. Et puis, c'est principalement
aux hommes qu'il appartient de se promener, pource qu'estant d'ordinaire dans la fatigue, il est raisonnable qu'ils prennent quelquefois vn peu de repos. Mais les femmes
sont tousiours dans l oisiueté, parmy en des
emplois diuertissans. Les Barbares qui s'estonnoient de voir des Portugais à la Promenade se feussent bien plus estonnez de voir des
Dames qui se recréent souuent, pource
qu'elles n'ont rien fait, & prennent du relasche sans qu'elles ayent pris de peine.

XXXVIII. A parler veritablement cet
exercice n'est bon qu'à des personnes qui
passent du trauail à vne honneste oisiueté, &
non pas à celles qui d'vne oisiueté veulent
passer à vne autre. Les Dames se leuent fort
tard; elles disnent bien, & aprez auoir ioüé
toute l'aprez-disnée, il faut aller à la Promenade, comme si elles auoient employé le
iour en des soucis continuels! Nous allons
d'vne occupation à vne plus grande fatigue,
elles sortent d'vn plaisir pour entrer dans vn
plus doux agréement. C'est à leur suiet
qu'on peut dire veritablement que la vie est
vne mort, puis qu'elles n'agissent iamais, sem-

blant neantmoins eftre toufiours en action.
Et puis ie trouue qu'vn Ancien a fort bien
definy la Promenade, quand il a dit que c'e-
ftoit l'agitation des oifeufes, comme on dit,
que l'amour eft l'occupation ordinaire des
oifeux. Ie fçay bien qu'il y a eu de grands
hommes qui ont plus appris dans les champs
que dans les villes; mais ie n'ay point lû que
les Dames fe foient renduës plus habiles pour
s'eftre bien promenées. C'eft qu'elles ne fe
promenent pas pour s'édifier, mais pour entretenir leur Coquetterie affetée. Plufieurs
ne cherchent pas les deferts pour pleurer
leurs pechez à l'imitation de la Madelaine,
mais pour deuenir pechereffes.

XXXIX. Qu'on ne die donc point que
les perils font autant efloignez de la Promenade, que les Plaifirs en font proches. Si
Daphné n'euft pas efté à la campagne elle
n'euft pas efté contrainte de fe voir changée
en Laurier, pour ne pas eftre pourfuiuie d'A-
pollon. Si Proferpine fe fuft tenuë dans fa
maifon, Pluton ne l'euft pas rauie, & elle ne
fut emportée dans les Enfers que pource
qu'elle voulut prendre vn air vn peu trop libre. Puis que des Deeffes mefmes la trahi-
rent, que doit-on attendre des autres fem-

mes ? Enfin Thisbé ne se perdit que parce
qu'elle voulut se sauuer de la persecution de
ses parens, s'enfuyant à la campagne. La fente
d'vne muraille esbranla sa resolution , mais
l'ouuerture d'vne valée la corrompit entierement. Enfin elle trouua sa mort où elle
croyoit gouster les plus douces satisfactions
de l'Amour. Quoy que ces histoires soient fabuleuses , elles ne laissent pas de nous declarer d'excellentes veritez. Plusieurs filles sont
desbauchées, pource qu'elles ne sont pas assez
resserrées. On abuse bien souuent de la liberté , quand on se voit hors de contrainte,
& il est bien difficile de prendre beaucoup de
contentements illicites sans songer quelquefois aux defendus. Eue ouyt le serpent, pource qu'elle se promenoit , & Dieu se prome-
na à son tour pour luy faire sentir plus de
douleurs qu'elle n'auoit eu de plaisirs. Dieu
ne laisse pas de veiller sur nos actions, quoy
que nous ne soyons pas dans le Paradis
terrestre , & il punira d'autant plus seuerement la dissolution de nos ioyes , que
nous auons plus d'agréement à les prendre
dans vne vallée de larmes.

XL. I'auoüe bien que la Promenade est
principalement ordonnée pour la recreation

de l'efprit, mais ie ne puis comprendre qu'elle foit neceffaire aux Dames, dont l'efprit
n'eft occupé ordinairement, qu'à fe garder de
toutes les occupations ferieufes. Quoy, faut-
il donner du relafche à des Coquettes pource qu'elles ont caquetté tout le iour, & re-
compenfer leur faineantife comme ailleurs
on recompenfe la vigïlance? faut-il donner les
mefmes diuertiffements à Poppea qu'à Seneque, & égaler le babil des caioleurs au filen-
ce de Pythagore. Les Dieux fe repofent,
mais c'eft aprez auoir agy, & leur prouidence veille toufiours, quoy que leur main foit
endormie. Si les Dames vouloient imiter ces
Heros, qui ne fortoient de leur maifon que
pour entrer dans vne plus profonde folitude,
ie loüerois leurs promenades, bien loin d'en
reprouuer vn trop grand vfage; mais elles
ne vont dans la folitude que pour la troubler:
la plus part n'egayent leur efprit que pour le
rendre plus mol. Elles n'entrent pas dans les
bois pour s'inftruire, mais pour y deuenir
plus ignorantes. Il eft vray que fi elles fail-
lent, elles femblent fe punir en fe promenant.
Car pour raconter leurs peines à leurs amants
& aux fuiets infenfibles, comme on a repre-
fenté, elles n'alegent pas leur mal, au contrai-

te, elles ne font que l'eſtendre d'auantage.
Ainſi le regret leur ronge le cœur, lors qu'elles rient en apparence, & leur eſprit n'eſt iamais plus ſombre que lors qu'il ſemble plus
égayé.

XLI. Adiouſtez à cela que leur corps
n'en reçoit pas tous les auantages qu'on s'i-
magine, puis qu'outre que le mouuement
peut déregler les humeurs, qu'il peut exciter, le hale du Soleil peut nuire à ces beaux
viſages, qui n'ont iamais plus d'éclat que lors
qu'ils paraiſſent à l'ombre. Que ſi pour trouuer quelque temperament à vne extremité ſi
dangereuſe, on veut dire que les Dames ſçauent bien choiſir la fraiſcheur du iour pour
n'en pas reſſentir l'ardeur; Ie diray que leur
humidité s'augmente quand la chaleur de
l'air s'amoindrit, comme la delicateſſe de leur
teint ſe perd, quand la chaleur a l'auantage
ſur la fraiſcheur. Ie ne diray pas icy que certaines femmes ont tort d'imiter ce Philoſophe qui n'vſoit pas de la Promenade pour ſe
recréer, mais pour ſe rendre delicat. De plus
ce ſeroit vne eſpece d'infamie, ſi on pouuoit
dire d'vne Dame ce qu'on diſoit d'Epicure,
que pour la trouuer il la faut chercher au
iardin : elle ne reçoit point de gloire de reſ-

fembler à Semiramis qui fift baftir des iardins dans l'air, afin que la terre ne puft pas
découurir l'infamie de fes ordures. Elle ne fe
promenoit pas par vn principe de bienfeance, mais pour rendre fon opprobre plus affeuré; enfin elle fongeoit plus à foüiller fon
corps, qu'à le tenir en embonpoint. Quel déreglement ne feroit-ce point fi les Chreftiennes imitoient cette Payenne? Cependant il
eft certain qu'il y a des perfonnes qui femblent proftituer leur corps, fi toft qu'elles le
produifent à l'air, & qui en flattant leur chair
tuent leur ame. Vn des plus innocents diuer-
tiffemens leur tient lieu du plus dangereux
fcandale du monde. Ie fçay bien que les Prophanes leur difent qu'elles font faites pour
eftre veuës; mais ie leur dis auec Tertullian,
que les femmes font prefque la mefme faute en fe laiffant voir, que les hommes en les
regardant d'vn œil de concupifcence. Elles
font coupables de leur mort, & de celle de
ceux qu'elles bleffent, par les traits de leur
vifage. Aprez tout l'Apoftre ne leur a pas
commandé d'aller. Les Anges ne les trouuent
iamais belles que lors qu'ils les trouuent voilées, la tefte couuerte, pour leur permettre
de courir impudemment hors de la maifon.

Ie

Ie ne fuis pas trop feuere en cet endroit, n'e-
ftant qu'interprete d'vn Docteur.

XLII. Au refte, fi la Promenade entretient le plus doux commerce du monde, elle n'entretient pas le plus innocent. Elle nous
engage dans tous les dangers de la folitude
& de la focieté. Les caioleries y font d'autant plus à craindre, qu'elles y font moins
contraintes, & que les champs accordent certaines priuautez que la chambre refuferoit.
Et puis, ou la compagnie qui s'y trouue eft
importune ou agreable, fi elle eft importune,
on trouue vn fupplice où l'on cherchoit des
plaifirs; que fi elle eft agreable, les Dames fe
trouuent dans vn peril d'autant plus grand,
qu'elles font entre les mains de leurs ennemis, & qu'elles s'agréent en cét Eftat. Elles fe doiuent perfuader que ceux qui les ayment le plus, les hayffent d'auantage, & qu'ils
ne les fuiuent que pour les perfecuter. Quant
à ces autres Promenades qui fe font par des
perfonnes feules, ie les nomme pluftoft des
contemplations que des diuertiffements, &
c'eft tout vn de s'attacher à la fpeculation
des chofes, ou dans vn cabinet ou dans vn
iardin. On nommoit iadis Myfanthropes
ceux qui fuyoient la compagnie des hom-

Ee

mes, mais les Dames qui s'esloigneroient de
toutes les compagnies pour ne parler qu'a-
uec elles, feroient pluftoft prifes pour extra-
uagantes, que pour difcretes. Cet entretien
donc ne leur feroit guere agreable, s'il leur
eftoit fi defauantageux, qu'en prenant vn
peu d'air, elles perdiffent leur renommée. Ie
ne diray point icy qu'il n'eft pas bienfeant
qu'vne femme fe trouue feule hors de fa maifon; & on pourroit nommer impudence en
elle, ce qu'on nomme folitude au fuiet des
Sainꞓts. Enfin on ne doit pas aller hors du
commerce du monde pour parler auec foy-
mefme, mais pour parler auec Dieu: Nous
ne deuons quitter les hommes que pour nous
trouuer auec les Anges. Mais il y a des perfonnes qui femblent fe retirer quelquefois
pour pecher auec plus de liberté fous pretexte de s'efloigner des occafions de faillir. Elles
vont reprendre dedans les bois les vices que
les hommes quitterent quand ils furent appellez à la focieté ciuile.

XLIII. Il nous refte à voir maintenant
que les circonftances de la Promenade ne
contiennent pas moins de vanité que fa nature & fes effeꞓts. Et pour commencer par
le temps, n'eft-il pas vray que beaucoup de

perſonnes ne s'en ſeruent que pour le perdre?
Les Payens meſmes ont recogneu qu'il ne
falloit prendre aucun exercice diuertiſſant,
qu'aprez auoir ſatisfait aux occupations les
plus ſerieuſes de la vie. Toutes leurs feſtes
auoient des yeux, comme s'ils nous euſſent
voulu monſtrer qu'il n'eſtoit pas permis de
ſe reſiouyr en public, qu'aprez auoir ac-
comply tous les deuoirs de la Religion. Mais
les Chreſtiens prennent ſouuent les choſes
ſuperfluës pour neceſſaires, & les neceſſaires
pour ſuperfluës. Ils font leur employ de ce
qui ne doit faire que leur relaſche, & leur
relaſche de ce qui ne doit faire que leur employ. Vous verrez parfois des Coquettes
qui ont mal aux pieds quand il faut aller à
l'Egliſe, & ſe portent fort bien s'il faut aller aux Tuilleries. Elles ont mille affaires
quand on leur parle d'entendre Veſpres, mais
elles n'en ont point quand il faut aller au
Cours. Vn Sermon de trois quarts d'heure
les ennuye; & la caiolerie de tout vn iour
leur ſemble trop courte. Ie ne dis point icy
que pluſieurs choquent en ce poinct les loix
du meſnage, auſſi bien que celles de la Pieté,
quand elles donnent à la Promenade des heures precieuſes à leurs maiſon. Tout va mal

Ee ij

au logis, pource qu'elles font trop fouuent à la campagne.

XLIV. Et puis, penfez-vous que Dieu nous face voir de beaux iours pour voir la faineantife de nos Dames ? s'il nous recrée quelquefois dans noftre exil, ce n'eft pas pour nous rendre diffolus, mais recognoiffants; Comme il fift gemir toute la nature pour compatir à fon Fils, il l'égaye quelquefois pour refiouyr fes enfants. Il faut donc que cette clarté du iour nous détourne de toutes les actions de tenebres, & que nous n'en abufions pas pour regarder la terre de telle forte qu'elle nous face oublier le Ciel. Au contraire, côme les enfans de Babylone loüoient leur pere celefte de ce qu'il leur faifoit trouuer vn iour frais au milieu des flammes ardentes: Nous le deuons loüer auffi de ce qu'il nous illumine extraordinairement parmy les obfcuritez de cette vie. Enfin vn iour qui paffe dans quelques heures nous doit faire fouuenir du grand iour de l'éternité, qui n'aura iamais de nuict. Songeons vn peu à ceux qui fe promenent autour du throfne de Dieu, comme fainct Iean nous l'apprend en fes fublimes reuelations, & nous n'aurons plus tant de paffion pour nous remuer fur l'e;

ſcabeau de ſes pieds. Autrement, ſi les Dames ſe ſeruent des plus douces faueurs de
Dieu, que pour l'offencer auec plus de facilité, qu'elles ſe ſouuiennent que celuy qui
fait les beaux iours, peut auſſi lancer des
foudres.

XLV. Enfin pourront-elles ſupporter
auec honneur les reproches honteux que
Dieu leur faira auſſi bien qu'à ſon Eſpouſe
chez Ieremie : Vous n'auez paru en public,
que pour perdre mes creatures, & vous vous
eſtes promenées parmy les bois pour tuer
des cœurs, où les voleurs tuent des corps.
Le Soleil n'a eu des rayons à vos yeux que
pour éclairer vos noires actions, & la campagne n'a eſté belle que pour eſtre défigurée
par vos crimes. Ie croyois que vous me cherchiez dans la ſolitude, & vous n'y cherchiez
que vos gallants. Enfin vous ſongiez pluſtoſt à m'aigrir qu'à vous recréer. Que ſi
ces menaces ne font pas aſſez d'impreſſion
deſſus l'eſprit des Coquettes, qu'elles ſe repreſentent encore l'exemple de ces mal-heu-
reux dont la Sageſſe fait mention, & qui
avant voulu laiſſer des marques de leur luxe
dans toutes les prairies, n'en ont laiſſé que de
leur malheur & de leur ſupplice. Ils ont eſté

liez dans l'enfer, pource qu'ils couroient trop
fur la terre, & s'ils euffent mené vne vie plus
retirée, ils ne fouffriroient pas maintenant
vne éternelle mort. Mais adouciffons la fe-
uerité de nos penfées, en les portant du centre de la terre, fur la plus belle fuperficie.

XLVI. Ne confentons pas neantmoins
aux difcours de nos Profanes, qui nous veulent faire croire que le lieu où les Dames fe
promenent eft le feiour des Deeffes; car à bien
prendre les iardins & les parterres, ce font
des prifons qui ne laiffent pas de nous enfer-
mer, bien qu'elles foient vn peu plus belles
que les autres : & quand vn homme les loüe,
c'eft vn peu de pouffiere qui loüe l'autre.
Dans les iardins des Hefperides il n'y auoit
que des agréements fabuleux : mais il n'y en
a guere en ce temps qui en ayent de veritables. Puis que le Paradis terreftre fembla
malheureux en quelque façon à la plus heu-
reufe Dame du monde, croyrons-nous que
des appartennements de noftre exil puiffent
eftre heureux aux autres? Ie fçay bien que
certains Ecriuains ont employé tout leur art à
nous décrire les richeffes que la nature déploie
en quelques lieux de plaifâce; mais à voir leurs
Liures & leurs obiets on remarque bien ay-

sement que l'exemplaire ne tient quasi rien de l'original, & qu'il n'y a point d'industrie humaine qui puisse éleuer la terre au Ciel.

XLVII. Mais aprez tout, qu'est-ce qu'on peut voir en vn lieu du monde qu'on ne puisse voir en l'autre. Le Soleil n'est qu'vn en espece, neantmoins il se multiplie apparemment pour se communiquer à tous les climats. L'air & l'eau se trouuent par tout, & la terre n'est pas moins feconde sur vn costau, que sur vn verger bien vny. Ce n'est donc pas la constitution naturelle des lieux qui nous rauit, c'est leur figure artificielle. Les Dames se plaisent à voir des compartimens & des allées, pource que les hommes ont eu de la peine à les dresser. S'ils ne se fussent amusez à faire des labyrinthes, elles ne se fussent pas amusées à s'y perdre agreablement. Qu'elles considerent neantmoins qu'en se deueloppant de ces destours, elles ne laissent arrester leurs pieds par des nœuds, qui estant inuisibles semblent estre indissolubles. Les plaisirs nous embarassent sans cesse, & les tentations sont si frequentes dans le monde, que saint Antoine l'ayant veu remply de filets, ne crut point pouuoir sauuer son ame, qu'en le quittant. Ne vous resiouysez donc pas exceſſiuement mes Dames, où vous deuez tout apprehender : on dit que les ſerpens ſe cachent ſouuent ſous les fleurs, mais le dragon d'enfer peut bien ſe cacher ſous vos tulipes. Ces allées ombragées qui nous dérobent le iour, nous monſtrent que nous marchons dans l'obſcurité, meſme en plein midy, & nous accouſtument peu à peu à ne pas voir le ſoleil de quelque temps, pour nous ſignifier que le temps viendra que nous ne le verrons plus. L'eau de cette fontaine nous declare que la vie paſſe à meſme que nous nous promenons, & que les iours ſe pouſſent les vns les autres, comme des flots qui ne viennent d'vne ſource que pour s'en eſloigner par vn cours continuel. Cette conſideration affligeant vn peu les Dames, doit conſoler leurs amants. En effet, bien que leur affection ſoit viue, elle s'en ira inſenſiblement comme l'eau, & elle ſe refroidira d'autant pluſtoſt qu'elle ſemble plus ardente. Au reſte l'herbe du pré nous fait ſouuenir que toute chair n'eſt que foin, & ces belles couleurs qui ne paraiſſent que pour diſparaiſtre dans vn iour, ſemblent annoncer aux Dames, que leur beauté qui paraiſt ſi hautement, s'en va changer en difformité. La

mort

mort va faire des squelettes de ces corps dont les hommes font des idoles.

XLVIII. Au reste, en regardant cet estang, mes Dames, dont l eau vous semble si fraische, n'oubliez pas l'estang de feu où vous pouuez estre plongées. Tout de mesme, quand vous entrez dans ce bois & que vous entendez la Musique naturelle des oiseaux, representez-vous auec les filles de Sion, que les chants ne sont pas de saison en vn seiour de tristesse. Pensez encore aux Cantiques qu'on entendra dans le Ciel, & vous ne vous soucierez plus de tous les concerts de la terre. Enfin prenez garde que Dieu ne puisse dire à quelqu'vne d'entre vous, ce qu'il disoit autrefois à Ierusalem, luy reprochant tout à la fois son ingratitude & son infortune. Tu as secoüé mon ioug de tout temps pour estre coureuse : tu as rompu mes liens pour prendre ceux de mes ennemis : tu as iuré de ne me plus seruir, bien que tu sois contrainte de me reconnoistre pour Seigneur, si tu ne me reconnois plus pour Epoux. Tu ne t'es pas contentée de ces infidelitez, tu as voulu passer au comble de la malice. Tu t'es prostituée sur des lieux éminents aussi bien que dans les ombrages des bois, pour me faire voir qu'il

Ff

t'eftoit indifferent de pecher en public ou en cachette. Ie t'auois plantée pour m'eftre vne vigne choifie, & tu n'as efté qu'vn fep de malediction ; au lieu de porter des fruicts tu m'as produit des efpines. Ie fçay bien que pour fouïllée que tu fois, tu t'eftimes toufiours pure, & que ne pouuant excufer tes diffolutions tu t'efforces de les cacher. Mais fi tu nies tes crimes, les chemins & tes allures mefmes les prouueront. Tu reffembles à vn Afne fauuage qu'vn Amour furieux tranfporte de tous coftez, & qui ne va pas dans la folitude pour y quitter fa paffiõ, mais pour l'y accroiftre. Sçache que l'Egypte te rendra confufe auffi bien qu'Affur, & que tout le monde verra que celles qui n'ont pas cogneu Dieu l'offencent moins que celles qui le cognoiffent. Tu n'es ingrate que pource que tu as efté obligée extraordinairement par deffus les autres.

XLIX. Aprez ce difcours, mes Dames, ne faut-il pas auoüer qu'en fe diuertiffant dans les bois on fait quelquefois bien de mauuaifes actions. Le lyon rugiffant y prend peut eftre des ames pendant que vous y voyez prendre des cerfs. Telle court à la perdition, qui voit courir vn cheureul. D'au-

tres contemplent le calme d'vne riuiere qui
font pour faire naufrage de leur honneur.
Les plaifirs font toufiours dangereux, principalement lors, qu'au lieu de les goufter
feulement, on s'y abandonne. Les fleuues
nous monftrent par leur courfe que venans
d'vn principe ils y retournent, & que nous
deuons faire par raifon, ce qu'ils ne font que
par vne impetuofité naturelle; cependant plufieurs ne feruent des creatures que pour fe
deftourner du Createur, & à voir l'irregu-
larité de leurs procedures, vous diriez qu'il
ne les fauorife qu'afin qu'ils l'offencent impunément. Au lieu de le remercier des fruits
qu'ils voyent à la campagne, ils ne fongent
qu'à faouler leur gourmandife & leur auarice. La hauteur des montagnes ne les fait pas
afpirer au mont de Sion, mais au faifte de la
fuperbe. Que les Dames pourtant en voyant
la verdure des forefts fe fouuiennent de ce
que noftre Seigneur dit à celles de Ierufa-
lem; fi le bois verd eft confumé, que doit-on
attendre du fec? Si le Ciel punit l'innocent
en cette vie, comme punira-il les coupables?
En vn mot, puifque IESVS-CHRIST parle ainfi à des femmes qui pleuroient en fa faueur, que dira-il à celles qui rient contre

fon gré, & qui bien loin de fuiure fa voix, ne font que fuiure leurs delices?

L. Mais aprez auoir monftré que les plus beaux lieux de Plaifance ne font qu'vn peu de terre embellie, faifons voir que les Dames ne font qu'vn peu de poufliere reueftuë? On les flatte de Diuinité, & cependant elles courent vers la mort: on les qualifie Reynes, & ce font peut eftre des efclaues de leurs paffions. Quelques vnes fe difent maiftreffes des autres, n'eftans pas maiftreffes d'elles-mefmes. Puis qu'elles cherchent le iour, c'eft à tort qu'on les nomme des foleils, ou il faut dire que ce font des foleils fombres. Leur fuite n'augmente pas leur maiefté, mais leur luxe; elles ne fe contentent pas de perdre le temps, fi elles ne le font perdre à d'autres perfonnes. Enfin qu'on ne die point que toutes les creatures trauaillent pour leur donner du plaifir, on doit dire pluftoft auec fainct Paul, que tout le monde gemit de voir que celles que Dieu a condamnées à la douleur fe refiouyffent parmy toutes les peines de la nature. Que la terre s'entrouuriroit volontiers pour engloutir ces orgueilleufes qui ne daignent pas regarder le Ciel? Que l'air a de peine à rafraifchir des cœurs qui font quel-

quefois impurs ; que le Ciel éclaire auecque
difficulté des perſonnes qui ſeront peut eſtre
vn iour des charbons d'Enfer , comme elles
ſont maintenant des brandons de concupiſcence. Que les fleurs ſemblent auoir de regret de ſe voir touchées d'vn ſein que l'a-
mour bruſle ſans relaſche , & qui n'eſt découuert que pource que couurant vn incendie, il ne ſçauroit eſtre caché? Enfin que tout
le monde eſt chargé de ces Coquettes qui
penſent eſtre ſon ornement?

LI. Ie ne parleray point icy aux Demoi-
ſeaux, ne faiſant eſtat que de parler des Plaiſirs des Dames. Vn autre diroit qu'on ne
ſçauroit diſtinguer ces hommes des femmes,
s'ils n'eſtoient beaucoup plus effeminez qu'elles. Ils penſent garder vn parfait ordre de
bienſeance , en renuerſant celuy de la Prouidence de Dieu. Il veut que les femmes
nous ſeruent d'appuy , & cependant ils ſeruent d'appuy aux femmes. Ils ſe dégradent
de leur nobleſſe , en ſe rendant ſeruiteurs de
leurs ſüiettes. Ils obeyſſent où ils deuroient
commander : ils font les adorateurs où ils deuroient faire les Dieux. Enfin ils ſont contraints de reſpecter les dédains auſſi bien que
les ſouſris agreables. Au reſte, qui diroit qu'ils

se diuertissent en voyant la contrainte de leur mine & de tous leurs mouuements? Il faut qu'ils ne se tiennent pas moins aiust ez à la campagne, que dans la ville, croyant estre veus de tout le monde, quand ils sont veus d'vne Dame. Ils ayment mieux plaire à ses yeux qu'à ceux de toute vne multitude. Dans le contentement d'estre en vne si belle compagnie, ils sont tousiours dans l'apprehension d'offencer celles qu'ils adorent. C'est auec quelque sorte de regret qu'ils contemplent ces astres, voyant qu il ne leur est permis de les contempler qu'à certain temps. Ils ne regardent pas les Dames comme des femmes qui parlent d'vne façon commune, mais comme des Sybilles qui prononcent des Oracles. Quelle folie? ils vont à la Promenade pour se recréer, & cependant ils y ont tousiours l'esprit tendu; il faut qu'ils facent bonne mine, quoy qu'ils souffrent beaucoup de mal. Ils compassent leurs gestes & leurs mouuements comme s'ils estoient en quelque action serieuse, & neantmoins il semble qu'ils ne doiuent songer qu'à se diuertir.

LII. Mais aprez auoir fait reflexion sur la qualité des personnes, discourons de leurs paroles. La langue nous a esté donnée pour

produire nos penſées , qui ſont les reſultats
de noſtre raiſon : mais on ne s’en ſert icy que
pour produire ſes folies. Les Sainéts n’ouurent guere la bouche que pour loüer Dieu,
mais les Coquettes ne l’ouurent que pour
l’offencer. Oétauius s’entretenoit auecque
ſon compagnon ſur les myſteres de la Religion, mais on s’entretient ſouuent à la Promenade des myſteres de l’impieté, ou des ſecrets d’vn amour prophane. La liberté où
l’on ſe trouue ſemble oſter à quelques perſonnes toute ſorte de retenuë. Ie ſçay bien
qu’on dit que l’entretien y eſt d’autant plus
agreable , qu’il n’y a rien de rebuttant ; mais
i’oſe dire qu’il eſt d’autant plus dangereux,
qu’il a moins d’ennuy. Il arriue beaucoup
d’inconueniens quand les cœurs s’entendent
trop bien , comme lors qu’ils s’entendent
mal. On ne craint point les yeux de Dieu
quand on eſt éloigné de ceux des hommes. La
chaſteté depend quelquefois plus de la vigi-
lance des ſpeétateurs , que de la reſolution
des perſonnes qui l’obſeruent. Ainſi telle euſt
reſiſté à la ville, qui ſe rend à la campagne :
elle trouue ſon Enfer où d’autres cherchent
leur Paradis.

LIII. Mais il eſt temps de nous arreſter

aprez ce difcours de la Promenade , & il le
faut finir icy , depeur qu'on ne croye que
nous nous diuertiſſons trop à décrier les di-
uertiſſemens des Dames. Diſons leur ſeulement pour concluſion, que ſi elles ſongeoient
qu'en foulant la terre elles ſemblent marquer
à chaque pas qu'elles font le lieu de leur ſepulture , elles trembleroient de frayeur , au
lieu de ſauter d'allegreſſe. Perſuadons leur
encore de ſe promener dans le Ciel, & elles
n'auront plus d'enuie de ſe promener icy
bas. Qu'elles ſe propoſent l'exemple de cette Demoiſelle d'Alexandrie , qui ne bougeant
d'vn trou où elle s'eſtoit renfermée , ſembloit parcourir tous les iours plus d'eſpace
que le ſoleil. Elle viſitoit tous les apparte-
ments de la Hieruſalem celeſte, & ne con-
uerſoit que dans l'Empyrée , quoy que ſon
corps fuſt dans vne grotte. Que ce détour
eſtoit beau, qui l'emportoit hors d'elle-meſme pour la faire viure dans Dieu, & la rendoit immobile en apparence pour luy faire prendre l'eſſor par deſſus les aſtres. Mais
ſi cette Promenade eſtoit heureuſe , celles
qu'on fait icy ſont bien ſouuent pleines d'infortune: nous y allons pour nous delaſſer, &
nous nous y laſſons d'auantage: noſtre amour
nous

nous y conduit quelquefois, & nous y trouuons noftre mort. Souuenons-nous donc lors
que nous nous voyons dans vne allée bien
vnie, que nous pouuons tomber dans le precipice. Aprez tout , figurons-nous que les
chemins de la terre les plus affeurez font ceux
qui reffemblent à celuy du Paradis. Il a vne
entrée fafcheufe , mais il a des iffuës agreables. On y trouue des efpines, mais c'eft pour
treuuer ailleurs des rofes. Tout au contraire, le fentier de l Enfer eft fort égayé , mais
il nous meine à des pleurs qui n'auront iamais
de fin. Il flatte vn moment nos pieds, afin de
les faire chopper pour toute vne éternité.
Que les Dames choififfent maintenant quelle voye elles veulent prendre : eft-il de la bien-
feance que celles qu'on nomme Deeffes veuillent aller en Enfer ? D'ailleurs, eft-il de la iuftice que celles qui viuent dans les delices
aillent au Ciel , où l'on ne va que par les dégrez des peines?

Gg

LES PLAISIRS DES DAMES.

LA COLLATION.

I. **L**'Hiftoire nous apprend que le Roy Affuere fit autrefois vn feftin à tous fes fuiets, mais voicy des Efclaues d'amour qui veulent donner la Collation à leurs Reynes. Ils voudroient bien leur dreffer vn banquet magnifique, mais elles ne fe laiffent pas proprement régaler qu'aux Souuerains, & ce n'eft qu'en paffant qu'elles gouftent de nos viandes, penfant eftre dignes de goufter de l'Ambrofie des Dieux. Outre que ces corps Celeftes

ne se laissent guere charger, pour estre plus
agissants en tenant peu de la terre. Neantmoins pour nous empescher de les croire ou
Diuins ou Angeliques, ils tesmoignent par
vne honneste condescendance, que quoy
qu'ils regnent sur la liberté de nos cœurs, ils
releuent pourtant des loix de la Necessité
aussi bien que nous. Et puis, si dans l'estat de
'innocence Eue prenoit plaisir à manger de
l'arbre de vie, les Dames ont droit de manger en vn autre estat pour se garantir de la
mort. La premiere femme la souffrit pour
auoir tasté d'vne pomme, & il faut que les
autres vsent de beaucoup de mets pour la
differer.

II. La chaleur naturelle agissant contre
l'humidité radicale, il faut que nous en repa-
rions les déchets, & que nous nous conser-
uions d'vn costé, si nous nous détruisons de
l'autre. Neantmoins cõme le manger semble
estre vne chose basse, la Nature y a attaché
quelque plaisir pour en releuer la difformité,
& quoy qu'à table nousfacions plus de gestes
irreguliers qu'on n'en fait à vne farce, toutefois nous semblons estre serieux, pour ce
que nous sommes contents. Nostre raison se
satisfait, pour ainsi dire, auecque nostre ap-

petit. Mais principalement les Dames prennent parfois d'autant plus volontiers leur refection, qu'elles fe voyent feruies par des
hommes, qui n'ont pas de peine à leur of-
frir des fruicts de la terre, aprez leur auoir
facrifié folemnellement leurs cœurs. Enfin
la Promenade ayant excité la chaleur du
corps, il faut qu'vne belle Collation le rafrai-
chiffe. Confiderons en premierement les apprefts, & puis nous verrons l'ordre qu'on y
tiendra : on employera bien du temps à la
dreffer, & bien peu à la défaire.

III. Puis que l'Amour eft icy Maiftre-
d'hoftel, il ne faut pas croire que l'auarice y
trouue de place. Il n'eft nû que pour monftrer
qu'il donne tout, & qu'il ne referue rien. Or
quoy qu'apparemment il n'ait deffein que de
preparer vne Collation, il fe refout pourtant
à faire vn Ambigu, c'eft à dire, comme on
l'interprete à la mode, vn repas que les Dames
puiffent prendre pour vn goufté feparément,
ou pour vn goufté & vn foupé tout enfemble. Dans ce deffein il ne fert de fes ailes que
pour les faire contribuer à fa prodigalité; il tire de l'air tout ce qu'il a de plus rare, & faifant
nager les oifeaux, il fait voler les poiffons iufques fur les tables. Vous voyez en vn mefme

lieu des Phaiſans & des ſaumons , des ſoles
& des perdrix , des brochets & des beccaſſes.
Ayant eſpuiſé la mer , il eſpuiſe encore la
terre , il fait la guerre aux cerfs & aux lieures,
au cheureul & au ſanglier, & croit leur faire ſouffrir vne belle mort , en les immolant
à l'entretien des plus belles vies du monde. La Diane des bois ſera bien aiſe qu'on
oblige à ſes dépens les Dianes des villes. Ayant
fait ces prouiſions on ſonge à les mettre en
eſtat d'agréer au gouſt , & l'on ne met pas
moins de temps à les preparer comme il faut,
qu'à les rechercher.

IV. D'autre part on ramaſſe tous les plus
beaux fruicts de la ſaiſon pour temperer l'ardeur des viandes par leur fraiſcheur. Les
pommes d'Atalante ſembloient plus precieuſes que celles-cy , mais elles n'eſſoient pas ſi
priſables en effect. Au reſte celles-cy doiuent mettre l'vnion & non pas la diſcorde
entre les Dames. Que dirons-nous de ces
belles peſches , où le cotton blanc s'accorde
parfaitement auecque le vermillon? Contemplez ces muſcats naturels , qui ne manque-
ront point à flatter l'appetit des hommes,
puis que les raiſins artificiels aiguiſerent autrefois celuy des oiſeaux. Cette ſalade eſt

d'autant plus agreable, qu'elle eſt plus diuer-
ſifiée, & que l'anis s'y débat de la bonté contre les grains d'vne grenade, & l'eſcorce de
citron, contre vne laictuë blanche. Dauantage les fruicts crus ſemblent porter enuie aux
confitures, qui ont plus d'apas pour les ſens, &
qui nous font voir des ſuiets de corruption
qui ſont apparemment incorruptibles. I'ou-
bliois ces rares melons, qui dans vne agreable verdeur ne laiſſent pas d'auoir vne parfaite maturité, & dont la douceur les fairoit prendre pour des pains de ſucre, s'ils
eſtoient nez dans les iſles Canaries, comme
ils naiſſent dans nos terres. Enfin on peut iuger que tout ce qu'on met ſur la table eſt
bien precieux, veu qu'il nous fait meſpriſer
en quelque façon la vaiſſelle d'or & d'argent
dans laquelle on nous le preſente. Que diray-ie de la boiſſon qui eſt icy d'autant plus
rare, qu'on n'y ſonge pas tant à eſteindre la
ſoif qu'à flatter le gouſt. L'ypocras y eſt
commun. Les vins les plus exquis des prouinces ne ſemblent auoir eſté faits que pour ce
repas, & ſi les Anciens ont ſouhaitté de boire
d'vn Nectar imaginaire, icy on nous ſert du
veritable. Ie ne parleray point icy ny de la
beauté du lieu, ny de l'ordre magnifique des

tables; on n'eſt pas entré icy pour y voir,
mais pour y gouſter. Il faut que l'eſprit interrompe pour vn temps ſes reflexions ordinaires, afin que le corps prenne ſa refection.

V. On dit que le renuerſement des choſes eſt auſſi deſagreable que l'œconomie en
eſt rauiſſante; mais ie trouue qu'en ce lieu il
y a plus de plaiſir à voir dégarnir vne table,
qu'on n'en a eu à la voir garnir. En effet c'eſt
la temperance & la modeſtie qui défont la
Collation, ſi l'honneſteté l'a dreſſée conioin-
tement auecque l'Amour. Varron diſoit
qu'aux feſtins il falloit obſeruer que le nôbre
des conuiez commençaſt par les trois Graces,
& finit par l'ordre des Muſes, c'eſt à dire qu'ils
ne feuſſent pas moins de trois, & ne fuſſent
pas moins de neuf; mais voicy toutes les Graces & toutes les Muſes enſemble. Là vous
voyez vne Dame qui laiſſe la viande pour ne
s'attacher qu'aux fruicts, & qui meſpriſe les
faiſans pour ſe tourner aux raiſins. De l'autre coſté on voit vn ieune friſé à qui l'exercice a fait venir l'appetit, & qui veut faire vn
bon ſouppé d'vne ſimple Collation. Cette
Demoiſelle dégouſtée prend des confitures
pour ſe mettre en humeur de manger, &
trouue quelque ſorte d'amertume dans leur

plus grande douceur. Cet Amant qui est auprez d'elle brusle d'vne telle ardeur d'affection, que la boisson la plus fraische luy semble tiede, & il gouste vn souuerain contentement en beauuant à la santé de celle qui le
fait mourir mille fois le iour. Il fait des
vœux pour vn suiet qui le tuë.

VI. D'autres font craquer les tartres &
en distribuant les parties à toute la compagnie, ils ne s'oublient que d'eux-mesmes.
Ils croyent estre assez rassasiez ayant l'honneur de pouuoir manger auec les Dames,
sans qu'ils mangent en effet. Disons d'ailleurs qu'ils se repaissent plus par les yeux que
par la bouche, & viuant d'amour comme ils
font, ils se rebuttent de tirer leur vie des
choses mortes. Et ce qui flatte plus leur passion, c'est que ces Masques qui nous cachent ailleurs les plus beaux Soleils de la terre, nous les laissent maintenant voir, & ces
belles mains qui blessent tous les cœurs sans
se découurir, monstrent icy tous leurs traits.
L'éclat de leurs diamants semble couurir celuy de l'argent, mais on prise bien plus leurs
doigts que leurs bagues. Au reste qui n'ad-
mireroit ce beau bruit entrecouppé de silence qu'on remarque en cette assemblée? A
ouyr

ouyr parler les Dames vous diriez qu'elles
ne mangent point , & à les voir manger
vous diriez qu'elles ne fçauroient prononcer
vne parole. Et quoy que les goufts foient
auffi differens que les vifages , & que la delicateffe mefine des chofes ennuye quelquefois ces Belles,toutes neantmoins treuuent icy
leur fatisfaction, pource qu'il n'y a rien qui
puiffe flatter l'appetit qui ne s'y rencontre,
& que pour faire meilleure chere fur la terre il faudroit qu'elle fe changeaft en Ciel.
Enfin c'eft vne merueille en cette occurrence, que le manger, qui eft vne des actions
les plus bizarres de la nature femble eftre icy
parfaittement reguliere , & auoir plus de
grace en cette illuftre compagnie qu'ailleurs,
elle n'a de difformité. Ces belles bouches
s'ouurent d'vn air fi doux , qu'il n'y peut
rien auoir de meffeant, & l'agitation qui efchauffe trop d'autres fuiets , ne fait que les
rendre plus fraiches & plus vermeilles. Mais
pendant que ie faifois toutes ces confidera-
tions, on a defia fait Collation, ie trouue du
vuide , où ie voyois regner l'abondance, &
les Dames s'en vont auffi contentes que leurs
hoftes font fatisfaits d'auoir eu l'honneur de
les auoir à leur table. Ils s'eftiment infini-

Hh

ment obligez d'auoir pû obliger leurs Reynes. Paulus Emilius difoit qu'il falloit auoir
vne mefme addreffe pour faire vn feftin que
pour ranger vne armée, pource que par l'vn
on gaignoit des amis, fi on vainquoit des ennemis par le bon ordre de l'autre. Mais on
peut dire en ce fuiet qu'on met bien plus de
foin à gaigner des amantes que des amis, &
que fi on fait bonne chere aux hommes, on
ne traitte iamais les Dames à moins que de
les regaller. Quoy que plufieurs ne foient pas
feulement princeffes, on les regarde toufiours
comme des Imperatrices.

VI. Ie ne m'eftonne pas que les profanes ayant cy-deuant voulu tirer la gloire des
Dames de leur oifiueté, la veuillent tirer maintenant de la gourmandife ou de la delicateffe. Ils les penfent fauorifer, & ils les offencent
en faifant voir que celles qu'ils appellent
Anges, ne font que chair & que fang, & que
ces purs efprits font tous materiels. A ce con-
pte-là il ne faut pas appeller les femmes les
Reynes des cœurs, mais les efclaues de la
chair. Elles ne font pas Deeffes; mais on peut
dire de plufieurs d'entre elles, que leur ventre
c'eft leur Dieu. C'eft vn idole biẽ infame, mais
pourtant elle eft encor adorée dans le Chri-

ſtianiſme. La cuiſine eſt ſon temple, la table
ſon autel, & le palais ſon ſacrificateur ordinaire. Ou bien diſons, que ces Dames qui ne
mangent pas pour viure, mais qui viuent
pour manger, euſſent eſté propres à eſtre
Preſtreſſes dans cet ancien temple de Sicile
où l on faiſoit des vœux publics à vne Diuinité particuliere qu'on nommoit la Vora-
cité.

    VII. En effet, pluſieurs perſonnes du
ſexe dont nous parlons, ne ſe nourriſ-
ſent pas par neceſſité, mais pluſtoſt par delicateſſe; elles ſongent plus à ſatisfaire leur
gouſt que leur appetit, & c'eſt pour ſauou-
rer les viandes qu'elles ſe mettent à table, &
non pas pour en manger. Sainct Auguſtin
eſtoit en peine à recognoiſtre icy quelque
entredeux entre le Plaiſir & l exigence de la
nature: mais beaucoup d autres perſonnes ne
regardent pas l'exigence de la nature, mais
du plaiſir. Aprez cela il ne ſe faut pas eſtonner ſi les corps de quelques Dames engendrent beaucoup de ſuperfluitez, veu qu elles
mangent preſque touſiours, & ne mangent
quaſi iamais par neceſſité. La peine qu elles
ont à ieuſner vient de ce qu'elles ont trop de
plaiſir à ne ieuſner point. L'habit le faiſant

vne feconde nature en elles , il eſt prefque impoſſible qu'elles ſe contentent d vn ſeul repas , ayant accouſtumé d'en faire pluſieurs,
Et puis elles s'imaginent que la penitence
n'eſt pas vne vertu des beaux corps , & que
le Ciel auroit tort d'affliger des ſuiets qui ré-
jouyſſent toute la terre , & nous font trouuer vn Paradis dans noſtre exil. Mais que ces
delicates ſe ſouuiennent qu'elles doiuent eſtre
d'autant plus ſobres , que la gourmandiſe d'v-
ne d'entre elles nous a perdus. Aprez la func-
ſte Collation d'Eue , ie ne vois pas que ſes filles en puiſſent faire de plaiſantes.

VIII. Ie ſçay bien que pour leur oſter
ces bonnes penſées le monde s'eſtudie à leur
donner du plaiſir , & qu'il n'oublie rien à les
bien traitter pour les faire oublier de leur deuoir. Mais ſi elles conſiderent bien ſes procedures ordinaires , elles prendront ſes car-
reſſes manifeſtes pour des trahiſons ſecrettes , & ſon ambroſie pour du poiſon,
Ce n'eſt pas l'amour qui leur fait dreſſer des
feſtins ou des Collations , c'eſt pluſtoſt la
hayne ou le compliment. Tous ſçauent l'hiſtoire de ce Roy des Aſſyriens , qui n'inui-
toit les Dames à ſa table , que pour les def-
honorer , & qui leur donnoit du vin de ſa

main, pour leur rauir leur pudicité. Il n'e-
ſtoit officieux que pour eſtre plus ſeurement
infidele. D'autres ont meſlé des filtres criminels dans des breuuages innocents de leur
nature, & n'ont flatté les corps de ces Belles qu'à deſſein de corrompre leurs ames.
Que diray-ie de Calabrois, qui n'ayant peu
fleſchir vne Maiſtreſſe, ny par prieres ny par
menaces, luy fiſt faire vne belle Collation,
où il s'empoiſonna aprez luy auoir donné le
boucon, & luy dit en mourant, que la bonne
chere le vangeoit du mauuais traictement que
la beauté luy auoit fait. Ce ne fut donc pas
l'amour qui prepara ce gouſté, ce fut pluſtoſt la rage accompagnée de l'auerſion.
D'autres qui ne ſont pas ſi cruels que cet I-
talien, ne ſont pas moins rafinez. Ce n'eſt
pas tant par inclination qu'ils traittent les
Dames, que par vn principe de bienſeance.
Ils ſongent plus à s'aquerir de l'honneur, qu'à
leur donner du plaiſir. En vn mot, ils ne veulent pas paſſer pour amans, mais pour magnifiques. Mais aprez tout, ils ſe décrient voulant
ſe mettre en credit: on les appelle pluſtoſt pro-
digues que liberaux. On prend ſuiet de blaſmer leur luxe au lieu qu'ils s'imaginoient que
tout le monde loüeroit leur ciuilité.

H h iij

IX. En effet, qui pourroit fouffrir que pour fatisfaire certains eftomacs ils femblent foüiller toutes les entrailles de la nature. Il n'y a rien ny dans l'air, ny fur la terre, ny dans les eaux, qui puiffe efte affeuré de leurs pourfuites, & les plus grands plaifirs leur paroiffent vils, s'ils ne viennent de la contribution de tous les élemens enfemble. Chofe eftrange! Il ne faut que certains arpents de terre pour nourrir vn taureau; plufieurs Elephans ont affez d'vne foreft pour leur entretien; Il n'y a que l'homme qui n'a pas affez de toute la mer & de toute la terre pour fatisfaire fon appetit. Quoy, deuons-nous penfer que la nature nous ait donné vn eftomac infatiable pour auoir plus d'auidité que tous les animaux, quoy que nous ayons moins de corpulence? A Dieu ne plaife que nous ayons vne creance fi dangereufe, & que nous prenions noftre mere pour vne cruelle maraftre. La nature fe contente de peu, mais rien ne fuffit à la gourmandife. Ce n'eft pas la faim qui nous oblige à faire des dépences exceffiues, c'eft l'ambition ou le déreglement de nos mœurs. En effet, quoy que le ventre n'entende point de raifon, ainfi que parle Seneque, & qu'il demande toufiours, ce n'eft

pourtant pas vn facheux creancier; il se paye
de peu de chose, pourueu qu'on luy donne ce
qu'on luy doit, & non pas tout ce qu'on luy
peut donner. Mais il y a des personnes
qui ne se contentent pas de le satisfaire, si elles ne l'importunent à force de luy faire des
presents;elles ne s'imaginent pas que ce soit assez de le remplir, si elles ne l'obligent à regor-
ger. Il faut mettre des hommes faits comme
cela dans la categorie des animaux pluftoft
que des hommes, ou bien rangeons les auec
les morts, au lieu de les prendre pour des a-
nimaux encore viuants. Il y a bien plus de
corruption dans leurs entrailles que dans le
fonds des tombeaux, & si leur esprit n'est
pas enseuely dans la terre, il est enseuely dans
la chair.

X. Ie demande à present aux Dames, si
elles veulent estre de la condition de ces hommes que l'Apoftre appelle animaux Qu'elles
n'imitent pas leur vie, si elles ne veulent pas
mourir auec eux. Autrement certes elles subiront la mesme peine, si elles font la
mesme faute. Mais comment peuuent-elles
souffrir qu'on die d'elles que leur corps qui
paroift si beau, n'est propre qu'à estre le se-
puchre viuant de toute sorte de beftes? Com-

ment pourront-elles garder leur embonpoint
ſi elles ſont ſuiettes à vn vice qui perd le
corps auec l'ame ? Il engendre toutes ſortes de
maladies par les meſmes voyes qui conſer-
uent la ſanté auecque la vie. Le ſage Romain
dit fort à propos qu'il y a beaucoup de maux
où il y a beaucoup de mets, & qu'on void
grand nombre d'infirmitez, où l'on void
grand nombre de cuiſiniers. Et puis la gourmandiſe qui eſt blaſmable en la perſonne des
hommes, eſt monſtrueuſe dans les femmes.
Et ie ne m'eſtonne point de ce qu'vn Legiſ-
lateur condamna autrefois les intemperantes au meſme ſupplice, que les abandonnées,
pource que la pudicité ne peut regner en vn
lieu d'où l'abſtinence eſt bannie. La lubricité ſuit d'ordinaire la bonne chere auſſi bien
que la danſe & le babil. C'eſt ce qui a fait dire
à ſainct Ambroiſe, que les perſonnes qui ſont
ſuiettes à leur gueule ſeruent vne mauuaiſe
maiſtreſſe ; car outre qu'elle deſire touſiours,
& ne ſe raſſaſie iamais, & qu'elle demande
demain, ce qu'on luy a donné auiourd'huy ;
elle fait la guerre à l'incontinence aprez que
l'intemperance l'a fortifiée, & donnant entrée au dedans de nous à l'excez des viandes, elle en fait ſortir toutes les vertus. Enfin,
comme

comme la faim est la meilleure amie de la
virginité, & la plus grande ennemie des Plaifirs infames, la gourmandife eft la ruine de la
chafteté & l'appuy de l'incontinence. En effet, vne Dame qui ne fçait pas refifter à fa
bouche, ne pourra que fort difficilement refifter à l'impetuofité d'vne concupifcence
rebelle. Puis qu'elle fe laiffe abbattre par vn
petit aduerfaire, elle n'en abbattra pas vn
grand. Iudith furprit Holoferne dans fon
yurefle, mais il eft certain que plufieurs hommes furprennent les femmes dans l'intemperance.

X. Mais quand ces raifons de confcien-
ce n'obligeroient pas les Dames à fe montrer
temperantes, elles le deuroient eftre pour fuiure les loix de la bienfeance. On dit que les
Sybarites ne voyoient iamais ny leuer ny
coucher le foleil, pource qu'ils fe tenoient
toufiours à table, mais nous pouuons dire
que certaines perfonnes du Chriftianifme ont
fait par vn principe de retenüe, ce qu'ils faifoient par diffolution. Elles ne vouloient pas
manger deuant le iour, depeur que le foleil ne
les furprift dans vne action fi baffe, & qu'elles
ne feuffent contraintes de perdre en quelque
façon deuant le monde, la modeftie du vifa-

Ii

ge, en prenant des viandes neceſſaires à l'entretien de leur vie. Ie ne doute point que ſi
nous n'auions iamais veu d'hommes à table, & que ce qui eſt maintenant vne refection ordinaire fuſt vne choſe caſuelle, nous
ne les priſſions pour des furieux ou des in-
ſenſez, en voyant ces roulements d'yeux, ce
branle de machoires & ce debat continuel
des mains & des couteaux contre les plats
& les aſſiettes? Il n'y a point de belle femme
qui ne ſemble eſtre laide en mangeant. Il faut
que ſa face ſe défigure, quoy qu'elle conſer-
ue ſon embonpoint, & qu'elle face quelques
geſtes meſſeants pour honneſte qu'elle ſoit.
Et puis, n'eſt-ce pas vne choſe honteuſe,
pour ainſi dire, que nous nous plaiſions à viure par la mort de pluſieurs ſuiets, & à en-
fermer des corps entiers dans nos eſtomacs?
Aprez cela, dit vn Ancien, ne demandez
point pourquoy nous mourons quelquefois
ſubitement, c'eſt que nous viuons de choſes
mortes. Les animaux n'ont point de paix
auecque nous que par le moyen du dégouſt,
& nous ne nous contentons pas de nous en
ſeruir, ſi nous ne les conſumons. Ne nous
doit on pas appeller cruels, quoy que nous
facions profeſſion d'humanité; & faut-il que

les Dames s'eſtiment honorées , quand on
les pourra nommer des boucheries mobiles?

XI. De ces conſiderations generales venons aux particulieres , & monſtrons qu'on
a tort d'appeller la Collation vn des plus doux
Plaiſirs des Dames, puis qu'elle ne ſe peut ap-
preſter qu'à la ſueur du font des hommes.
L'Hiſtorien de la Nature dit que pluſieurs
mains ſe gaſtent dans les mines pour faire reluire le doigt d'vne Dame , mains il eſt certain que pluſieurs perſonnes endurent la faim
& la ſoif pour contenter le gouſt de quelques Coquettes. Il faut qu'on depeuple toute la terre pour vne table , & qu'on découure tout ce qu'il y a de plus exquis dans la
Nature pour certain nombre de couuerts. On
ne regarde pas ſi les mets couſtent beaucoup,
mais s'ils ſe peuuent trouuer: & on croit icy
que les viandes les plus ſaines ſont celles qu'on
achepte à plus haut prix. On n'eſtime pas
vn fruict s'il ne vient de loin , & la douceur
meſme ſeroit inſipide , ſi elle ne paraiſſoit
eſtrangere. Mais aprez tout , faut-il choiſir auec tant de ſoin les morceaux pour vn
ſuiet qui les rend tous dans l'indifference?
Mais c'eſt la folie ordinaire des hommes,

qu'au lieu qu'on ne fongeoit autrefois qu'à
la neceffité , on ne fonge auiourd'huy qu'à
l'agréement. On prend des feruiteurs, non pas
pour preparer des viandes qui puiffent nourrir , mais qui puiffent plaire. Nous lifons
que du temps de Nabuchodonofor les maiftres cuifiniers eftoient, generaux d'armée,
mais nous pouuons dire qu'à prefent les offi-
ciers des maifons les plus eftimez ce ne font
pas ceux qui feruent le mieux, mais ceux qui
fçauent mieux flatter les fens de leurs Maiftres.

XII. Or fi on met tant de foin à fatif-
faire le gouft des hommes , il ne faut pas douter qu'on ne s'eftudie à fatisfaire celuy des
Dames , qui fe dégouftent mefmes des fuiets les plus fauoureux. Mais fi on les eftime delicates , les doit-on pour cela eftimer
intemperantes ? Ofe-ou traitter ces Belles
comme des Sardanapales ? Nous lifons bien
qu'vne ioüeufe d'inftruments nommée Al-
gaïs , & Gathis Princeffe de Syrie emporte-
rent le prix fur les plus grands mangeurs de
leur temps , & qu'on les nomma les Deeffes
du ventre, comme fainct Paul la nomme le
Dieu des hommes charnels. Mais il ne faut
pas traitter des Chreftiennes à la façon des

Gentiles, ny croire que la beauté mesme se
puisse accorder auecque la gourmandise,
D'où vient donc qu'au lieu de leur faire vne
simple Collation, on leur fait vn festin entier,
& qu'on semble plustost les vouloir saouler
que flatter vn peu leur goust? On blâmeroit en
vn disner les excez qu'on fait pour vne Collation d'apresdisnée, & à voir la diuersité des
mets aussi bien que leur quantité, on diroit
plustost que c'est vn banquet de nopces,
qu'vn repas de pur diuertissement. Il ne se
trouue plus de Cleopatres qui auallent des
perles liquides d'vne grosseur & d'vn prix
inestimable, mais il se trouue des hommes
qui leur font manger le prix de ce que l'autre beuuoit.

XIII. Or n'accusons pas seulement en
cecy la prodigalité des hommes, mais encor
la facilité des femmes. Plusieurs ne laisse-
roient pas faire de ces dépences, si elles ne
vouloient estre trop caressées, & leur delicatesse se pouuant rebuter de quelques viandes particulieres, on est contraint de luy seruir vne infinité de mets pour la contenter en
quelque façon. Quelle honte pour les plus
illustres personnes du monde ? Les Collations des Religieuses les plus austeres d'a-

preſent faiſoient autrefois les feſtins des
Mages des Perſes & des Gymnoſophiſtes des
Indes; Et cependant les Dames ſouffrent
qu'on leur face des banquets entre leurs repas ordinaires? Qu'on ne les appelle point des
Ambigus, car il eſt bien aiſé à voir que la
volupté y regne, & qu'on ne s'y trouue pas
pour y gouſter, mais pour y manger trop.
Ce déreglement paraiſtra encore plus grand,
ſi l'on veut conſiderer que ſainct Hieroſme
écriuant à vne des plus grandes Dames de Rome, ſur la façon dont elle doit nourrir ſa fille,
l'auertit de ne luy donner que des legumes,
afin que tenant peu de la chair, elle ait plus de
facilité à viure en eſprit. Le meſme parlant
des vertus de Paula & de Melania dit qu'elles auoient plus de peine à ne ieuſner point,
que les autres n'en ont à ieuſner, & que parmy les grands reuenus qu'elles auoient, elles
ſe contentoient d'vn peu d'herbes cuittes,
pour leurs repas ordinaires. Enfin elles ne
ſembloient ſe traitter mal que pource qu'elles
ſe pouuoient faire bien traiter à leurs dome-
ſtiques.

XIV. Et puis qu'on ne s'imagine pas
que les Collations ne ſoient pas dangereuſes,
quoy qu'on n'y ſerue que des fruicts appa-

remment innocents. La crudité ne fomente
pas moins l'incontinence que l'excez des viandes , & l'eſtomac cauſe des déreglements à
l'ame quand il eſt trop froid , auſſi bien que
quand il a trop de chaleur. D'auantage ce ne
fut pas vn morceau de ſanglier qui fit perir
la premiere femme , ce fut vn morceau de
pomme. Eſau ne perdit pas ſon droit d'ai-
neſſe pour vne poulle , mais pour vn plat de
lentilles. I'aiouſte que les fruicts ſont d'autant plus à craindre , qu'on a trouué moyen
de leur communiquer des douceurs qui nous
bleſſent quelquefois l'ame en flattant exceſſiuement le corps. Ils nous corrompent pour
ce qu'on les empeſche de ſe corrompre. On
dit que les Indes ſont fort obligées à l'Europe , de ce qu'elle y a fait planter l'arbre de la
Croix , mais l'Europe a bien raiſon de s'offencer contre les Indes , ſur ce que nous enuoyant de leurs fruicts , elles eſtouffent en
quelques ames toutes les ſemences du Chriſtianiſme. Noſtre ſiecle ne laiſſe pas d'eſtre vn
ſiecle de fer, quoy qu'il ait plus d'appas pour la
gueule que les autres.

XV. Mais on me pourroit dire icy que
c'eſt eſtre ou cruel ou temeraire, que de vouloir oſter les pommes & l'ambroſie aux Deeſ-

fes, mais elles ont bien plus de fuiet de fe pic-
quer contre ceux qui leur feruent quantité
de vin aprez leur auoir feruy quantité de viandes. Ils femblent les trahir en les traittant.
Le Sage dit que le vin conforte le cœur de
l'homme, mais on peut dire qu'il affoiblit ce-
lu y de la femme. Celles qui paffent pour beu-
ueufes perdent leur reputation, pour ce qu'on
croit qu'elles boiuent l'iniquité comme l'eau.
On dit que les Anciens Sarmates aprez s'e-
ftre enyurez obeïffoient abfolument à leurs
femmes ; mais on peut dire que quand les
femmes s'émancipent à table plus qu'il ne
faut, elles obeyffent abfolument à la volonté des hommes. C'eft ce qui a fait dire au
Sage, qu'il vaut mieux aller à des funerailles qu'à vn banquet, pource que dans vne
maifon de dueil on nous fait fouuenir de noftre mifere, au lieu que dans la ioye d'vn feftin nous perdons la crainte & la modeftie.
Les Romains qui ont efté les plus excellens
Politiques du monde, ne puniffoient pas
moins les femmes qu'ils furprenoient à boire du vin, que celles qu'ils furprenoient en
adultere. Ils s'imaginoient que comme les
Naturaliftes difent, que le figne de la Vierge eft contraire à la vigne, la vigne eft auffi
contraire

contraire au figne de la Vierge & de l'honnefte femme, ie veux dire à la chafteté.

XVI. Pour ce mefme fuiet les Parthes fe
déroboient à la veuë de leurs femmes lors
qu'ils s'affembloient pour boire, depeur de
les rendre diffoluës en leur paraiffant immo-
deftes, & pour leur ofter l'vfage du mal en
leur oftant l'vfage du vin. Enfin l'Empereur
Federic ayant appris de quelques Medecins
que fa femme Leonor porteroit des enfans fi
elle beuuoit du vin dans l'Alemagne, quoy
qu'elle n'en euft iamais beu dans la maifon
de fon pere, dit fort agreablement, qu'il aymoit mieux auoir vne femme fterile, qu'v-
ne qui fuft diffoluë. Il prit la fecondité pour
vn mal, pource que l'amour du vin ne pouuoit eftre pris pour bien en la perfonne d'vne
femme. De ces exemples nos Dames doiuent
apprendre qu'on femble pecher contre leur
honneur, quand on leur fait trop bonne chere, & qu'on ne fait regner la diffolution dans
les Collations, que pour la faire regner dans
leurs cœurs.

XVII. Et que ces beaux faifeurs d'Ambigus ne me dient point icy que, puis que Salomon traitta magnifiquement la Reyne de
Saba, on ne fçauroit faillir en imitant le plus

Kk

fage de tous les hommes. Qu'ils confide-
rent qu'aprez auoir fait ce grand feftin il con-
feffa que ce n'eftoit qu'vn effet de vanité.
Outre qu'il ne faut pas donner à toutes fortes de Dames les auantages des fouueraines.
Enfin qu'on nous trouue des femmes ver-
tueufes comme la Reyne de Saba, & nous les
traitterons comme elle fut traittée de Salomon. Elle admiroit plus la Sageffe de ce
Prince que toute fa magnificence, & on
ne fembloit auoir fait de grands apprefts
pour flatter fon gouft, que pour mieux faire éclatter fa fobrieté. Aprez tout, fi l'Efcriture fainéte nous apprend qu'elle tomba paf-
mée d'eftonnement fi toft qu'elle eut recogneu le merite du fage Roy; l'hiftoire nous
apprend d'ailleurs que Salomon fut rauy de
voir vn puiffant genie dans vn corps foible,
& vne vertu plus que virile fous vn vifage de
femme. Enfin on ne doit pas traitter des
Coquettes qui fe promenent comme vne
Princeffe en voyage : Il faut honorer la Maiefté, mais il ne faut pas flatter vn luxe par
vn autre.

XVIII. Mais pource qu'on pourroit
croire que i'ay tort de choquer les hommes
& les Dames par vn mefme difcours, & que

d'ailleurs pour me rendre complaïfant, ie ne veux point laiffer à dire des veritez qui n'agréent pas, ie me feruiray de l'authorité d'vn Philofophe, qui ayant toufiours reueré les Dames, a toufiours décrié les feftins & les Collations trop magnifiques. Voicy donc comme le Petrarque parle à vn homme, qui penfant acquerir de la reputation par fa prodigalité, ne fait que perdre le peu d'honneur qu'il s'eftoit acquis. Ne vous glorifiez-pas, dit-il, d'vn fuiet qui vous rend blafmable ; la bonne chere eft vne marque de volupté, mais les banquets font des marques de fureur. En effet, qu'eft-ce autre chofe qu'vne frenefie pompeufe que d'affembler plufieurs perfonnes fort riches pour les enyurer par vn traictement honorable, aprez les auoir diuerties de leurs affaires, & de remplir de viandes beaucoup d'eftomacs qui fe porteroient mieux d'eftre vuides, ou qui aymeroient mieux fe raffafier à leur appetit, qu'à la fantaifie d'autruy. Ainfi fi vous fatisfaites par hazard le gouft de quelqu'vne, vous en degouftez neceffairement plufieurs. Ceux qui font affis à vne mefme table ne s'accordent guere en leurs iugements ; Et ce que le Poëte a dit fe verifie tous les iours, à fçauoir que

trois hommes qu'on traitte ont trois diuers
gouſts, & que demandant des choſes toutes
differentes, on ne ſçait que leur donner ou
que ne leur pas donner. Mais i'euſſe bien ti-
ray Flaccus de la peine où il eſtoit, en luy
diſant de ne leur rien donner du tout, & de
laiſſer vn ſoin ſi empreſſant à ceux qui n'ont
point de ſoin plus haut. Que ceux qui ne ſçauent faire autre choſe, facent ce qui leur plaiſt.

XIX. Or ſi trois perſonnes ne ſe peuuent pas accorder, que doit on penſer de
cent ou de mille? quoy que vous les traittiez
auec toute ſorte de plaiſir, il y en aura bien peu
qui ne ſe plaignent tacitement. Ils diront que
ce mets n'eſtoit pas bien aſſaiſonné, & que
cette viande ſentoit mal. Ce plat eſtoit trop
chaud, cettuy-cy trop froid; ce fruict n'e-
ſtoit pas de ſaiſon, cét autre eſtoit paſſé. On
a porté ce ſeruice auec vne mine ſombre, &
cét autre en colere. Cela eſtoit cru, & cela
déchiré ou entamé : ce valet eſtoit lent, & cét
autre vn peu trop prompt; l'vn eſtoit ſourd,
& l'autre mutin; l'vn offençoit la compagnie
par ſes cris, & l'autre par ſon ſilence. Celuy-
là n'a pas donné de bonne eau, ny celuy-cy
de bon vin. Les ſales où les banquets ſe font
ne retentiſſent pas ſeulement de ces bruits &

de ces plaintes, mais encor les chemins &
les rües en font pleines. Et certes ce n'eſt pas
fans fuiet, quoy qu'il femble que ce foit auec
quelque efpece d'ingratitude. En effet que
fert-il d'inuiter vne perſonne chez vous qui
difnera plus agreablement chez foy, & de la
tourmenter par vos prieres fous pretexte de
l'obliger? A quoy viſent toutes ces fumptuo-
fitez, ce trauail fuperflu, ces dépences inutiles, & ce grand monde affemblé dans vn meſme lieu, finon à monſtrer voſtre luxe au
voifinage, & à vous faire faire vn triomphe
voluptueux par le moyen de vos feſtins.
Ainfi vous ne traictez pas le prochain pour
l'obliger, mais pour vous obliger vous-meſ-
me. Vous faites comme ceux qui ne font du
bien qu'aprez auoir fait fonner le tambour
& la trompette. Et pour vous monſtrer que
vous dónez tout à la pompe & rien à la charité, fi quelqu'vn des conuiez auoit befoin d'autant d'argent qu'ont couſté les mets qu'on
luy a feruis, il ne l'obtiendroit iamais. Ce qui
fait voir que le maiſtre du banquet n'auoit
pas intention de luy faire plaiſir, mais de fe
donner du contentement.

XX. Or bien qu'on procede de la forte,
on ne laiſſe pas de faire mille ferments dans la

chaleur du vin & des viandes, pour faire
aprez des refus; & comme on y boit des fan-
tez pour s'y caufer des maladies, on y fait
mille proteftations d'amitié pour eftre infidele auec plus de precaution. On croit auec
raifon n'eftre pas obligé à garder des refolutions que l'yurongnerie à conceuës. Ce n'eft
donc pas dans les banquets que la charité fe
pcduit, au contraire on en verroit des effets, fi gardant la temperance vous donniez
aux pauurez ce que vous donnez aux plaifirs.
Mais vous n'appeilez à vos feftes que des riches dégouftez à l'exclufion des pauures pour
la plus part fameliques. Vous tenez à grand
honneur de n'auoir que des hoftes fort illuftres, & ce qui vous entretient d'auantage
dans voftre erreur, c'eft qu'outre l'opinion du
peuple, qui eft la fource de tous les mauuais
iugements, vous auez vn Autheur celebre
de voftre aduis. L'Orateur Romain dit en
quelque endroit, qu'il eft fort honorable à
des perfonnes illuftres de tenir la porte touf-
jours ouuerte à des hommes illuftres comme
eux. Cela veut dire, qu'il la faut ouurir à
ceux qui nous peuuent rendre la pareille, &
la fermer aux pauures, qui eftant capables de
receuoir, font incapables de rendre. Mais les

fentimens d'vn Payen ne doiuent pas eftre
fuiuis dans le Chriftianifme. C'eft pourquoy
ie trouue que l'Orateur Catholique, c'eft à
dire, Lactance a raifon de blafmer l'Orateur
Romain d'vne fi mauuaife propofition, qui
femble deftruire la liberalité pour fomenter
vne ambition magnifique. Il eft vray que
Ciceron fe retracte en vn autre endroit,
quand il dit, qu'il faut principalement fe-
courir ceux qui ont le plus befoin de fecours,
& non pas ceux qui s'en peuuent paffer fans
difficulté. On fait auiourd'huy tout le contraire : car plufieurs feruent plus volontiers
ceux qui en ont moins de befoin ; il leur font
beaucoup de faueurs pource qu'ils en attendent beaucoup. Ce difcours d'vn fage Gentil eft fort conforme à la doctrine de I E S V S-
C H R I S T ; mais cette maxime n'eft guere plus
prattiquée par les fideles, qu'elle l'eftoit par
les Payens. Nous fçauons bien ce que nous
deuons faire fuiuant la creance que nous te-
nons, mais nous la détruifons par nos œuures.

XXI. Mais pour reuenir à noftre propos, fi vous ne voulez point que les conuiez
facent de plaintes, ne faites point de feftins. Ceux qui y ont efté appellez par le
paffé ont peut eftre fuiet d'y reprendre quel-

que chofe, mais ceux qui y trouuent à redi-
re, pource qu'ils n'y ont pas efté appellez, font
pluftoft des écornifleurs que des conuiez.
On ne fe doit non plus foucier de leur langue
que de leur gueule, & tant s'en faut qu'on la
doiue craindre, qu'au contraire on doit fou-
haitter d'en entendre le babil, puis que comme dit le Satyrique, il n'y a point de Comedie
plus agreable que les fanglots d'vne gueule
mécontente. Ces chercheurs de repuës fran-
ches nous font rire, pource qu'ils pleurent,
mais ils ne fçauroient rien faire contre vous,
fi vous ne les ecoutez en bonne compagnie:
Aprez tout, vous ne pouuez euiter la cenfure
de vos banquets qu'en ceffant d'en faire, &
pour faire fuir les écornifleurs, il ne faut que
mefprifer leur médifance auffi bien que leurs
plaifanteries ordinaires. Voila le vray chemin du repos, où les autres font remplis d'inquietude. Quel foucy n'auez-vous point
maintenant de fçauoir ce qu'il faut au gouft
de chaque perfonne en particulier, & comment vous vous deuez comporter pour raffafier la faim des vnes, & exciter par des ra-
gouts celle des autres? Certes voila vn bel
employ pour vn cuifinier, & non pas pour vn
homme d'honneur. C'eft vne partie de Phi-
lofophie

lofophie bien neceſſaire & bien éclattante
d'entendre en quel rang il faut ſeruir les mets
à vn eſtomac dégouſté, & de cognoiſtre
le vin qui peut ſouleuer le plus de vapeurs au
cerueau! C'eſt l'affaire d'vn foüillon ou d'vn
Tonnelier, & non pas d'vne perſonne qui ſe
pique tant ſoit peu de magnificence.

XXII. Mais pour condeſcendre vn peu
à voſtre foibleſſe, ie vous diray que ie me
plais à vous ouyr dire que vous vous plaiſez
aux feſtins, & ie loüeray voſtre deſſein,
bien loin de le reprendre, pourueu que vous
vous entendiez ce mot de feſtin de la façon
que nos predeceſſeurs l'ont pris, & que le
mot Latin meſme le ſignifie. C'eſt vne choſe auſſi douce qu'elle eſt honneſte de viure
auec ſes amis, mais vous appellez feſtin ou
vie commune, vne vie deſbauchée, & donnez ainſi vn beau nom à vn ſuiet fort honteux,
comme ſi on ne pouuoit viure auec ſes amis
qu'en mangeant & en beuuant, & non pluſtoſt en penſant ou diſant de belles choſes.
La meditation & le diſcours c'eſt la vie d'vn
habile homme, ainſi que parle Ciceron, &
l'entretien des perſonnes qu'on cherit eſt
bien plus agreable que le bruit des plats & des
pots. Ne couurez donc pas d'vn voile ſpe-

LI

cieux vne chofe deshonnefte. On voit la lumiere à trauers l'obfcurité, & ce que vous
appellez feftin d'amis, n'eft qu'vne affemblée
de defbauchez. Vos Collations font pluftoft
des excés, que des diuertiffements. Efcou-
tez l'Apoftre fainct Paul qui veut que vous
fuyiez les banquets pour vous faire fuiure
l'abftinence, & prenez garde que l'éclat des
nom ne vous emporte à des effects dont
vous puiffiez rougir éternellement. Ainfi
donc, fi vous aymez les feftins, ne dites
pas que vous vous plaifez à la compagnie
de vos amis, mais pluftoft à boire & à manger indifferemment auec toutes fortes de perfonnes. Si vous vous accouftumez à donner
de ces affignations, vous eftes fol & efclaue
d'vn foin fort contraire à la fageffe ; que fi
vous vous agréez à les receuoir, certes vous
auez bien peu d'opinion de vous, de vouloir
eftre redeuable pour vne des chofes les plus
viles & les plus infames du monde.

XXIII. Ie fçay bien que vous recher-
chez de la gloire par la dépence que vous faites en banquets & en collations, mais c'eft la
couftume des hommes de chercher bien fouuent vne chofe où elle ne fe peut trouuer.
Cét honneur que vous penfez acquerir eft

faux, mais l'erreur où vous estes est veritable.
Pensez-vous que l'yurongnerie vous puisse
rendre illustre, aprez auoir rendu Alexandre infame? Il tuoit ses amis aprez les auoir
bien traittez. Lucius Verus perdit l'Empire
pour auoir fait beaucoup de dépenses en festins, & vous attendez de la gloire d vn suiet qui oste les diademes? Maintenant où me
trouuerez-vous des Roys ou des Princes qui
pour peu sages qu'ils soient, veuillent imiter
les autres , & quitter le gouuernement de
leur estat pour n'auoir soin que de leur gueule, & de celle de leurs suiets. Car il ne faut
pas faire icy mention des Philosophes ny des
Poëtes, & beaucoup moin des saincts Personnages qui ont d'autant plus hay les festins, qu'ils ont aymé la temperance. Enfin
tous ceux qui ont eu de grands desseins ont
fait estat de manger peu , & ont pris pour vn
suiet d'ignominie ce que vous prenez pour vn
principe de gloire. Aprez tout, n'est-ce pas
vne belle recompéce d'vn soin extrémement
bas que de se rendre cuisinier pour plaire aux
appetits d'autruy! Il y a des gés que la faim pique, & que la pauureté rend sobres dans leur
maison, qui sont bien aises de pouuoir estre
intemperans dans celle de leur voisin , & de

faire bonne chere à ses dépens, ne la pouuant
pas faire aux leurs. Ceux qui les traittent paſſent pour honneſtes gens dans leur eſprit, tant
qu'ils les tiennent à leur table, mais ils ceſſe-
ront d'eſtre illuſtres, s'ils ceſſent d'eſtre pro-
digues. Sçachez pour concluſion que les conuiez ſont delicats, & d'autant plus difficiles
à contenter, qu'ils ſont plus faciles à ſe faſ-
cher de peu de choſe. Quant à ceux que la
neceſſité appelle pluſtoſt aux feſtins que la
bienſeance, ils vous loüeront tant que vous
les nourrirez, ils vous applaudiront ſi vous
leur donnez dequoy boire des deux mains, &
pouruen que vous pouruoyiez à leur table,
ils vous appelleront le Pere de la patrie. Enfin ils n'obmettront rien que les Grecs ayent
obſerué pour ioüer les hommes en les fla-
tant.

XXIV. Que ſi vous diſcontinuez volontairement à leur faire bonne chere durant
l'interualle de quelques iours, vous ſerez pris
pour auare, ſi vous eſtiez auparauant liberal,
& au lieu qu'on vous appelloit le meilleur
homme du monde, on vous appellera le plus
miſerable de tous les hommes. Que ſi l'in-
commodité vous contraint de faire ce changement contre voſtre gré, ils diront que

vous auez plus de malheur que de malice, &
que vous estiez bien sot de vouloir faire le
somptueux. Enfin ils vous fuiront lors auec
plus de soin qu'ils ne vous suiuent maintenant, vostre maison leur semble vn asyle, mais
elle ne leur semblera plus qu'vn écueil. Lors
vous recognoistrez par experience que le
Poëte a dit auec beaucoup de verité qu'il y a
des amis qui s'en vont si tost que le vin est
beu, & qui ne s'attachent pas aux personnes,
mais à leur table. Or cela se doit entendre
des faux amis; car ceux qui sont vrays &
legitimes sont plus constans dans l'aduersité
que parmy les prosperitez, & frequentent
plus les maisons abandonnées de la fortune,
que celles qui luy semblent auoir fait quiter
son inconstance pour ne plus estre qu'à elles.
Mais pour vous guarantir de ces bizarreries
d'euenemens, aussi bien que de ces difficultez,
il faut leur aller au deuant par vne preuoyan-
ce iudicieuse, & apprendre de bonne heure à mespriser la compagnie & les discours
des grands mangeurs, aussi bien que des
boufons. Persuadez-vous que la bonté de la
raison & du iugement ne sçauroit regner où
l'on refuse tout à la vertu pour donner tout
à la volupté. Croyez enfin que la reputa-

tion qu'on acquiert par de mauuaifes voyes ne peut qu'eftre ruineufe, & que les Doctes appellent opprobre, ce que lesignorans appellent honneur.

XXV. Par ce difcours on peut voir que plufieurs hommes penfant obliger les Dames, offencent quelquefois leur renommée dans le deffein de l'accroiftre, & penfant faire paraiftre leur magnificence, ne font monftre que d'vne vanité niaife. Ie n'ay point fait difficulté de m'eftendre fur ce fuiet, non pas pour empefcher les feruices qu'on rend aux Dames, mais pour décrier ceux qu'on rend à la chair au defauantage de l'ame. Ie ne dois proprement blafiner que l'excez des Collations, mais puis qu'on les change en feftins, ie ne puis non plus loüer les vns que les autres. Aprés tout ie ne fuis pas marry de faire quelque digreffion, quand elle peut eftre plus vtile que la fuitte du difcours mefme.

XXVI. Mais il eft temps de voir la compagnie qui fe trouue à la Collation, aprés en auoir veu des apprefts fi rares, & de confiderer le renuerfement de ce bel ordre des mets, en ayant defia confideré l'eftabliffement. Le Comique difoit autrefois, qu'vne maifon eft

bien miſerable quand elle eſt pleine de femmes , ou de conuiés , mais on pourroit dire
qu'elle l'eſt encore plus quand les femmes &
les perſonnes conuiées ne font qu'vne meſ-
mechoſe. I'auoüe bien qu'il ſe trouue des perſonnes ſi parfaites dans leur ſexe , qu'elle s'affligent quelquefois plus qu'elles ne s'agréent
dans les plaiſirs : & quoy qu'elles ayent les
plus aymables corps du monde , vous diriés
qu'elles les hayſſent. Mais il y en a bien d'autres qui au lieu de regarder leur corps comme
des temples du ſainct Eſprit, en font des ſuiets
de profanation, & forment vn compoſé mon-
ſtrueux de la gourmandiſe & de la beauté.
Si les autres font des Graces , celles-cy font
des furies ; ſi les autres font des Muſes , celles-cy font des Meſſalines. Les plus diſcret-
tes meſmes pechent quelquefois en ce qu'elles ſont trop delicattes. Ce n'eſt pas par vn
principe d'abſtinéce qu'elles ne mangent que
des fruicts , c'eſt par mignardiſe. Celle-là ne
meſpriſe pas les viandes, mais elle veut qu'on
l'eſtime temperante. Cette autre qui mange
des confitures ne conſidere pas qu'en flattant
ſon gouſt elle offence la nature , qui n'a pas
moins d'horreur pour les ſuperfluitez qu'elle a d'inclination pour les choſes neceſſaires.

Autrefois on ne gouſtoit pas les viandes, mais on les prenoit indifferemment, & on ne ſongeoit point à aiguiſer l'appetit, mais à eſtouffer la faim. Maintenant on ne ſonge pas à ſe nourrir, mais à ſe chatoüiller les ſens, & on mange pluſtoſt par dégouſt que par appetit. Vn Italien des ſiecles paſſez ſe plaignoit de ce que les laboureurs de ſon temps ne ſe contentoient pas de l'ordinaire des anciens Curies, & que les foſſoyeurs vouloient eſtre mieux traittez que les Fabrices. Mais on peut dire que nous voyons certaines Coquettes qui ne ſont pas quelquefois nobles, & qui veulent eſtre mieux traittées que les Reynes. Celles-cy ieuſnent quelquefois, mais elles font touſiours bonne chere. Saincte Radegonde ſe contentoit d'vn peu d'orge, elles ne ſe contentent pas de la gorge d'Ange. Cependant les Dames doiuent conſiderer que nous ne ſommes pas faits pour les tables, quoy que les tables ſoient faites pour nous. Qu'il n'y a rien de parfaittement doux dans vn ſeiour plein d'amertume, & qu'vne Chreſtienne doit auoir honte de trouuer le miel encore inſipide, voyant IESVS-CHRIST abbreuué de fiel.

XXVII. Quant à ces ieunes muguets
qui

qui rempliſſent leur eſtomac pour fortifier
leur concupiſcence , ils deuroient eſtre confus de faire vne ſi grande élection de viandes , Cyrus s'eſtant autrefois contenté de
pain. Auguſte ne mangeoit ordinairement
que des figues ſeiches , & les fruicts les plus
frais dégouſtent ces delicats ! C'eſt qu'ils
n'ont ſoin que de leur ventre , au lieu que l'autre auoit ſoin de ſon Empire. On diſoit de
Platon qu'il ne ſe raſſaſioit iamais deux fois
le iour? mais ces nouueaux Epicuriens font
profeſſion de ſe ſaouler à toute heure. Ils ſçauent bien que le Dieu de l'amour n'a de flammes que celles qu'il emprunte de la Deeſſe
de la Terre , auſſi bien que du Dieu du vin.
Enfin ſi l'Eſcriture dit qu'il faut manger auec
poids & meſure , ceux-cy outrepaſſent la meſure en ſe chargeant de trop de viandes. Aprez
cela , ne faut-il pas dire que la bonne chere des
Catholiques modernes eſt bien differente de
celle des premiers Chreſtiens. Ils ne s'aſſembloient à table que pour entretenir la charité ; maintenant on ne s'y aſſemble guere que
pour entretenir d'infames amours. Ils éui-
toient la peſanteur de l'eſtomac pour auoir
plus d'adreſſe à combattre leur ennemy , &
nous le chargeons pour ſuccomber pluſtoſt

fous nous que fous luy. Sainct Paul veut que
les fideles s'abftiennent de toutes chofes pour
lutter plus auantageufement contre le Diable,
& neantmoins quelques vns font eftat de ne
s'abftenir de rien. Ils penfent eftre vainqueurs
en prenant tous les moyens de fe voir vaincre.

XXVII. Au refte, ne vous flattez point,
mes Dames, fur les foumiffions qu'on fait à
voftre grandeur, & fur ce que les hommes
femblant eftre partout vos feruiteurs, ils vous
feruent encore icy auecque plus d'affection.
Vous pouuez eftre malheureufes, quoy qu'ils
vous fouhaittent mille profperitez, & vous
ne fçauez pas fi cet hypocras que vous beu-
uez ne vous faira pas boire dans le calice de
Babylone. Quoy! le vin n'a-il pas affez de chaleur de fa nature, fans qu'il foit befoin de
l'efchauffer par artifice? Pouués-vous fouffrir
que plufieurs qui voudroient tuer voftre ame
boiuent à la fanté de voftre corps? Vn Philofophe defendoit autrefois aux femmes la
compagnie mefme des hommes fobres, &
cependant quelques vnes d'entre-vous ofent
frequenter les intemperans. Elles ne fe contentent pas de boire par neceffité, fi elles ne
boiuent pour le plaifir. On dit que Darius
fuyant autrefois d'vne meflée trouua de l'eau

trouble plus fauoureufe, que les vins les plus
delicats ; mais comme remarque l'Hiftorien,
ce gouft ne venoit pas de l'eau , mais du luxe
de ce Prince , qui n'auoit plus beu dans l'ardeur de la foif, ayant toufiours accouftumé
de boire dans l'ardeur de la volupté. On peut
dire tout au contraire de quelques Dames,
les chofes les plus douces les dégouftent,
pource qu'elles n'en gouftent iamais d'ame-
res. Elles fe plaifent à ouyr & à eftre ouyes
à table, & ne prennent pas garde que le fer-
pent ne trouua point de moyen de feduire Eue
qu'en l'inuitant à manger.

XXVIII. Que ces Imperatrices pretenduës fairoient bien mieux de penfer que
le Royaume de Dieu n'eft ny viande ny breu-
uage , & que comme la gourmandife nous
chaffa d'vn Paradis temporel, elle nous peut
chaffer auffi de celuy de l'éternité. Qu'elles
fe perfuadent que nous ne nous deuons pas
foucier d'vn manger periffable , mais d'vne
refection qui dure toufiours , & que IE-
svs-CHRIST leur offrant fon corps & fon
fang fur les autels, elles doiuent auoir honte
de fe laiffer regaller des autres hommes. Peuuent-elles fans deshonneur rechercher icy
d'autres tables aprez auoir efté receuës à la

table mesme de Dieu? Mais quand ces considerations diuines ne fairoient point d'impression sur leur esprit, les humaines ne seroient que trop suffisantes pour décrier la vanité de leurs Collations. L'honnesteté mesme les obligeroit à la temperance , quand la conscience ne les y porteroit pas. Aussi est-il vray qu'il y a beaucoup de Dames qui ne goutent des plaisirs de la terre que pour songer aux torrens de volupté dont elles seront abbreuuées dans le Ciel , & qui mangent plustost comme ces Anges qu'Abraham traitta, que comme des filles d'Eue.

XXIX. Pour les hommes qui mettent tant de soin à contenter leurs appetits, ils deuroient considerer que les femmes vertueuses ne s'en mettent point en peine , & que les Coquettes ne meritent pas qu'on s'empresse en leur faueur. Et qu'ils ne dient point qu'ils font des amantes par leurs Collations & par leurs festins, aussi bien que des amis. La vraye alliáce se forme plutost par l'vnion des cœurs, que par le bon traittement des corps. Autrement certes , ceux qui ne se font aymer qu'à table, font en danger d'estre hays hors de là. Ils auront grande compagnie tant qu'ils fairont grande chere , mais ils se verront sans

suitte , s'ils se trouuent quelque iour en neceſſité. Et puis l'amour des Dames eſt trop
delicat pour s'attacher à la maſſe ; elles ne doiuent pas cherir les feſtins , mais les perſonnes qui le meritent. Enfin c'eſt les offencer
que de croire gaigner leurs cœurs , en leur
donnant ſeulement la Collation. C'eſt vn
trop petit prix pour vne acquiſition ſi grande.

Mm iij

LES
PLAISIRS
DES DAMES.

LE CONCERT.

I. ’Es т à tort que le Petrarque qui a esté si long temps amoureux, nous veut faire hayr les Concerts d'amour, & qu'en blasmant la Musique, il décrie vn art qui nous fait trouuer de la ioye dans cette vallée de larmes. Theodoric Roy des Goths a bien plus de douceur dans sa Barbarie, lors qu'escriuant à Clouis Roy de France sur le suiet d'vn excellent ioüeur d'instruments qu'il luy enuoye, il dit que son intention est de donner autant de plaisir à ce grand Prince, qu'il sem-

ble auoir de puiſſance. Le meſme encor dans
vne lettre que Caſſiodore luy fait addreſſer à
Boëce, compoſe l'eloge de la Muſique auec
plus de grauité, que Neron n'auoit de legereté en s'y addonnant. Ie vous ay bien voulu donner la peine, dit-il, de choiſir vn bon
Muſicien, tant pource que l'eminence de ſa
profeſſion ſemble approcher de celle de voſtre ſageſſe, que pource qu'eſtant fort bien
appris aux arts liberaux, vous auez mis plus
d'eſtude à celuy qui ſemble le plus delectable
auſſi bien que le plus diuin. En effet, y a il
rien de plus excellent que cette belle harmonie qui entretient les diuers mouuements du
Ciel dans vne parfaite iuſteſſe, & comprend
dans ſa nature particuliere toutes les ſ   ces
& proportions generales de la nature?   ut
ce qui   compoſé auec quelque ſorte d meſure eit pluſtoſt vn reſultat de l'harmonie,
qu'vn effet d'vn principe ſeparé.

II.   C'eſt elle qui nous fait auoir de belles
penſées, comme de belles paroles. Elle compaſſe nos plus irregulieres agitations, & ne
manque iamais à frapper le cœur par l'o-
reille, & l'interieur par les organes du dehors. Elle ne ſe contente pas d'eſbranler nos
humeurs & d'égayer nos ames, ſi elle ne les

change en quelque façon. Elle nous fait viure & mourir d'agréement , & se portant
dedans nous , elle nous transporte hors de
nous mesmes. Sitost que cette reyne des sens
s'éclost du fond de la nature , elle chasse in-
continent toutes les autres pensées , & fait
taire tout ce qui peut parler dans l'homme , afin qu'elle seule en soit entenduë auecque plaisir. Au reste, elle resiouyt la tristesse
mesme, rend la fureur douce , & la cruauté
debonnaire ; D'ailleurs elle éueille la paresse,
rend le sommeil prompt & actif, donne du
repos à ceux qui sont dans l'inquietude, &
remet la chasteté la plus corrompuë par d'infames amourettes dans le train de l'honnesteté. Enfin elle guerit l'esprit aussi bien que l'a-
me faisant regner la ioye au lieu de l'ennuy,
qui est le plus grand obstacle des bonnes pensées. Elle change la hayne en reconciliation,
& par vne guerison bien heureuse, elle chasse des passions criminelles par des voluptez
innocentes. Ce n'est pas en nous maltrait-
tant qu'elle nous guerit, c'est en nous flattant.

III. Et bien que l'ame soit incorporelle,
elle ne laisse pas d'estre touchée d'vn contentement corporel, & quoy qu'elle soit maistresse

ſtreſſe de la plus part de ſes facultez, elle ſe
laiſſe pourtant maiſtriſer à l'oüie. Que ſi les
voix ne ſont pas capables de l'arreſter la Muſique a trouué moyen de crier par les mains &
de parler ſans auoir de langue. En vn mot elle
gaigne tous les ſens par des inſtrumens inſen-
ſibles. Ce fut par ſon moyen qu'Orphée donna des loix à des animaux, qui ſembloient
eſtre incapables d'en receuoir, & fit ſortir les
trouppeaux des lieux où ils prenoient leur
paſture, pour ne ſe paiſtre deſormais que par
l'aureille. Sa melodie eſtoit ſi charmante,
que les Tritons l'ayant vne fois entenduë
quitterent la mer, pour ne plus viure que ſur
la terre. Galathée qui ſe iouë dans les eaux, ſe
ioüa dans les montagnes; les Ours abandon-
nerent leur ferocité auſſi bien que les foreſts.
Les Lyons ſortirent de leurs tanieres, auec ſi
peu d'apprehenſion des autres animaux, que
ceux qui eſtoient pris autrefois, ſe reſiouyſ-
ſoient ſans danger prez de ceux qui les prenoient. La diuerſité des inſtincts & des eſpeces n'empeſcha point vne aſſemblée ſi paiſi-
ble, & tous leurs ſuiets qui la compoſoient,
quitterent les contrarietez naturelles ſi toſt
qu'ils ouyrent les accords miraculeux, mais
artificiels d'vn luth. On dit auſſi qu'Amphion

Nn

baſtit les murailles de Thebes en ioüant du
meſme inſtrument, & pour rendre les hommes ſouples à ſes loix, il fit obevr meſme les
rochers. Cela veut dire, qu'il adouciſſoit
tellement les trauaux des hommes par la delicateſſe de ſes ſons, qu'aprez auoir fait des
ouurages fort penibles, ils eſtoient ſi peu fa-
tiguez, comme ſi les choſes ſe fuſſent faites
d'elles-meſmes. Que diray-ie de Muſée à
qui Virgile donne vne ſouueraïne beatitude
dans les Enfers, pource qu'il reſiouyt auecque
ſon luth les ames qui ſont dans les champs
Elyſiens, & charme leurs regrets par ſa melo-
diè. Ce qui fait voir que les Gentils meſmes
ont recogneu que ceux qui font eſtat de la
Muſique ne ſçauroient eſtre malheureux,
meſme dans les Enfers.

I V. Or ſi la Muſique qu'on appelle ma-
nuelle a produit des effets ſi prodigieux, il ne
faut pas douter que la naturelle qui procede
de la voix ne ſoit encore plus puiſſante. C'eſt à
elle que l'accord des tons ſemble proprement
appartenir, & il reuſſit merueilleuſement
lors que la langue ſe taiſt, & parle bien à propos, & que par des interualles reguliers elle ſe
hauſſe & abbaiſſe agreablement. Cette belle
harmonie ne ſert pas ſeulement aux Muſi-

ciens, mais encore aux Orateurs, qui émeu-
uent par son moyen la colere & la compaſ-
ſion, l amour & la hayne : & l'on peut dire,
que tous les miracles qu'on attribuë à l'Eloquence, ſe doiuent pluſtoſt attribuer à la
Muſique. Pour les Poëtes il eſt certain que,
comme leurs vers ne ſçauroient eſtre iuſtes
ſans cadence, ils ne ſçauroient eſtre agreables ſans harmonie. Mais il ne faut pas prouuer plus amplement cette verité, veu qu'on a
pris de tout temps les Chants pour des Poemes, & les Poemes pour des Chants.

V. Quant à la bonté de la voix, l'Antiquité nous apprend que les Sereines chan-
toient à rauir, iuſques là que les voyageurs
s'arreſtoient volontairement pour les ouyr,
quoy qu'ils euſſent le vent en pouppe. Et
bien qu'ils feuſſent menaſſez d'eſtre iettez
contre des écueils par l'addreſſe de ces Muſi-
ciennes trompeuſes, ils aymoient mieux perir, que de perdre vn ſeul ton de ce beau Concert. Il n'y eut qu'Vlyſſe, qui pour ſauuer
ſes compagnons leur fit boucher les aureilles,
& ayma mieux, qu'ils n'entendiſſent pas la
douceur d'vn air muſical, que de les voir perir dans l'horreur d'vn prochain naufrage.
Sa prudence luy fit iuger que la ſurdité eſtoit

fort heureuse en ce rencontre, & que ne pouuant pas resister à la force d'vne si douce melodie, en luy prestant attentiuement l'aureille,
on luy pouuoit resister facilement, en refusant
de la luy prester. Ainsi il les rendit vainqueurs
au poinct qu'ils alloient estre vaincus. Pour
luy, il se fist attacher au mast du vaisseau,
pour éprouuer la violence d'vn charme si rauissant, & échapper dans la contrainte, d'vn
peril, d'où il n'eust sceu échapper dans la liberté.

VI. Mais il n'est pas seant de faire icy
mention de fables, où nous pouuons parler
des veritez mysterieuses. Passons donc auec
Vlysse, outre ces écueils où sont ces Sereines,
& laissons la contemplation de la mer, pour
considerer cette diuine Harpe, qui semble
estre descendüe du Ciel, comme vne image
sensible de son insensible melodie, quoy qu'on
en ait composé tous les accords sur la terre.
On ne sçauroit dire si elle est plus propre à
chanter les loüanges de Dieu, ou à guerir les
infirmitez des hommes. Tant y a que tous
les siecles doiuent apprendre dans l'admiration que la harpe de Dauid a chassé le Diable,
que la douceur de ses sons a arresté la violence des Esprits, & remis en liberté vn Prince

qu'vn ennemy domeſtique tenoit captif. Or
bien que tous les inſtruments de Muſique
ſeruent autant à la conſolation de l'ame qu'à
la delectation du corps, il eſt certain neantmoins que le luth a vne energie particuliere
pour nous émouuoir en nous agreant, &
nous flatter en nous faiſant mourir à nous-
meſmes. Quelques Latins l'ont nommé
Chorde, non pas tant pour ſignifier les parties d'vn ſi beau Tout, que pour monſtrer
qu'il n'appartient qu'à luy de toucher viuement les cœurs par la conſonance diſcordan-
te de ſes tons.

VII. N'eſt-ce pas vne eſpece de miracle,
qu'vne de ſes cordes eſtant pincée en remüe
vne autre ſans la toucher, & luy cauſe vn
tremblement agreable, pour nous cauſer du
plaiſir. C'eſt que l'harmonie a vne force ſi
agiſſante, qu'elle fait mouuoir d'elle-meſme
vne choſe inſenſible de ſa nature, pource que
ſa compagne eſt deſia dans l'agitation. De là
vient que nous entendons comme pluſieurs
voix d'vn ſuiet muet naturellement. Il ſe
fait vn ſeul accord d'vne infinité de ſons
differents, vne corde rend vn accent aigu,
pource qu'elle eſt bien tenduë; l'autre en rend
vn graue, d'autant qu'elle eſt vn peu laſche;

Il y a mesme vn certain temperament entre ces deux tons qui n'est ny l'vn ny l'autre, quoy qu'il tienne de l'vn & de l'autre tout enfemble. D'où les hommes doiuent apprendre qu'ils deuroient auoir honte de ne pouuoir pas arriuer à cette parfaite intelligence qui est si bien entretenüe par des fuiets desraifonnables & apparemment contraires. En effet, foit que le fon d'vn inftrumét foit pefant ou precipité, clair ou enroüé, haut ou bas, il eft certain neantmoins que toutes ces differences abboutiffent à vn Concert. Et comme vn diademe éblouit la veue par la diuerfité des pierres precieufes qui l'enuironnent, vn luth pareillement flatte l'aureille par la varieté reguliere de fes fons.

VIII. Au refte, n'eft-ce pas vne chofe prodigieufe de voir vn bois eloquent, des cordes vocales, du filet qui chante, & vne concauité qui fe fait entendre, quoy qu'elle n'ait point de voix. On dit que Mercure inuenta le premier de ces inftruments par la rencontre d'vne tortue, mais il faudroit pluftoft dire, que le vray Dieu nous en a donné l'inuention, pour nous faire iouyr fur la terre d'vn auant gouft de la Mufique du Ciel. Ainfi les Aftrologues ont eu raifon de mettre vu luth parmy les astres, puis qu'ils deuoient rapporter l'effect à sa cause, & que cet instrument deuoit estre estimé celeste, qui causoit tant de biens à ce bas monde. L'harmonie du Ciel ne se peut pas expliquer par paroles, mais pourtant elle se represente par des sons. On dit que la Nature ne la manifeste qu'à la raison, & neantmoins les voix & les instruments la manifestent à nos aureilles. Mais pour reuenir au suiet principal de cette lettre, faites en sorte que celuy que vous enuoyez en France y puisse operer les mesmes miracles qu'Orphée fit autrefois dans la Grece. Persuadez-vous que vous me rendrez vostre obligé, en me donnant le moyen d'obliger vn Roy, & qu'en taschant de me plaire, vous vous pouuez signaler par cette élection.

IX. Voila la commission qu'vn grand Prince donne à vn de ses ministres pour réjouyr vn autre Prince plus grand que luy. Or puis qu'vn homme de si haute qualité ne se rebutte pas d'écrire en faueur de la Musique, ie croy qu'on n'aura pas de suiet de me blasmer, si à son imitation ie fais l'eloge du Concert. Il a creu trauailler auec merite trauaillant en faueur des Plaisirs des Roys ; &

ie crois auſſi faire vne action loüable en trauaillant en faueur des Plaiſirs des Reynes. Outre qu'à parler veritablemét, la Muſique n'eſt
pas pour les hommes, mais pour les Dames.
Les vns ſont condánez à vn trauail continuel,
où les autres ne doiuent ſouffrir qu'en l'enfan-
tement, pour s'égayer tout le reſte de leur vie.
Et puis la Muſique ayant pris ſon nom des
Muſes, il faut qu'elle leur donne pluſtoſt de
l'agréement qu'à Apollon meſme, & qu'elle communique tous ſes Plaiſirs à des ſuiets
qui les luy ont tous donnez.

    X. Enfin la douceur des ſons a décrié
quelquefois la generoſité des hommes, ſi elle a flatté leur moleſſe, mais elle a touſiours
releué la beauté des femmes, & rendu l'A-
mour meſme plus aymable, s'il m'eſt permis de parler ainſi. On s'eſt moqué de la profeſſion de Neron qui ne dit pas en mourant
que la terre perdoit vn grand Prince, mais
qu'elle perdoit vn grand Muſicien. Mais on
a touſiours loüé Zenobie de ce qu'elle ſembloit eſtre l'abregé de toutes les Muſes, &
poſſedoit elle ſeule la perfection des Chants,
que les autres ne poſſedoient qu'en particulier. Or pource que le Concert eſt la plus
belle occaſion que la Muſique ait pour ſe
faire

faire eymer des Dames en fauorifant leurs
Plaifirs & leurs amours, i'en veux faire le
charactere en ce lieu, & employer vn ftile
fort rude à la defcription du plus doux fuiet
du monde. Et pour en parler auec ordre, ie
veux difcourir de fes circonftances auffi bien
que de fon effence, & confiderer le lieu &
l'affemblée, où il fe fait, deuant que de venir
aux inftruments & aux voix qui le compofent. Cette matiere eft trop charmante pour
pouuoir eftre ennuyeufe ; fi pourtant quelqu'vn fe dégoufte de mon difcours, i'efpere qu'il prendra gouft au fuiet.

XI. Or pour mieux difcourir des chofes
modernes, il nous faut vn peu recourir à
l'Antiquité. Les Concerts qui fe font maintenant dans des bois & dans fales, fe faifoient
autrefois fur des theatres découuerts, & au
lieu que nous auons foin de retenir le fon fur
la terre, il femble qu'on n'en auoit alors que
de l'enuoyer vers le Ciel. Mais la raifon de
cette couftume c'eft, que la Mufique qui n'eft
auiourd'huy qu'acceffoire à nos pieces de
theatre, eftoit alors vne de leurs principales
parties, & ce qui n'en fait maintenant que
l'intermede, entroit dans le corps des actes.
Ou foit qu'on ne creuft pas pouuoir difcer-

Oo

ner la Poëſie de la Muſique, puis que la Muſique eſt vne Poëſie vocale, & que la Poëſie
eſt vne Muſique rythmique, ou ſoit qu'on
vouluſt réiouyr les eſprits durant les recits
funeſtes des éuenemens tragiques, & augmenter le plaiſir qu'on tiroit des Comedies
par vn nouuel agréement. C'eſt pourquoy
la Scene appartenoit auſſi bien aux Muſiciens
qu'aux Acteurs; & il n'eſtoit pas permis de
parler long temps dans la contention, qu'il
ne fuſt permis de chanter ou de iouër des inſtruments.

XII. Nous tirons cette obſeruation des
monuments de l'antiquité, mais principalement de l'ordre que Symmaque receut du
Roy Theodoric pour faire rebaſtir le theatre des Concerts, & reparer par ſon induſtrie vn des miracles de Rome. Voicy l'ex-
traict des lettres patentes qu'on luy addreſſe
ſur ce ſuiet, où l'on peut voir que les plaiſirs
n'ont pas eu moins de vogue ſous le regne
des Barbares, que ſous celuy des Empereurs
les plus voluptueux du monde. Il ne faut pas,
dit ce Roy, voir perir de nos iours vn des
plus beaux monuments de l'Antiquité; on
doit pourtant recognoiſtre qu'il n'y a rien
que la vieilleſſe ne puiſſe eſbranler, puis qu'el-

le a fait tomber vn fuiet qu'on eſtimoit ine-
branſlable. On croyoit qu'il feroit plus aiſé
d'ébouler des montaignes que ce theatre, qui
eſtoit compoſé d'vne pierre ſi ſolide, qu'on le
prenoit pluſtoſt pour vn rocher naturel, que
pour vne maſſe rapportée. L'artifice meſme
n'empeſchoit pas qu'on ne cruſt que ce n'e-
ſtoit qu'vn effet de la nature. Les Romains
auoient dreſſé cét echaffaut à proportion de
la multitude de leur peuple, & comme ils
eſtoient maiſtres de tout le monde, ils vouloient s'eſleuer au deſſus de toute la terre.

XIII. Il faut auoüer neantmoins que les
Romains tenoient cette inuention des Atheniens, qui pour mieux faire retentir l harmonie de leurs chants, éleuerent des theatres pour auoir vn ſeiour au milieu meſme de
l'air, & s'approcher du Ciel, qui eſt le centre
de la Muſique, en s'éloignant de ce bas monde. Or au commencement on ne chantoit là
que des airs pleins d'honneſteté, & vous euſ-
ſiez dit que la volupté auoit lors quelque commerce auec vne chaſte bienſeance. Mais par
ſucceſſion de temps on a employé à la diſſolution, ce qu'on n'employoit qu'à la retenüe.
Or pour rendre les lieux auſſi agreables par
les Concerts que par les decorations exte-

rieures, on y fiſt paraiſtre quantité de Muſiciens, dont les mains eſtoient diſertes, & de
qui les doigts ſembloient eſtre autant de langues. Leur ſilence meſme eſtoit eloquent,
& leur parole muette. Et ce que Polymnia
prattiquoit autrefois en faiſant produire aux
hommes leurs penſées les plus ſecrettes par
des geſtes apparents, ſe renouuela en ces derniers ſiecles. Si toſt donc qu'vn Comedien
auoit prononcé des vers, les Muſiciens les re-
petoient auecque leurs inſt ruments, & les faiſoient lire ſur leurs cordes, mieux qu'on n'euſt
ſceu faire ſur l'Eſcriture. Il y auoit du plaiſir à voir vn meſme Aĉteur, qui repreſentoit preſque à meſme temps, Hercule &
Venus, vn homme & vne femme, vn Roy
& vn ſoldat, vn vieillard & vn enfant, &
qui n'eſtant qu'vne ſeule perſonne faiſoit
neantmoins toute ſorte de perſonnages. Mais
il n y auoit pas moins de contentement à
ouyr la douceur & la grauité des ſons, &
comme en voyant la magnificence du theatre, on ne ſe ſoucioit point d'en ouyr les
voix, d'ailleurs, lors qu'on entendoit leur diuine melodie, on ne ſe ſoucioit point de voir
la magnificence du lieu.

XIV. Au reſte, les Romains dreſſerent

ce monument pour eftre vne image de la maiefté de leur Republique, auffi bien que le
fuiet des Plaifirs du peuple. Le deffein qu ils
en commencerent eftoit bien haut, mais l'ouurage fut encore plus releué. D'où vient
qu'on croit que Pompée fut pluftoft appellé
Grand pour auoir beaucoup contribué à cet
édifice dans la Ville, que pour auoir fait au
dehors quantité d'illuftres exploits. C'eft
pourquoy il eft expedient que les chefs-
d'œuures de ces grands Hommes ne fe détruifent pas fous vn regne qui fait eſtat de
tout conferuer. I'ay donc refolu, ou de le reparer, s'il eft poffible, ou de le reffaire entierement, s'il eft entierement gafté. Enfin,
ie defire que par noftre liberalité, & par l'intelligence que vous auez dans l'architecture,
l'antiquité fe renouuelle auantageufement
dans noftre fiecle. On peut voir par le conte-
nu de cet ordre, que les Anciens auoient des
theatres pour les Concerts, auffi bien que
pour les ieux qu'ils nommoient publics, &
que pour faire paraiftre l'éminence de la Mufique, ils ne la faifoient point entendre en
des lieux qui tinffent de la baffeffe. Et puis, ils
n'ignoroient pas qu'vne harmonie cachée
femble inutile, quelque douce qu'elle foit, &

que les Plaifirs n'ont iamais des goufts fi particuliers, que lors qu'ils font generaux.

XV. Maintenant on n'obferue pas toutes ces formalitez de lieu, quoy qu'on n'oublie point celles qui concernent la nature du
Concert, & on fe perfuade auec raifon que
l'harmonie n'eftant prop ment qu'vn air
battu agreablement, elle peut retentir en tous
les endroits où l'air fe trouue eftendu. De
plus la maiefté des Reynes & des Princeffes qui y affiftent releue affez la baffeffe
des lieux; & s'il eft vray que chaque perfonne eft vn theatre, il n'y a point de plus beau
theatre que la compagnie des Dames. La grandeur mefme femble petite en fe comparant
à elles, & les chofes les plus douces font en-
nuyeufes, fans la prefence de ces Graces.
Enfin les bois & les fales ne font pas moins
confiderables que ces lourdes maffes de pierre, où la voix ne fe faifoit entendre que pour
fe perdre, & où les Muficiens fembloient
pluftoft chanter en faueur des Dieux, que
des hommes.

XVI. Eft-il deplaifir femblable à celuy
que nous receuons lors que nous trouuans
dans vn lieu bien ombragé nous rencontrons
la ioye au milieu d'vn certain effroy qu'il nous

cause, & voyons ces belles piques qui sur-
uiennent entre les Musiciens naturels & les
artificiels, ie veux dire entre les hommes &
les oyseaux. Vn homme pert l'haleine pour
vaincre le rossignol, & le rossignol pert la vie
en creuant à force de chanter, & ayme mieux
estre vaincu de la mort, que d'vn homme
mortel aussi bien que luy. Et puis, comme
nous laissons d'ordinaire nos mescontente-
ments dans les villes, nous receuons de plus
pures satisfactions dans les bois & dans les
iardins, & vne parfaite harmonie ne s'entend iamais auec plus de plaisir & de liberté,
que lors qu'elle est vn peu renfermée. L'air re-
sonne mieux quand il est contraint, que lors
qu'il se peut estendre. Enfin, c'est vn contentement qu'on ne sçauroit exprimer, d'entendre reuenir la voix qui semble estre irreuoca-
ble, & de voir qu'vne concauité qui fait vn
Echo dans vn vallon n'est pas moins eloquen-
te que la Musique. On dit que cette Nymphe vocale estoit autrefois amoureuse de
Narcisse, mais à present elle se passionne pour
toute sorte de personnes.

XVII. Si l'agréement du Concert regne
dans les bois & dans les iardins, il ne faut pas
douter qu'il ne se produise plus auantageu-

fément dans ces fales , où la maiefté femble
ceder fa place au plaifir. Comme elles ne font
point trop vaftes pour diffiper la melodie:
elles ne font point trop petites pour la refler-
rer plus qu'il ne faut. Au contraire, elles ra-
maffent le fon en l'épendant de tous coftez, & l'épandent en le ramaffant dans l'aureille de toutes les perfonnes qui y affiftent.
Or la mention que ie viens de faire d'elles m'oblige de ne plus parler du lieu, pour
parler de l'affemblée. Il ne faut pas douter
que la douceur & la bienfeance n'y ayent
fait venir tout ce qu'il y a de plus fenfible
dans le monde, puis qu'on dit que la melodie attira iadis aprez foy les Tygres & les rochers. Vous y voyez vn cercle de Dames que
vous prendriez pour des Deeffes du Parnaf-
fe, fi elles n'eftoient mariées pour la plus
part, & fi les autres qui ne le font pas ne fur-
paffoient le nombre de neuf. Vous admirez
au milieu vne grande Reyne qui femble vn
Soleil qui veut refiouyr tous les Cieux,
faire de la terre vne efpece de Paradis , &
nous monftrer que la royauté eft diuine,
comme on difoit autrefois que la Diuinité
eftoit vne parfaite Royauté.

XVIII. Tout autour de ces belles
Nymphes

Nymphes vous apperceüez d'illuſtres Heros, qui venant d'entendre le ſon des trom-
pettes dans vn combat, viennent maintenant
entendre celuy d'vn luth, & ſe rendre à de
belles voix, aprez auoir fait rendre de belles
villes. On y voit meſme quelquefois vn
grand Roy comme vn Mars prez de pluſieurs
Graces, & non pas prez d'vne Venus, ou
comme vn Iupiter innocent parmy des Deeſſes de la terre. Au reſte, il ne ſe faut pas imaginer qu'il y ait rien de bas, où il y a tant de
maieſté. Il n'y a que des hommes choiſis qui
aſſiſtent à ce Concert, qui ſemble n'eſtre fait
que pour des Anges. Mais ceux qui s'y trouuent le plus volontiers, ſont les amoureux,
ſçachant bien que l'harmonie eſt vn motif
de l'amour, comme la ſympathie de l'amour
vn motif de l'harmonie. Enfin on ne ſçauroit mieux iuger de la nobleſſe de cette aſſemblée, qu'en conſiderant que ceux qui s'y
font le plus entendre ſont les moins conſide-
rables. On y admire des perſonnes qui forment le Concert, & elles ſont contraintes
d'admirer dauantage celles qui forment le
Cercle.

XIX. Mais il eſt temps de voir le ſuc-
cez d'vne melodie dont on a veu de ſi gran-

des difpofitions , & laiffer parler les inftruments & les voix mefmes aprez auoir par'é
de ceux qui font retentir les voix & les inftruments. Quant aux premiers , il eft certain qu'encore que quelques vns femblent
eftre mecaniques, leur vfage neantmoins les
ennoblit, auffi bien que leur origine. En effet , ce qui compofe vn des plus doux plaifirs des Dames , ne doit pas eftre peu eftimé;
au contraire , il nous doit toucher d'vn certain refpeɛ̌, ayant le pouuoir de les rauir en
admiration. On a raifon d'en attribuer l inuention aux Dieux , pource qu'en effet les
hommes n'euffent fceu d abord produire de
ces miracles , & quand ils en ont mis quelqu'vn dans le Ciel , la terre n'a fait que rendre aux aftres ce que les aftres auoient auparauant donné à la terre. Or puis que les Dieux
mefmes ont pris à honneur d'eftre pris pour
des iöueurs d inftruments , il ne fe faut pas
eftonner que des plus Grands perfonnages
du monde ayent fait eftat d'eftre Muficiens,
auffi bien que Conquerans. Achille iöuoit
ordinairement du luth , pour apprendre à
eftre doux , ayant appris durant la guerre à
fe rendre redoutable , & aprez auoir affuietty le cœur des Heros par la force de fes ar-

mes , il venoit gaigner celuy des Dames par
les attraits de sa melodie. Epaminondas se
glorifioit d'estre imitateur de celuy qui bas-
tissoit des Villes entieres par le moyen d'vn
instrument de Musique , neantmoins ce
grand homme faisoit profession d'ailleurs d'estre vn Mars aussi bien qu'vn Amphion.

XX. Nous lisons mesme dans Plutarque
qu'vne des plus genereuses Republiques du
monde donnoit pour loy à ses citoyens , de
bien manier l'espée & la flutte , afin qu'es-
pouuentant par l'vne les ennemis de la Patrie,
ils peussent par l'autre se resiouyr auec leurs
amis. Ie ne diray point icy qu'on ne se pic-
quoit pas moins en ce pays là de gaigner la
victoire à bien iouër , qu'à bien combattre.
Ce qui donna suiet à Stratonice , qui estoit
le meilleur iouëur de luth de son temps , de
se faire éleuer vn trophée auec cette inscri-
ption , A LA GLOIRE DE STRATO-
NICE, ET A L'OPPROBRE PERPE-
TVEL DE CEVX QVI IOVENT MAL
DV LVTH Les Empereurs n'ont pas fait
moins de cas d'vne si agreable profession que
les citoyens des Republiques. Vn des premiers
estant menacé d'estre chassé de l'Empire,
quoy qu'il en fust paisible possesseur , dit qu'il

fe confoleroit toufiours dans fon malheur,
pource qu'il fçauoit iouer des inftruments,
& qu'il n'y auoit point de fi mauuaife terre,
qui ne nourrift vn bon Muficien.

XXI. Mais les Reynes ont eu de tout
temps plus d'inclination pour la douceur des
inftruments, que les hommes. Vous diriez
que, comme la Mufique eft venuë des Mufes,
elle ne peut auoir de cours, qu'à de la faueur
de celles qui les reprefentent. Et puis, fi l'harmonie des luths, eft vn Echo de l'amour, ainfi
que parle Menandre, à qui peut elle appartenir legitimement qu'aux Deeffes de l'Amour
mefme? Si c'eft vn art de gentilleffe, ainfi que
d'autres la deffiniffent, il fe rapporte pluftoft
aux Graces qu'à d'autres fuiets. Enfin la beauté des mains & de la bouche des Dames leur
donne par vn auantage naturel, cet agréement
à iouër des inftruments que nous n'aquerons
qu'auec artifice. On prend plus de plaifir à
voir leurs doigts, qu'à ouyr les cordes d'vn
luth, & elles ne font pas moins puiffantes fur
les cœurs lors qu'elles en iouënt, que lors qu'elles commandent auecque empire. Noftre Hiftorien fait mention d'vne de nos Princeffes
qui fauua vn enfant de France en pinçant vn
luth deuant le Roy, qui eftoit piqué contre

luy, & de persecuteur qu'il estoit de son heritier, le rendit vn des meilleurs peres du monde. Ce Roy aussi disoit quelque temps aprez, que la Musique estoit vne magie naturelle, & que lors qu'il entendoit vn bon Concert, il sembloit estre incapable de faire du mal.

XXII. Mais la force des instruments n'a pas moins paru dans les autres climats du monde que dans la France. On dit qu'vn certain Terpandre natif de l'Isle de Lesbos appaisa en iouant du luth vne sedition à Lacedemone, que la prudence des Magistrats ne faisoit qu'échauffer sur l'esperance de l'esteindre. Ceux qui ne vouloient pas obeyr aux loix, obeyrent à vn luth. I'ay desia parlé de ces effets prodigieux que les instruments ont produits en diuers endroits, quand i'ay fait voir que la Nature ne semble pas moins releuer de la Musique, que de la toute puissance mesme. I'adiousteray seulement vn exemple qui ne peut qu'estre agreable, soit qu'on le prenne pour vne fable, comme la plus part le tiennent, soit qu'on le prenne pour vne histoire veritable, ainsi que veut Herodote. La vrayseblance declare quelquefois la verité, quoy que la verité détruise la vraysemblance.

XXIII. Arion n'eut pas moins de hasard en sa vie qu'il auoit d'adreste en son art, si toutefois il faut appeller art vne habitude qu'il tenoit pluftoft de la Nature, que d'vne longue reflection. Il auoit rauy toute l'Italie par la melodie de ses sons, & pour luy rendre quelque forte de reciproque, l'Italie l'auoit comblé d'honneur & de biens. Or quoy qu'il euft beaucoup d'enuieux fur la terre, il en eut encore plus fur la mer, où les hommes les plus fideles font quelquefois gloire d'imiter l'infidelité des flots. L'enuie s'efchauffa si fort dans le cœur des mariniers, qu'ils fe refolurent de luy ofter la vie, pour luy ofter plus aifément fes richeffes, & de le precipiter dans la mer, pour iouyr des threfors qu'il auoit portez de la terre. On dit qu'vn Philofophe fe trouuant dans vne femblable conionĉture ietta fa bource dans l'eau, en difant par vn dédain plein d'indignation : Noye toy de peur que tu ne me noyes. Arion tout au contraire, fe ietta dans l'eau, pour ne point perir, en abandonnant fes richeffes aux mariniers. Il prit feulement fon luth pour luy feruir de planche durant fa vie, ou pour luy ayder à chanter, comme à vn Cygne les derniers airs de fa mort.

XXIV. Il est vray que deuant que de
se precipiter il auoit chanté vne hymne pour
le salut d'vn vaisseau qui ne tendoit qu'à sa
ruine, & ce fut vn prodige de voir que les
vents se teurent au premier son de son instrument. La mer qui sembloit irritée deuint plus platte qu'vn lac, & ses monstres
muets eurent assez de douceur pour entendre vn luth qui parloit. L'air mesme fit fen-
dre les nuës, comme si le Ciel eust voulu a-
uoir part à la melodie, ou plustost ce fut pour
faire part de ses faueurs extraordinaires à l'innocent Arion. En effet les mariniers conceu-
rent plus de rage contre luy, voyant qu'il
donnoit de l'amour aux choses mesmes insensibles, & s'il ne se fust mis volontairement en danger de perir, il eust pery infailliblement. Il croyoit qu'ainsi que les elements
auoient esté ses auditeurs durant sa vie, vn
element seroit aussi son tombeau.

XXV. Mais enfin il trouue heureusement le port au milieu de son naufrage, & le
salut où il n'attendoit que la mort. Les Dauphins l'enuironnent de tous costez pour le
garantir de l'auidité des autres poissons, &
vn se met au dessous de luy pour luy seruir
de cheual flottant, pendant que les autres luy

seruent d'escorte asseurée. Il paye sur le champ
tant de bós seruices recreant par son luth ceux
qui le sauuent; & vous ne sçauriez dire si c'est
luy qui les resiouyt, ou si ce sont eux qui le
resiouyssent. Tant y a qu'il paroist au milieu
de la mer comme vn Neptune, plustost que
comme vn homme capable d'estre noyé, &
triomphe en effet d'vn élement dont vn Empereur ne pût triompher qu'en idée. Qui croiroit que se voyant tout dégoutant de son naufrage, il ne craignit rien tant que d'arriuer
sur la terre? Il rioit où les autres iettent des
cris funestes, & estoit plus asseuré parmy les
vagues agitées de tous costez, que dans vn
asyle inebranlable. Il est oit rau y d'aise de
treuuer la vie dans le sein mesme de la mort,
& il eust eu bien de la peine à quiter la compagnie des poissons pour iouyr de celle des
hommes, s'il n'eust voulu monstrer son innocence, aprez auoir monstré son addresse.
Enfin il est heureusement porté sur la riue de
Tenare, & fait voir par son exemple que les
Dieux n'ont pas moins de pouuoir sur la terre que sur la mer. C'est de là qu'il donne
congé aux Dauphins par vn nouuel air de
Musique, & leur fait treuuer de l'ennuy dans
leur element, en ce qu'ils ne peuuent pas y
iouyr

iouyr d'vne presence si douce. Il marche
aprez vers Corinthe, & s'il est vray, suiuant
le prouerbe ancien, qu'il n'est pas permis à
toutes sortes de gens d'aller dans cette belle
Ville, il n'est permis qu'au seul Arion d'y aller d'vne façon miraculeuse.

XXVI. Mais la voix semble se piquer
de ce que i'employe si long temps la mienne
à loüer des instruments, au lieu de luy donner des loüanges. Elle qui nous fait parler de
tout, nous doit faire parler d'elle. Or pour
estaler icy toutes ses perfections, i'aurois besoin d'autant de bouches qu'vn Ancien en sou-
haittoit pour loüer vn autre suiet, & il faudroit que toutes les langues, qui sont comme
les archets de la voix, ainsi que parle Cassio-
dore, fussent aussi ses panegiristes. Ie diray
seulement, que si par la parole nous auons
vn auantage par dessus tous les autres animaux, c'est par la voix que nous auons la
parole. Il appartient à plusieurs suiets de faire du bruit, mais il n'appartient qu'à l'homme de faire vn bruit agreable. De plus la melodie de la voix est d'autant plus noble, que
celle des instruments, qu'elle est viue, au
lieu que l'autre semble morte, & qu'elle procede du cœur, l'autre ne procedant que des

Q q

chordes. Enfin les luths femblent pluftoft inuentez pour des muets ou pour des poiffons, que pour des perfonnes eloquentes, mais la beauté de la voix ne paraift iamais plus hautement que lors qu'elle eft releuée de celle de la prefence, ou de la bouche mefme des Dames. On dit que Lamia gaigna le cœur de Demetrius par l'air d'vne feule chanfon, mais il eft certain que les honneftes femmes ne rauiffent iamais plus doucement nos efprits, que lors qu'elles les rauiffent par l'aureille. On dit qu'Hercule lioit les hommes par des chaifnes, que fa langue rendoit de tous coftez, mais la langue des Dames lie fouuent des Hercules.

XXVII. Quel fpectacle fur la terre, de voir des Anges fenfibles qui nous font trouuer par leurs chants vne efpece de Paradis au milieu d'vn petit enfer? Vne Nymphe de l'antiquité ne fembloit eftre que voix, mais la verité nous fait rencontrer icy ce qui ne fe trouue que dans la fable. Nous y voyons les plus beaux corps de l'Vniuers qui femblent n'eftre qu'vne voix articulée: vous ne diriez pas que le fouffle de la vie les anime pour viure, mais pour chanter. La ftatuë de Memnon eftoit autrefois l'interprete du Soleil:

mais ces belles bouches semblent estre les
interpretes de l'harmonie du Ciel. Chose
estrange! quand nous voyons leurs attraits,
nous ne nous soucions pas de les ouyr, &
quand nous entendons leurs voix, nous ne
nous soucions pas de les voir. Quand nous
contemplons le coral de leurs leures, nous
ne les voudrions iamais voir ouuertes, mais
quand le chant nous découure l'yuoire de
leurs dents, qui fait retentir l'air qui en sort,
nous ne les voudrions iamais voir fermées.

XXVIII. Mais pour mieux iuger combien la douceur des voix nous doit agréer parmy les plaisirs, nous n'auons qu'à considerer
qu'elle nous plaist souuerainement parmy les
plus grãds déplaisirs du monde. Puis que ceux
qui trauaillent des mains se soulagent par le
chant; croyrons-nous que ceux qui sont dans
vne belle oysiueté en doiuent estre ennuyez?
Les forçats s'égayent dans la galere en disant
quelques chansons, & que fairont donc les
personnes libres? Vn homme dont le corps
s'en va par pieces chante plus melodieuse-
ment qu'vn Cygne, au rapport de sainct
Gregoire, & nous dirons aprez cela que
l'harmonie fait mal à ceux qui se portent
bien: Les plus grands Roys se font quel-

quefois délasser par la contention des voix,
& on croira que les Reynes se lassent à les en-
rendre ! Assurons plustost que ce Concert
les rauit, si les autres plaisirs les touchent,
& que si les luths les excitent, les voix les iettent dans l'exstase.

XXIX. Il est vray qu'il se trouue des
personnes qui ont la langue aussi adroite que
la main, & qui sçauent bien ioüer de toute
sorte d'instruments artificiels, sçachant d'ailleurs bien vser de l'orgue de la nature; c'est
ainsi qu'vn Ancien appelle la voix. Vous
voyez quelquefois des Demoiselles qui semblent à mesme temps mourir en chantant,
& donner la vie à vn luth, tout inanimé qu'il
est. L'ambrosie qui sort de leur poulmon se
change en air dans leur bouche, & nous fait
goutter par l'aureille ce qui n'estoit reserué
autrefois qu'au palais des Dieux. D'ailleurs
leur main se meut auec tant de grace qu'elle
rend le bois eloquent, pour répondre à l'harmonie de sa voix. Ie ne parleray point icy des
autres pesonnes particulieres, qui faisant vn
corps de Musique aydent à former le Concert. Leur eloge consiste dans leurs paroles,
plustost que dans mes discours, & pour se
faire estimer, elles n'ont qu'à se faire enten-

dre. I'obſerueray ſeulement, que c'eſt vne
eſpece de miracle de voir que tant de voix
differentes facent vn accord parfait , & que
leur oppoſition compoſe l'excellence de leur
iuſteſſe.

XXX. Ie laiſſe à part les cinq tons, d'où
reuſſit la melodie , & que ie ne ſçaurois exprimer auiourd'huy que par des mots de l'antiquité. Ie ne dis rien du Dorique, à qui vn
des grands Politiques du monde donne la proprieté d'engendrer l'amour, & de conſeruer
la chaſteté inuiolable. Ie pourrois auancer
que le Phrygien excite des guerres dans la
plus haute Paix du monde , & enflamme la
fureur ſans offencer la froideur du iugement.
L'Æolique a couſtume de calmer les tempe-
ſtes qui s'éleuent dans l'interieur, & de faire
regner vn parfait repos au milieu de l'inquietude. Celuy qu'on nomme le Iaſte ſubtiliſe
l'eſprit des perſonnes les plus groſſieres,& fait
conceuoir de grands deſirs des choſes du Ciel
à ceux qui n'ayment que la terre. Le Lydien
ſemble eſtre vn lenitif general de tous les
maux particuliers de l'eſprit. Il le refait en
le relaſchant, & le fortifie en l'affoibliſſant en
apparence, pour luy donner contentement.
Mais i'ay deſia proteſté de ne point parler de

Q q iij

ces termes, non plus que de ceux de Diapa-
fon, de Diapenté, de Diatessaron; de peur de
paraistre moins Orateur, que Musicien, &
fembler vn peu trop barbare en escriuant
parmy les François. La Theorie de l'harmonie est espineuse, quoy que la prattique en
foit agreable, & il vaut bien mieux, oüir elle mesme, que d'ouyr quantité de discours
de sa nature.

XXXI. Ie ne dois pourtant pas obmet-
tre en ce lieu, que la matiere du Concert n'est
pas moins rare, que la forme qu'on luy donne, & que les Musiciens ne se font pas moins
remarquer par la prose de leurs chansons, que
par la qualité de leurs chants. A n'en point
mentir, vne melodie fans paroles articulées
me femble plustost vn murmure qu'vn Concert, & si nous ne sçauions parler en chantant, les oyseaux chanteroient beaucoup
mieux que nous. Mais quand nous fongeons
au suiet de nos airs aussi bien qu'à leur accord,
nous monstrons que si nos voix sçauent rai-
fonner, elles sçauent mostrer que nous sommes
raifonnables. Or bien que la mufique puisse a-
doucir les fuiets les plus barbares, elle se sert
neantmoins ordinairement de la poësie, pour
prendre vn fonds à ses concers, côme la poësie

ſe ſert de la Muſique pour donner vn iuſte nó-
bre à ſes cadences. Ces diuins genies qui ne
parlent iamais ſur la terre que par vn ſecret
inſtint du Ciel, n'employent point plus agreablement leurs fureurs, que pour fauoriſer les
plaiſirs des Dames. Ils font de ſi belles Chanſons qu'il ſemble que c'eſt pluſtoſt l'amour
meſme, que l'artifice qui les compoſe, & les
muſes ne croyent iamais ſi bien chanter en
effet que lors qu'elles forment quelque deſſein
à l'auantage du Concert. La gentilleſſe de leurs
penſées nous fait preſque oublier celle des
ſons; quoy qu'enfin la douceur des ſons nous
faſſe oublier celle des penſées. Cependant on
peut voir que l'harmonie eſt bien noble veu
qu'vne des plus hautes profeſſions du monde fait gloire de luy eſtre ſubordonnée.

XXXII. Voila bien des paroles perduës
pour parler d'vn peu d'air battu, & c'eſt mal
obſeruer la proportion des choſes que de
choquer la raiſon pour deffendre le Concert.
L'eloquence doit pluſtoſt s'occuper à l'edifi-
cation des ames qu'à la ſatisfaction des corps,
& on loüe bien baſſement les Dames en diſant qu'elles ſe plaiſent à vne choſe, que Mi-
das pouuoit trouuer plus agreable qu'elles
ne font. Au reſte ie m'eſtonne qu'on oſe blaſ-

mer le Petrarque que tant de bouches ont
loüé , & qui a fait d'autant moins d'eſtat de
la Muſique qu'il en faiſoit plus de l'amour.
Il ne s'attachoit pas au ſon , mais à la ſolidité
des choſes. Apres tout n'a-t'il pas bien raiſon
de dire que le chant des perſonnes Chreſtien-
nes doit pluſtoſt reſſẽbler à celuy de la Tour-
terelle qu'à celuy du Roſſignol , & que nous
auons tort de chanter des airs de ioye, où nous
deurions touſiours gemir. Que ſi les Sereines
qui ne ſont que des monſtres fabuleux ſont ſi
dangereuſes, la voix des femmes ne l'eſt pas
moins veu qu'elle bleſſe pluſtoſt le cœur, qu'elle ne touche l'aureille. Que les ſuiets les plus
doux ſont quelquefois les plus infidelles , &
qu'on ne ſurprend pas les hommes par des
menaces, mais par des careſſes platrées. Que le
regret n'eſt guere eſloigné de la ioye, & que
Dieu donne quelques agréemens temporels
à ceux qu'il veut punir durant toute l'eternité. Que pluſieurs perſonnes qui aſſiſtent à vn
concert entendent vn air d'alegreſſe qui precede peut-eſtre celuy de leurs funerailles. Que
ſi l'vſage de la Muſique eſt efficace , il eſt extremément bizarre, & que la iuſteſſe de ſes
tons cauſe ſouuent la diſſolution des meurs.
Qu'enfin l'harmonie nous ramolit le cœur,
ſi elle

ſicile le reioüit, & que les deffauts ne font iamais plus dangereux, que lors qu'ils ſont a-
greables.

XXXIII. Mais ie veux monſtrer icy que
pour accuſer le Petrarque, ou d'imprudence
ou de trop de ſeuerité, il faut blaſmer auſſi le
grand Seneque auſſi bien que les plus illuſtres
perſonnages de tous les ſiecles. Voicy donc
comme le ſage Romain parle à vn Muſicien
qui luy voulant apprendre ſon art, ne luy veut
apprendre que des choſes inutiles. Vous m'enſeignez, dit ce Philoſophe, de quelle façon
vn ton graue ſe doit diſtinguer d'auecque vn
aigu, & par quel ſecret reſſort les diuers accens
d'vn Luth ne font qu'vne melodie. Enſeignez
moy pluſtoſt comment mon eſprit ſe pourra
touſiours accorder auecque ſoy meſme, & faites que mes déſeins ne ſoiét non plus variables
que mon eſſence. Vous me parlez ſans ceſſe
des airs lugubres ; Aprenez moy pluſtoſt à
pouuoir ſouffrir tous les plus grands efforts
de l'aduerſité ſans faire la moindre plainte. Au
reſte ſi Theodoric a fait eſtat de la Muſique,
beaucoup d'autres Princes l'ont meſpriſée.
Philippe ne dit-il pas à ſon fils qu'au lieu de ſe
glorifier de la douceur de ſa voix, il deuoit
auoir honte de bien chanter. Alcibiades eſtant

Rr

autrefois folicité d'aprendre cet art dont les
Grecs faifoient tant d'eftat, répondit excel-
lamment, qu'il n'appartenoit qu'auxThebains
d'apprendre à prononcer des airs melodieux;
pour ce qu'ils ne fçauoient pas parler auec
elegance. Themiftocles pareillement eftant
prié de pincer vn luth dit qu'il ne fçauoit pas
bâftir des murailles comme Amphion, mais
qu'il les fçauoit demolir comme vn foudre de
guerre.

XXXIV. Ie ne veux pas icy produire l'auis
de quantité d'autres perfonnages qui fe font
tous accordez à décrier l'harmonie. Dema-
ratus oyant vn iour vn bon Muficien dit froidement que cet homme ne fembloit pas mal
niaifer. Archidamus en entendant loüer vn
autre arrefta tout court fon Panegyrifte, en
luy difant qu'il fairoit bien vn grand Eloge à
l'honneur d'vn homme de bien; puis qu'il
trouuoit des loüanges pour vn Muficien que
tout le monde deuoit blâmer. Il croyoit que
la Mufique eftoit contraire à la probité. Ateas
trouuoit le hanniffement d'vn cheual plus
doux que les Concerts d'Ifmenias, comme
vn autre difoit qu'entre vn bon cuifinier, &
vn bon Muficien il n'y auoit point de difference, pour ce que fi l'vn trauailloit pour les plai-

iirs de la gueule, l'autre trauailloit pour ceux
de l'aureille.   Antiſthenes ſe piqua contre
quelqu'vn de ce qu'il auoit appellé homme
de bien vn certain ioüeur d'inſtrumens, pour
ce dit-il que s'il eſtoit homme de bien il ne ſeroit pas Muſicien par profeſſion.   Ariſtote
eſtant interrogé quel eſtime on deuoit faire de
l'harmonie, reſpondit que Iupiter ne ſçauoit
ny chanter ny iouer du luth , nous voulant
declarer par là qu'vne choſe que les Dieux mé-
priſoient deuoit ſembler moins qu'indifferente aux hommes.

XXXV. Apres tout il ne ſe faut pas eſtonner que les ſages ayent ſi mal parlé des Muſiciens, veu qu'vn Muſicien dit autrefois à Alexandre qu'il ſe gardât bien de l'imiter parfaitement , & qu'il ſeroit mal habile s'il eſtoit
bon ioueur de violon. Mais ie ne veux pas me
ſeruir de ces authoritez offençantes pour de-
plaire aux perſonnes d'vne profeſſion qui ne
ſongent qu'à nous plaire. La Muſique eſtant
ſi douce comme elle eſt , ne doit pas eſtre trai-
ctée auec vne rudeſſe inciuile. Ie diray ſeulement que ſi quelquefois elle engendre la vertu, comme le Philoſophe meſme l'auoüe, elle
engendre ſouuent le vice.   Elle adoucit les
humeurs les plus farouches, mais elle ramolit

les cœurs les plus genereux. Si elle excite l'a-
mour elle excite encor la haine & l'indignation. Si l'air d'vn luth deliura Saül, beaucoup
d'autres s'y trouuent pris, & le Diable se coule
quelquefois dãs les esprits par le mesme moyé
qui le chassa du cœur de ce Prince. Enfin i'a-
uouë que ce bel art est vn don Dieu, mais nous
en abusõs ordinairemét pour l'offencer & ren-
dons profane vn suiet qui deuroit estre sacré.
Ce Roy mesme qui en a fait vn si belle eloge au
commencement de ce discours, confesse que
l'harmonie de la terre estant vne representation de celle du ciel, nous fait pourtant oublier le ciel mesme pour nous faire chercher
icy vne espece de Paradis, & mespriser les
Cantiques des Anges pour n'ouïr que ceux des
hommes. Cependant nous auons grand tort
de chercher icy bas vne beatitude qu'on ne
trouue que là haut. Toutes les voluptez de
cette vie sont des amertumes couuerts, & ce
ne sera que dans l'autre monde que les contentements ne seront plus mélez auecque les
déplaisirs. Il conclut là dessus que les Philosophes ont eu tort de mettre nostre felicité
dans vn son plustost que dans la possession de
Dieu mesme. C'est luy qui doit faire nostre
ioye aussi bien que nostre couronne, & c'est

en voyant ce pur esprit que nous serons parfaitement satisfaits, & non pas en entendant l'harmonie des corps celestes.

XXXVI. Mais pour monstrer que le Concert ne peut iamais estre parfaitement agreable, nous n'auons qu'à dire qu'il n'y a point de lieu propre à le faire, & que les parties qui le composent se décrient quelquefois en pensant acquerir beaucoup de reputation. Nous blâmons tous les iours Eue d'auoir esté curieuse d'oüir la douceur du Serpent dans le Paradis Terrestre, & de nous auoir rendus miserables pour se rendre satisfaite. Pourquoy n'accusons nous nostre imprudence sur ce que nous faisons la mesme faute dans l'exil que la premiere femme fit dans vn seiour de plaisir? Qui croira faire vne depense innocente à donner vn beau Concert à vne grande compagnie sçachant combien le premier Concert du monde nous a cousté? Et puis qui peut ignorer qu'en quelque lieu que nous soyons nous sommes tousiours dans vne valée de larmes? L'Escriture saincte dit que la Musique est ennuyeuse parmy le deuil, & cependant nous la trouuons agreable. Les enfans d'Israël refusoient de chanter mesme des airs sacrez se voyans dans vne terre estrangere, & maintenant nous en chantons de profanes ! Il faut croire pourtant que nous sommes dans l'exil soit que nous soyons sur vn theatre ou dans vn iardin. La liberté dont nous iouïssons dans les bois ne nous empesche pas d'estre esclaues, & les Salles les plus magnifiquement parées, font des prisons plus illustres que les autres, mais ce font toufiours des prisons.

XXXVII. Quant aux instrumens de Musique qui font le principal agréement du Concert, ie m'estonne qu'on les prenne pour des miracles, veu que ce ne sont pour la pluspart que des images d'vne tortuë éuentrée. Certes vn animal qui rampe toufiours ne peut pas auoir donné fuiet à vne haute suffisance. S'il est vray encor ce qu'on raconte de Pytagore, à fçauoir qu'en remuãt des marteaux fur vn enclume, il aprit à faire l'accord des luths & des fluttes : Il est bien aifé à voir que les iouëurs d'instrumens ont esté pluftost forgerons que Muficiens, & qu'ils ne peuuent pas tirer vne grande gloire d'vne profeffion fi baffe. Auffi la feule loüange que Diogene leur dõnoit c'eftoit d'auoir trouué moyen de ne pas estre larrons en s'occupant à vn employ qui tient beaucoup de l'oyfiueté. Ils femblent faire du bien en s'efloignant des occafions de

faire du mal. Mais à parler veritablement ces
professeurs de molesse ne sont pas quelquefois moins dangereux que les corrupteurs
des mœurs d'vne Republique. Vn Legisla-
teur de la secte des Stoïciens disoit qu'il falloit
rompre ces instrumens qui ramolissoient les
cœurs, & ciuilisoiét l'horreur du vice en le faisant entrer dás l'ame auec la douceur des sons.
Chassons, disoit Lesbonax, chassons de nostre ville, ces gens qui sont fols par la teste,
& sages par le bout des doigts. Enfin nous
pouuons obseruer que les meilleurs ioüeürs
du monde ont esté punis comme des malfai-
cteurs. Orphée fut déchiré par des femmes
furieuses, pource qu'il flattoit les autres auec
trop d'agréement. Linus fut assommé à coups
de leuiers d'autát qu'il rauissoit tout le monde
par son luth. Les Muses pocherent les yeux
à Thamiras voyant qu'il estoit veu de bon œil
de tous les hommes. Appollon écorcha pareillement Marsiras pource que l'industrie
de cet homme sembloit surpasser celle des
Dieux. Arion mesme dont on a' rapporté
l'exemple n'eust pas esté ietté dans la mer s'il
eust esté fort innocent. Le Pilote creut que ce
ioüeur de luth estoit trop entendu en son art
pour ne pas estre ennemy des Dieux & de la

nature , enfin on penſa que la douceur de ſes
ſons auroitexcité la furie de la tempeſte.

XXXVIII. O ſerons nous maintenant parler
contre ces belles voix qui parlent ſi doucemēt
en noſtre faueur ? Mais pourquoy n'oſerions
nous pas les offencer pour deffendre la verité?
Il ne faut pas ſouffrir qu'vn peu d'air battu
emporte vne grande gloire. Ces belles bouches qu'on louë tant ne me ſemblent iamais
plus douces que lors qu'elles ſont muettes.
On ne ſe repent iamais de ſe taire , mais on
peut bien ſe repentir de parler. Vn ancien
appelloit vn Muſicien de ſon temps le Coq du
midy & du ſoir , ...s ce mot me ſemble
mieux conuenir aux coquettes de noſtre tēps,
qui ne ſe plaiſent pas moins à ſe faire oüir qu'à
ſe faire voir. Nous leur pouuons dire auecque
raiſon , ce que dit vn Laconicien d'vn Roſſignol apres luy auoir oſté la plume, à ſçauoir
qu'elles ne ſont rien que voix, quoy qu'elles
ſemblent auoir vn corps. Le Roy Alfonce
appelloit les perſonnes de cet ordre des ou-
tres-viuants, ou des veſſies animées. Antipater
diſoit de Demarchus qu'il reſſembloit aux victimes des Atheniens qui n'auoient rien de reſte que la langue & les entrailles; & comme ce
chantre loüoit extraordinairement ſa voix, il
luy

luy dit qu'il se décrioit parlà, donnât à connoistre à tout le monde qu'on ne deuoit faire aucun estat de sa personne lors qu'il gardoit le
silence. On dit encor que lors qu'Antisthenes
commençoit de parler en public, les Sages di-
soient qu'on alloit voir vne mer de parolles &
vne goutte d'entendement. Mais on peut dire
de plusieurs chanteuses de nostre siecle, qu'à
les ouyr on les prendroit pour des Anges, &
à les voir raisonner dans le commerce on les
prendroit pour des Cigalles. Certes elles de-
uroiét auoir honte de se faire estimer par vne
qualité, qui leur est commune auec des monstres Marins aussi bien qu'auec des oyseaux.

XXXIX. Mais pour leur faire voir
que ie m'en prends plustost à leurs fautes qu'à
leur sexe, ie veux blâmer aussi quelques personnes du nôtre qui s'estiment fort loüables.
Nous voyons des Musiciens innocents, mais
nous en voyons bien criminels. Plusieurs ont
plus de soin de reigler leur voix que leur vie.
Ils seroient bien marris d'auoir peché contre
la iustesse des tons, & cependant ils pechent
volontairemét contre les loix de la Iustice. Ils
chantent comme de bons genies, & viuent
comme des Demons. Qu'ils se representent
neantmoins que c'est vne chose abominable

deuant Dieu de bien chanter & de mal viure,
que la bouche ne peut pas loüer noſtre Seigneur lors que le cœur le blaſpheme, & que la
langue, qu'vn Payen appelloit la meilleure &
la pire partie de l'homme, ne doit eſtre em-
ployée qu'à de bons vſages : Qu'enfin le Concert de la terre ne ſçauroit iamais eſtre bon
s'il n'eſt conforme à celuy du Ciel. Au reſte
comme ie blaſme le mauuais employ de la
voix : Il faut que ie decrie vn peu la matiere
de ſes airs, non pas pource qu'elle eſt poëtique,
mais pource qu'elle eſt quelquefois impure.
Sainct Hierôme appelle en quelque endroit
les vers profanes la nourriture du Diable, &
ſe plaint de ce que les Chreſtiens ſe plaiſent
plus à lire des Tragedies fabuleuſes que la
Paſſion du fils de Dieu, & à chanter des A-
mours dans la maiſon que des Hymnes dans
l'Egliſe. Mais il eſt certain que ce qu'il iugeoit
vn prodige dãs ſon téps ſe rend cõmun dans le
noſtre. Nous voyons des Demoiſelles qui font
profeſſion d'eſtre chaſtes, & qui cependant
ſemblent auoir conſacré leur voix à Venus.
Vous diriez qu'Adonis ſe repoſe ſur des langues ſur qui l'Agneau s'eſt repoſé autrefois.
Enfin elles veulét que nous croyons que leurs
actions ſont cõformes au Chriſtianiſme, quoy

que leurs bouches soient toutes Payennes.

XL. Qu elles croyent pourtant cet Oracle de la verité infallible, que la bouche ne parle que de l'abondance du cœur, & que nous nous entretenons volontiers dans les compagnies des suiets que nous aymons. Que toutes les personnes qui assistent au Concert se representent aussi que c'est estre bien oyseux, que de n'auoir rien à faire qu'à entendre des voix & des instrumens, Que les Romains n'ont pas esté grands pour auoir esté sur des Theatres, mais pour s'estre souuent trouuez dans les champs de Mars. Que tout ce qui est ou trop mol ou trop delicat ne sçauroit plaire à des naturels genereux. Que nous deuons estre confus de voir que nous nous ennuyons d'entendre la parole de Dieu dans vne Eglise, quoy que nous ne nous ennuyons iamais d'entendre celle des hommes & des choses mesme insensibles. Que nous deuons craindre que le plaisir que nous prenós aux Concerts de la terre ne nous priue de la satisfactió eternelle que nous pouuons receuoir des Concerts du Paradis. Qu il se peut faire que des personnes qui ne sont auiourd'huy qu'vne assemblée fairont entre elles vne estrange separation, & qu il y aura vn grand cahos entre des suiets qui ne forment maintenāt qu'vn mesme Cercle. Les vns entendront les Cantiques des bien-heureux, & les autres les maledictions des dānez. Pour estre du bon party souhaittons d'estre mécontens de tous les plaisirs de la vie. Ecoutons parler le Createur en nous, & nous ne nous soucierons plus d'oüir la voix des creatures. Ce Concert diuin nous faira prendre les instruments des delices des autres pour des supplices qui plaisent. Enfin commençons dans le temps vne harmonie que nous deuons continuer durant toute l'eternité.

LES
PLAISIRS
DES DAMES.

LE BAL.

L n'appartient qu'à Dieu de mouuoir tout estant immobile luy mesme, & d'estre tousiours en action sans pourtant s'ébranler aucunement. Comme il a le comble de la félicité au dedans de soy, il ne s'empresse point pour rechercher quelque beatitude au dehors, & estant le centre des centres ainsi que parle vn Docteur, il n'a point besoin d'aller vers quelque suiet que ce soit, bien que chaque suiet ayt besoin d'aller à luy. D'ailleurs estant espandu par tout les espaces

Sf iij

foit réels foit imaginaires, il ne peut changer de lieu, pource qu'il ne peut commencer d'eftre où il eft defia, ny ceffer d'eftre où il eft neceffairement. Il eft au dedans des chofes fans eftre renfermé, il eft au dehors fans eftre exclus, & lors qu'il produit vne creature il ne s'eftend pas iufques à elle par vn mouuement local; c'eft elle qui fe trouue au dedans luy en vertu de fa production. C'eft ce qui a fait dire au Prophete Roy, qu'on ne fçauroit euiter la puiffance d'vn Seigneur qui eft à mefme temps dans l'enfer & dans le ciel, fur la terre & fur les eaux, & qui eftant tout en châque partie du monde n'eft pourtant pas compris de tout l'vniuers. C'eft ce qui a fait dire encor à S. Auguftin que Dieu eft tout œil, tout main, & tout pied, pour ce que bien qu'il n'ait point formellement d'yeux, il voit plus que tous les yeux enfemble; il n'a point de mains, & neantmoins toutes les mains ne font que les inftruments, & s'il n'a point de pieds pour marcher, il fe trouue par tout où les creatures peuuent aller. Or cette belle impuiffance qu'il a de changer de lieu eft vn des fondemens de fon immutabilité; nous difons qu'il eft immenfe pource qu'il n'a point d'efpace qui foit mefuré.

II. Toutesfois s'il est incapable d'estre
meu il ne laisse pas d'estre le premier moteur
de la nature, & il a donné presque à tous les
suiets creés quelque aptitude à se remuer comme vn caractere de la dependance qu'ils ont
d'vn'estre independant de tout autre. C'est
ainsi que le ciel semble ne point auoir de repos
que dans vne agitation continuelle, & ces
grandes machines qui roulent au dessus de
nous n'ont apparemment de la rondeur que
pour auoir plus de vistesse en leurs mouuements. La verité mesme nous asseure que le
Soleil marche à pas de geant, & quoy que son
couchant donne le repos aux animaux de la
terre, ce n'est qu'vn orient pour luy. A peine
a-t'il finy sa course qu'il faut qu'il la recōmen-
ce, ou plustost il la continuë quand nous croyons qu'il acheue. L'air se meut par nature
& par violence : Il se secouë par l'agitation,
& les vents le battent pour le purger. Il iouit
d'vn calme profond dans sa supreme region,
mais dans la metoyenne il excite des bruits &
des guerres continuelles. Quelques-vns dou-
tent si le feu est actif dans son element, mais
on ne peut douter que celuy dont nous nous
seruons n'ait beaucoup de promptitude. A
peine est-il produit qu'il se pand & qu'il s'é-

leue, il n'en faut qu'vne bluette pour brufler toute vne Foreft, & vn petit fourneau pour donner ouuerture aux flammes fait voler les fortereffes comme des plumes.

III. La mer n'eft pas toufiours orageu-fe, mais elle eft toufiours agitée; fes flots s'en-trepouffent fur la riue quand ils s'vniffent au milieu de l'Ocean, & ce qui a fait appeller cet Element le plus infidelle de tous, c'eft qu'il appaife fes flots lors qu'on croit qu'il les exci-te, & les excite lors qu'on croit qu'il les appai-fe. Tant y a que le mouuement perpetuel que les Philofophes cherchent fi vainement dans le puits de Democrite fe peut rencontrer dans les gouffres de la mer. La terre qui femble eftre effentiellement immobile, ne laiffe pas d'ébranler fur fes fondemens, on la voit quel-quefois chanceler comme vn yurongne, & faire des montaignes, où il n'y auoit que des valées, & des valées où il n'y auoit que des montagnes. Ie ne parleray point icy de ces Ifles flottantes que Pline le ieune décrit, & qui fans changer de nature changent diuerfes fois de climat. Ce font des Prouinces entie-res qui fe remuent, & des Royaumes qui marchent. Parlons feulement de ce que nous voyons fur la terre pour remarquer les efforts

du

du mouuement, & reconnoiſtre à la fin que le
branſle y fait preſque la conſiſtance de toutes
choſes. Voyons nous pas les arbres, qui ſe tenant fermement à leur racine ſe remuent par
le ſommet, & s'agittent de toutes pars ſans
pourtant changer de place? Les hommes n'ont
il pas trouué des inuentions pour faire ſauter
la pierre & le fer, & donner vne eſpece de
mouuement progreſſif à ce qui n'a pas ſeulement le degré de vie?

IIII. Mais arreſtons nous à conſiderer les
animaux puis qu'ils ſe meuuent par proprieté, au lieu que les autres ſuiets ne ſe peuuent
mouuoir que par accident. Ils changent de
lieu quand il leur plaiſt non pas pour ce qu'on
les pouſſe, mais pour ce qu'ils ſe portent eux-
meſmes auec beaucoup d'agilité. Voyez cette
Aigle qui prend l'eſſor pour aller voir le Soleil ſans cligner des yeux, & ſe ioüer des têpe-
ſtes iuſques au milieu de leur fort. Voyez les
Gruës qui marchent d'vn ſi bel ordre, que vous
prendriez leur aſſemblée pour vne republique
volante, ou pour vn camp planté dedans l'air.
D'ailleurs conſiderez ce Lyon qui ne marche
pas en brute, mais en Monarque, & qui ne ſçait
iamais moins fuir que lors qu'il eſt pourſuiuy
plus viuement. Regardez ce Cerf à qui la

Tt

crainte donne des aifles , & qui femble vn
vent corporel qui frife la fuperficie de la terre.
Cet Elephant marche auec d'autant plus d'af-
feurance qu'il a plus de crainte de faire quelque faux pas ; & quoy qu'en fe remuant il remuë vne tour de chair , il fe meut pourtant
auec vne adreffe , qui paraift d'autant plus
gråde qu'elle eft iointe à la pefanteur. Ce Cheual ne marque pas feulement de courage en
fes allures, mais encore vn certain orgueil qui
l'anime ; On dit que le Pegaze voloit par l'air,
mais ce noble animal femble dedaigner de tenir fes pieds fur la terre. Que diray-ie icy des
poiffons qui font encor plus mobiles que les
vagues , & ne fe repofent iamais que fur
vn lict de Criftal qui flotte toufiours.   On
dit mefme que le Dauphin dort en marchant,
comme fi le roy de cet empire muet deuoit
veiller pour fon eftat mefme au milieu de fon
fommeil.

V.   Confeffons neantmoins qu'il n'y a que
l'homme qui fe remuë auec art , au lieu que
les autres animaux ne fe meuuent que par
vn inftinct de neceffité. Pline nous aprend
à la verité qu'il y a eu des Elephans fi dociles,
qu'ils ont apris à danfer à la cadence des inftrumens, & qu'à les voir dans cet exercice

vous les eussiez plustost pris pour des bate-
leurs bien d'échargez de leur personne , que
pour des masses de chair. L'experience aussi
nous aprend que les chiens se rendent susce-
ptibles d'vne espece de raison en suiuant les le-
cons des maistres qui s'occupent à les dresser:
Ils s'auancent & s'arrestent auecque adresse.
Ils se leuent & se couchent non pas par vne inclination naturelle que les y porte , mais par
vne impression artificielle qui regne sur leur
imagination. Ne voyons nous pas encor
qu'vn Barbe deuient sçauant dans le manege,
quoy que d'abord sa ferosité genereuse le réde
côme incapable de discipline. Il apprend à se
mettre en fougue , & à radoucir son humeur,
à courir dans vn rond, comme dans vne libre
carriere, & à prendre la posture d'homme ne
se tenant que sur deux iambes. Mais c'est parmy le combat qu'il tesmoigne plus d'a-
dresse & plus de force tout ensemble. Il aproche-
che & écarte l'ennemy, il s'engage & se retire, & le danger qui épouuente les autres ne
fait que l'animer d'auantage. Cette écume
qu'il épand à gros boüillons est plustost vne
marque de son ardeur que de sa molesse ; &
cette belle humidité monstre la soif qu'il a
du sang de ceux qu'il poursuit. Sa generosi-

té neantmoins eſt vn effet de l'induſtrie des hommes, dont la raiſon eſt ſi agiſſante qu'ils en ſemblent communiquer vne partie à des ſuiets déraiſonnables.

VI. Ainſi l'on peut dire que s'il y a des mouuements bien compaſſez dans le monde ils tiennēt tous de l'Ange ou de l'hôme. Comme les Intelligences agitent les corps celeſtes, il ſemble que nous auons droit d'agiter tous les ſublunaires. Or ſi les hommes donnent de la grace & de la iuſteſſe à des impreſſions neceſſaires, il ne faut pas douter que celles qui dependent abſolument de leur liberté ne ſoient beaucoup plus regulieres. Puis qu'ils meuuent tout auec art, ils ne ſe remueront pas dans la negligence. Au contraire leurs corps eſtant comme vn monde racourcy, ils mettront dans vn ſeul ſuiet tous les accorts qui ſe rencontrent dans tous les autres. Quel plaiſir n y a t'il point à voir vn homme bien fait dont la gentilleſſe & la grauité, ſemblent compaſſer les pas, & qui ne fait aucune demarche qui ne ſoit neceſſaire ou agreable ? Contemplez cette Dame qui nous rauit par la maieſté de ſon port, auſſi bien que par la beauté de ſon viſage, & qui foule apparamment la terre ſans la toucher. Mais c'eſt en danſant qu'on

remarque mieux cette iusteſſe de mouuemens, puis qu'on n'y marche que par des allures étudiées, & qu'on y fait moins de pas que
de reflections.

VII. I'ay donc reſolu de traiter en cet endroit d'vn diuertiſſement qui occupe ſi fort
les perſonnes qui s'y exercent, & qui les exerce ſãs les laſſer ou les laiſſer iamais en oyſiueté.
Et quoy que cet exercice ſoit cõmun à l'vn &
l'autre ſexe, puis que tous deux s'y peuuent
également égayer, ie l'appelleray neantmoins
vn des plus doux plaiſirs des Dames, ſçachant
que l'Empereur Albert auoit accouſtumé de
dire que la chaſſe eſt vne recreation conuena-
ble aux hommes, & le bal la propre occupation des femmes. Et puis il eſt certain qu'il ne
ſe fait guere de danſes qu'en faueur de l'a-
mour qu'on porte aux Dames, & que s'il n'y
auoit des belles au monde, il n'y auroit point
de ballets. Il eſt vray que ie trouue bien de la
peine à parler d'vne matiere ſi douce. On a
beaucoup de plaiſir à voir vne danſe dans vne
ſale, mais on n'en a pas beaucoup à la repre-
ſentér ſur le papier. L'eſcriture eſt touſiours
muette, & le bal doit eſtre touſiours animé
par l'action des perſonnes, auſſi bien que par
la melodie des inſtruments. Il faut neant-

moins nous faire vn peu de violence pour faire vn caractere acheué des plaisirs des Dames.

VIII. Or qu'on n'attende pas que ie de-
criue icy la beauté du lieu, qui contient tant de
flambeaux que vous diriez que le Soleil pa-
rait encore la nuict, & qu'il est iour dans cette sale, quoy que les tenebres couurent tout
le reste de la terre. Ou bien disons auec plus
de vray semblance que c'est vn ciel qu'on a
estendu dans ce bas monde pour en découurir
les miracles, & que les Astres qu'on y voit n'il-
luminent pas proprement les yeux de ces
Deesses creés, mais que plustost ils en tirent
leur lumiere. Ces soleils terrestres ne souffrent
iamais d'éclipse. Ie ne parleray non plus de la
douceur des instrumens de peur de traitter
encor du Concert en traittant du bal, & chercher de la satisfaction pour les aureilles, où il
n'en faut que pour les yeux. La danse mesme
est vne belle harmonie, & ce ne sont pas les
luths & les violons qui reiglent la proportion
de ces cadences, c'est la proportion de ces cadences qui reigle les luths & les violons. Il faut
seulement arrester la veuë sur les personnes
pour reconnoistre toutes les excellences d'vn
diuertissement si magnifique.

IX. Vous voyez d'vn costé de veritables

Nymphes qui fe meuuent auec tant de grauité qu'on les prendroit pour des Amazones, &
auec tant d'agréement qu'on les prendroit
pour les Graces mefmes. Ce ne font pas feulement leurs pieds & leurs mains qui fe meuuent par des branles bien compaffez ; leurs
habits encor femblent auoir appris à fuiure
par art les mouuemens de leurs corps. Ils s'en-
flent agreablement, par vne ambition genereufe qu'ils femblent auoir d'imiter des fuiets
fenfibles, tous infenfibles qu'ils font. Enfin
on croiroit à voir cette agitation extraordinaire, que ce ne font pas des perfonnes communes qui danfent, mais des Sybilles miraculeufes: Mais on fort d'vne fi belle erreur, quád
on confidere que les Dames ont plus y a de
douceur & de modeftie, que ces anciennes
Propheteffes n'auoient de fureur vifible. Auffi
n'eft-ce pas vn Dieu violent qui eft agité, c'eft
pluftoft le Dieu d'amour.

X. Vous apperceuez d'autre part d'illuftres Scipions, qui apres auoir fait trembler les
ennemis femblent maintenant trembler
eux mefmes tant ils fe meuuent adroitement.
La grauité de leur mine nous fait penfer d'a-
bord qu'ils font incapables de bien danfer, &
la legereté de leurs mouuemens nous fem-

blent perſuader qu'ils ne ſont graues qu'en
apparence. Mais enfin il eſt aſſeuré qu'ils ne
ſont pas moins redoutables dans le bal que
dans le combat, pour ce que la force n'eſt iamais plus impetueuſe, que lors qu'on l a vn
peu relaſchée. Ceux qui nous épouuantent
en quelque façon en nous recreant, épouuen-
teront bien plus facilemét ceux qu'ils pourſui-
uront à outrance. Mars n'eſt iamais plus effroyable qu apres que l'amour a adoucy pour
vn temps ſa ferocité. Que diray-ie des autres
hommes qui danſent icy auec vne ſi belle diſpoſition, que les corps ſemblent eſtre deſia
glorieux ſur la terre, nous repreſentant l'agilité des bien-heureux. On a feint de Camille
qu'elle marchoit ſur les bleds, ſans les abbaiſſer, & qu'elle voloit en faiſant ſes démarches
ordinaires. Mais on peut aſſeurer veritable-
mént des perſonnes dont ie parle que ce ſont
des Mercures qui ont des aiſles par tout le
corps, & qui ſe tiennent moins ſur la terre
que dans l'air. L'induſtrie leur ſemble donner vn auantage que la nature donne aux oy-
ſeaux, & ils changent d'Element, ſans changer d'eſſence.

XI. Il faudroit employer icy toutes les figures, & tous les détours de la rhetorique
pour

pour exprimer les diuerses postures qu'on
prend dans vne assemblée, où apparemment il
n'y a pas moins de Protées que de personnes.
Alexilas disoit que comme l'Afrique produit tousiours quelque chose de nouueau, la
danse pareillement estant fort ordinaire dans
le Monde, produit tousiours quelque branle
extraordinaire. Certaines Dames s'y éleuent
auec tant d'art, que vous les prendriez
pour des Deesses qui vont prendre possession
d'vn throsne au Ciel ; Elles foulent la Terre
par mépris, s'imaginant qu'elle n'est pas digne
de les porter. D'autres la touchent si doucement, qu'elles semblent faire vne espece de
Paradis d'vn lieu qui fait nostre exil, & nous
ne pouuons pas nous ennuyer en vn païs sur
lequel des corps celestes se meuuent. Ie ne diray point maintenant de quelle façon on s'a-
uance & on se recule au bal, comment on s'y
étend en vn long espace. pour se ramasser en
rond, & que semblant estre par tout, on n'est
pourtant en aucun lieu determiné. On s'éloigne & on s'approche ; on se salue en face, &
on se tourne le dos sans commettre aucune in-
ciuilité ; on entre & on sort par vne suite continuelle. Vous diriez que c'est icy vn Monde assemblé, quoy qu'il n'y ait qu'vne partie

Vu

d'vne ville, & les perfonnes qui danfent fe fuc-
cedant les vnes aux autres, font trouuer vn
mouuement infiny où le nombre des mobiles
eft limité. Ie ne parleray point auſſi de ces anciennes formes de danfes qu'on appelloit Armées ou Eloquentes, pource qu'on s'y battoit
en fe iouant, & qu'on y parloit fans dire mot.
Aux vnes on voyoit des fureurs innocentes,
des choleres amoureufes, des duels non fan-
glants, & des querelles pacifiques : Aux autres
on apperceuoit des pieds muëts & qui neantmoins parloient plus expreſſiuement que les
langues : Le branlement des mains difoit plus
de chofes que les voix. Vn celebre Orateur
fe faifoit appeller le Maiftre des Danfes Ciui-
les, pource qu'apprenant fes difciples à bien
prononcer des harangues en public, il leur faifoit prendre plus de poftures regulieres qu'ils
ne difoient de parolles. On raconte auſſi que
Demetrius le Cynique contraignit Lefbonax
de confeſſer que ce n'eft pas la Mufique qui
femble eftre l'ame du bal, mais que c'eft le bal
qui eft l'ame de la Mufique. En effect, par la
iuft effe de fes geftes, il exprimoit plus de chofes que les autres par leurs motets ; & s'ils parloient par la bouche, il parloit par tous les
membres de fon corps.

XII. Mais il ne faut pas faire mention des anciennes danses où nous deuons traicter des modernes. Les diuertissemens de nostre siecle ne sont pas accompagnez de tant de mines que ceux des autres, mais ils ont beaucoup plus de grace. Les Dames encor rendent les danses plus agreables que les hommes; Elles obligent toute la compagnie en se faisant admirer à chacun en particulier. Le bal rendant leur beauté visible à toutes sortes de personnes, semble rendre commun vn bien incommunicable. Que diray-ie maintenant de ces intermedes qui rendent la danse plus charmante en l'interrompant agreablemēt? Ie parle des Mommōs où nous nous plaisons à nous voir tromper, & à méconnoistre des personnes qui nous sont familierement connuës. Ailleurs, il nous fasche de voir des masques qui nous cachent des visages, icy nous sommes bien aises de voir des faces couuertes. Mais il y a bien plus de plaisir à voir des Soleils transparens que des visages qui se dementent. C'est dans les balets qu'on reçoit cete satisfaction, où les Princesses sont de nouueaux personnages, sans pourtant changer d'estat, & où l'on fait reuiure les Nymphes & les Deesses sans pecher contre le Christianifme. On apperçoit mefme par-fois que par des metamorphofes miraculeufes les Hommes fe changent en Tritons, les Dames en Sereines, les Mars en Cupidons, & les corps en ombres. Enfin, l'artifice renuerfe icy doucement toute la Nature.

XIII. Mais c'eſt aſſez parlé des ſujets du bal, diſons vn mot de ſon origine. On tient que la danſe eſt preſque auſſi ancienne que le Monde, veu que ſon idée ayant eſté formée ſur celle des conjonctions & des éloignemés des Aſtres, on a touſiours veu des danſeurs comme on a touſiours veu des Cieux. Sainct Chryſoſtome mefme parlant de leur mou-uement, l'appelle vn bal inſenſible, & vous diriez que les Anges qui meuuent les corps celeſtes auec adreſſe, nous apprennent la façon de mouuoir ceux de la terre. Quoy qu'il en ſoit, il eſt certain que Socrate apprit ſur la fin de ſes iours à danſer, diſant que c'eſtoit vn exercice auſſi honeſte qu'il paroiſſoit agrea-ble, & que comme l Amour eſtoit le plus an-cien des Dieux, le bal eſtoit le plus ancien di-uertiſſement des Hommes. Et comme quel-ques-vns s'eſtonnoient de ce qu'vn Homme ſi ſerieux s'adonnoit à vn ſi leger employ, il leur dit que toute action ſied bien au ſage, qu'il doit apprendre aux autres à se moderer dans les plaisirs aussi bien que dans les douleurs, & faire voir qu'il peut conseruer sa prudence au milieu de la folie, & sa retenuë parmy la dissolution.

XIV. Les plus grands Politiques mesmes qui faisoient profession de s'éloigner des sentimés & du cómerce du peuple, s'aprochoient en ce poinct de l'opinion de Socrate; ils agreoient la danse aussi bien qu'vne grauité majestueuse. Platon veut dans sa Republique que les habitans des villes ayent du temps pour se reposer en dansant, & s'agiter agreablement par vne occupation oiseuse. Lycurgus ordonna trois sortes de branles, suiuât lesquels les danseurs se remuoient, & tient à honneur d'estre pris pour auteur d'vne obseruation apparemment ridicule, aussi bien que des loix les plus seueres. Les Lacedemoniens n'entreprenoient aucune affaire d'importance qu'apres auoir fait des danses publiques, & croyoient receuoir des auis du Ciel à la façon des Sybilles, c'est à dire en mouuant leur corps. Les Magistrats des Thessaliens s'appelloient Maistres daseurs, & ce peuple croyoit que tout l Estat seroit bien reglé tant qu'il y auroit des hómes qui sçauroient regler auec iustesse les pas des

particuliers. Les Atheniens dedierent folen-
nellement vne ftatüe à Ariftonicus grand baladin d'Alexandre; & comme il fçauoit vol-
tiger fur la terre, ils le mirent en vn eftat qui
le tenoit toufiours en l'air. Ils luy donnerent
mefme droit de bourgeoifie dans leur ville, fur
la creance qu'ils auoient qu'vn homme qui
auoit pû plaire au plus grand conquerant du
monde, eftoit plus noble que les Roys qui l a-
uoient choqué.

XV. Ie n'allegueray point que Thefeus, cet
autre Hercule de la Grece, fit vn balet dãs l'ifle
de Delos aprez auoir faiƈ vn triomphe fur les
monftres, & qu'on ne l'eftima pas moins pour
l'agilité de fes pieds que pour la force de fes
mains. Que Pyrrhus fils d'Achille auoit tant
d'amour pour la danfe qu'on apella les Pyrrhi-
ques de fon nõ, & qu'il n'eft pas moins celebre
par fes ieux, que fon pere par fes viƈoires.
Qu'Epaminondas exerçoit fes foldats à la
danfe deuant que de les exercer à la milice, difant qu'en les rendant difpos, il les rendoit genereux, & que ceux qui fçauoient bien mener
vne Maiftreffe dans vn bal, fçauoient bien choquer vn ennemy dans la chaleur du combat.
Que Caligula rappella les danfeurs à Rome,
que fes predeceffeurs en auoient chaffez, &

qu'vn foir ayant faict affembler le Senat dans
fon Palais pour luy communiquer des affaires
d'importance, il ne fit que danfer à fa veuë,
comme s'il leur euft voulu montrer que ce
noble diuertiffement deuoit eftre preferé aux
plus grandes occupations. Mais il ne fe faut
pas eftonner qu'on ait fait tant d'eftat du bal
dãs vne vie ciuile ; veu qu'on l'a employé aux
plus grands myfteres de la Religion, & qu'on
l'a rendu facré aprez l'auoir rendu illuftre.
Les Saliens qui eftoient autrefois Miniftres
du plus redoutable de tous les Dieux, ne l'ho-
noroient qu'en danfant, & ils fe ioüoient parmy les plus auguftes ceremonies de leur charge. Et depeur qu'on ne penfe que i'ay tort
de vouloir confacrer vn exercice inuenté par
les obferuations prophanes des idolâtres, ie
me feruiray de l'authorité de la vraye Religion. N'eft-il pas vray que fi Dieu nous ordonne de marcher deuant luy auec frayeur,
il auoit ordonné autrefois qu'on marchaft a-
uec ioye deuant l'arche ? Dauid ne danfa t'il
pas en public quand on la portoit, & n'eftoit-
il pas d'autant plus à eftimer qu'il eftoit mé-
prifé de fa propre femme ? Ne fut-elle pas fterile pource qu'elle fut mocqueufe, & fon mary ne fut-il pas Roy pource qu'il s'eftoit in-

nocemment ioüé deuant le Seigneur?

XVI. Aprez auoir ouy ce difcours, faut-
il pas auoüer qu'il y a des perfonnes qui s'em-
portent hors des bornes de leur deuoir, comme de la bien-feance pour loüer l'extrauagance du bal? Pour moy, ie ne fçaurois fauorifer
la legereté pour complaire aux Dames, & ie
ne feray point difficulté de blafmer la danfe
en ce lieu, bien qu'aucune fois elle puiffe eftre
loüable. Ie dy donc premierement que puifque nous adorons vn Dieu immuable, nous
auons grand tort d'eftimer ce qui nous faict
changer de pofture à chaque moment, &
nous rend diffemblables à luy, quoy que nous
foyons faits à fa reffemblance; Il eft toufiours
dans le repos, & nous fommes toufiours dans
l'agitation : il agit fans s'émouuoir, & nous
nous mouuons fans rien faire ! Dauantage,
s'il eft vray que cet œil perçant obferue toutes nos démarches, ainfi que Iob nous en affeure, & que du Ciel il conte tous les pas que
nos pieds peuuent faire fur la terre, pouuons-
nous en faire d'inutiles ou de mefchans en la
prefence d'vn Seigneur fi clair-voyant, &
danfer fur le precipice lors qu'il nous auertit
qu'il eft bien difficile d'y paffer mefme en ram-
pant?

XVII.

XVII. En troisieme lieu, nous pouuons
reconnoistre par vne generale reflexion, que
toutes les creatures qui sont parties des mains
de Dieu, auecque le pouuoir de se remuer, se
meuuent toutes par raison, ou par necessité,
au lieu que l'Homme se meut le plus souuent
par malice ou par folie. Les Anges ne changent point de place que pour executer les ordres de Dieu, & ceux qui meuuent les Cieux,
ne laissent pas d'estre en quelque façon immobiles. Les Elemens ne s'agitent point par vn
ébranlement particulier que pour le bien general du monde, & pour monstrer qu'ils ne
se meuuent pas tousiours par inclination, ils
ont quelquefois des mouuemens contraires à
leur nature. Les animaux vont en diuers
lieux; mais c'est plustost par instinct que par
caprice, & ce n'est pas l'extrauagance qui les
y porte, c'est l'exigence. Il est vray que pour
rendre nostre sottize plus generalle, nous nous
efforçons de les y faire participer, & leur ap-
prenons des mouuemens irreguliers à leur regard, quoy que nous les estimions pleins de
iustesse. Mais si nous leur communiquons
nostre legereté, nous en gardons tousiours la
meilleure part, s'il peut y auoir rien de bon
en vne chose si mauuaise. Ne disons point que
Xx

nous sommes les seuls d'entre les animaux qui
nous remuons auec art, ou confessons qu'il y
a vn art de niaiserie, & vne discipline d'im-
pertinence.

XVIII. Or quand ie parle de cette sorte, ie n'entens pas blasmer ces honestes mouuemens que le commerce du monde exige de
nous, mais ces agitations ridicules que le luxe
a introduites. En vn mot, ie ne veux pas faire
des inuectiues contre le marcher ordinaire,
mais contre vn marcher vicieux. D'ailleurs,
ie ne choque pas la danse comme estant vn
plaisir des Dames, mais comme estant l'entretien de l'oisiueté des Hommes. En cela ie
ne crois pas estre heretique, puisque ie ne fais
que suiure l'auis des sages, & que les barbares
mesmes nous peuuent en ce poinct apprendre
la ciuilité. En effet, ceux qui s'estonnoient
de voir promener des Hommes, ainsi que i'ay
dit ailleurs, pource qu'ils ne croyoient pas
qu'on deût marcher sans rien faire, se fussent
bien plus estonnez de voir des Hommes & des
Femmes qui ne font que se remuer sans pourtant s'occuper à quoy que ce soit, & qui vont
de tous costez sans rien faire en pas vn lieu.

XIX. Mais pour rendre ma satyre plus
reguliere, ie n'ay qu'à renuerser l'eloge du bal,

& faire voir que c'est d'vn Crotefque qu'on a
fait vn Panegyrique. Ce beau lieu qu'on nous
a repreſenté auec tant de Soleils nocturnes, tenant ſon éclat d'vn principe externe, n'eſt pas
fort éclatant de luy-meſme. Les beaux viſages que les prophanes adorent ne ſont guere
lumineux, puiſqu'ils ne ſçauroient paraiſtre
qu'à la faueur des flambeaux. Et puis, on appelle Ciel ce qu'il faudroit appeller Chappelle ardente; Car en effet, toutes ces perſonnes
qu'on y voit ſemblent faire leurs funerailles
par auance, quoy qu'elles ne croyent faire
qu'vn ieu. Elles ſont au bal, mais elles courent vers le tombeau. Elles reſſemblent aux
ſuiets qui les éclairent; c'eſt à dire qu'elles ne
luiſent que pour s'eſteindre. Leurs pieds mar-
quent le lieu de leur ſepulture, & foulent la
terre qui les doit vn iour fouler. Vn autre
diroit auec vn Payen, qu'on fait icy les
honneurs funebres au bon ſens, qui eſt
mort dans cette aſſemblée. Pour moy, ie me
contente de dire ſuiuant les maximes du Chriſtianiſme, que ſi Egliſe a des Feſtes aux flambeaux à l'honneur de la Sainctè Vierge, la vanité a pareillement les ſiennes, qui tournent
bien ſouuent au deſ-honneur des autres Femmes.

XX. Quant à la Musique & aux instrumens qui accompagnent la danse, ie n'en diray autre chose sinon qu'vne folie suit l'autre. En effet, il n'y auroit rien de si desagreable que la danse, si la douceur des sons ne couuroit la difformité de ses mouuemens. On dit que Dieu a attaché du plaisir aux fonctions animales, pour les faire exercer à des suiets raisónables, qui en ont vne certaine horreur ; Mais nous pouuons dire que les Hommes, pour faire approuuer leurs dereglemens, taschent de les rendre agreables. Tout ce qui est honneste n'est pas delectable ; mais on tasche à se persuader que tout ce qui est delectable est honneste par vne suite necessaire. La dissolution passe pour bienseance, & la modestie pour rusticité. On croit qu'en renuersant le nom des choses on renuersera leur nature. Neantmoins, il est tousiours aizé à voir que comme il n'y a rien de si vain qu'vn peu d'air battu, il n'y a rien de si brutal, à le bien prendre, que ces coups de pied qu'on donne à la terre par gentillesse. Quelle proportion trouue-t'on en des cadences si bizarres ? n'est-ce pas chercher de l'ordre dans vn desordre formel ? n'est-ce pas appeller l'extrauagance du nom de parfaicte accortise ? Mais aprez auoir quité les person-

nes pour confiderer le bal, quitons maintenant
le bal pour confiderer les perfonnes.

XXI. Autrefois on s'eftonna de voir danfer à Rome Ælia Catula à l'âge de fix vingts
ans, & on creut que Neron auoit produit vn
miracle en produifant ce monftre en public.
On voit encor dans la France, ce qu'on admiroit en Italie, ie veux dire que les vieilles fe piquent quelquefois de fe trouuer au bal auffi
bien que les ieunes filles. Mais les vnes deuroient craindre den'eftre pas eftimées affez
fages dans leur vieilleffe, & les autres doiuent
apprehender qu'on ne croye que leur ieunef-
fe n'eft pas accompagnée de retenuë. Qu'on
ne les appelle point Amazones, veu qu'elles
n'aiment que les ieux, au lieu que les Amazones n'auoient d'amour que pour la guerre.
Ces conquerantes vouloient eftre plus
qu'hommes, & ces oifeufes veulent eftre
moins que femmes. On a tort auffi de nommer Sybilles certaines coquettes qui femblent
eftre des Bacchantes, ce ne font pas des Propheteffes, mais des prophanes; leurs mouuemens viennent pluftoft d vn démon que d'v-
ne Diuinité. Enfin, ce n'eft pas vne fureur
facrée qui agite leurs habits & leurs cheueux,
c'eft vne manie adorée.

X x iii

XXII. Cette folie pourtant eſt quelquefois criminelle, quoy qu'elle ſemble indifferente à parler generalement. Et puiſque i'ay eu autrefois l'honneur de donner des auis aux filles, ie ne feray point difficulté de continuer en leur faueur les effets de mon zele, & ie ne croy pas les offenſer en les inſtruiſant. I'eſpere meſme contribuer aux Plaiſirs des Dames, empeſchant que leurs filles ne leur donnent du déplaiſir. Elles remarqueront encor que leur cauſe eſtant commune, les diſcours qui les tonchent ne doiuent pas eſtre diuers. Ie ne leur diray pas d'abord auec vn Autheur celebre, que celles qui ſe trouuent dans vn bal ſemblent s'éloigner du Temple d'Honneur, & que leur chaſteté eſtant d'vn danger d'autant plus grand, qu'elles la croyent plus aſſeurée dans la compagnie qu'elle n'eſt dans la ſolitude. Ie ne veux pas eſtre trop ſeuere, ny auſſi trop indulgent; Ie ne leur propoſeray donc pas des maximes des Hommes, mais de Dieu meſme. Voicy donc comme le Sainct Eſprit nous décrit vne coquette diſſoluë, pour mieux apprendre aux Femmes l'honneſteté par l'oppoſition de ſon contraire. Sa vie, dit-il, n'eſt qu'vne perpetuelle deſcente à la mort; ſes pieds s'en vont vers l'Enfer; elle s'éloigne

du bon chemin pour fuiure le fentier du mal,
fes pas font vagues & mal compaffez, & quoy
qu'elle marche toufiours dans l'empreffemét,
elle marche toufiours dans l'oifiueté.

XXIII. Ailleurs, le fage Roy nous auertit de ne pas frequenter cette danfeufe, & de
n'entendre point fes chanfons, de peur de perir tout à faict, en penfant prendre quelque
forte d'agréement. C'eft vne ennemie d'autant plus dangereufe qu'elle fait femblant d'e-
ftre amante, & fa foibleffe peut auoir plus
d'efficace que la force des conquerans. Le
cœur fe rend facilement quand on ne l'ataque
qu'en le flattant, & qu'on le perfecute par des
careffes. Salomon auouë luy-mefme qu'ayant
fait autrefois fes delices des chantres & des
chanteufes, il en auoit eu aprez beaucoup de
mécótentement, & reconnu enfin qu'il n'y a
que vanité où l'on met bien fouuent le poinct
d'honneur. Mais quelle impudente ne feroit
émeuë de la menace que Dieu fait dans Ifaye
par ces parolles auffi effroyables qu'elles font
infaillibles? Pour ce que tu as battu des mains
& frappé des pieds, & que tu t'es refioüye de
toute l'eftenduë de ton cœur, i'eftendray ma
main fur toy pour t'affliger fenfiblement, &
ne te laifferay viure que pour te faire mourir.

Tu crois te donner de la vogue, mais i'efface
ray ta memoire de l'idée de tous les peuples
& on connoistra que si tu es esclaue de tes
plaisirs, ie suis Seigneur pour te tourmenter

XXIV. Nous lisons encor en vn autre lieu
du mesme Prophete, que pource que les filles
de Sion se sont éleuées auec beaucoup d'effronterie, elles seront abaissées auecque beaucoup de honte. Elles ont marché le col droit,
mais Dieu les fera gemir sous la pesanteur de
son ioug. Elles parloient par des clins d'œil,
mais elles ne pourrôt pas dire vne seule parole.
On leur donnera des suplices, si elles se dor-
noient des aplaudissemens. Leurs pieds estoiët
trop libres, mais ils seront enchaisnez; elles
dansoient à pas mesurez, mais on ne mesurera
point leurs peines. Le Seigneur descoëffera
leur testes, & si maintenant elle a vne belle
cheueleure, elle sera chauue auec vne extréme
difformité. Il leur ostera leurs pattins aussi
bien que leurs ornemens de teste, leurs ioyaux,
leurs carquans, leurs bracelets, leurs frisoirs,
leurs iarretieres, leurs cassolettes, leurs pen-
dans d'oreille, leurs bagues, leurs galans, leurs
perles, leurs mouchoirs, leurs toilettes, leurs
aiguilles, leurs miroirs leur feront rauis, & ce
qui fait auiourd'huy tous leurs plaisirs sera va
iour

sour tous leurs regrets. La puanteur les tour-
mentera au lieu des douces odeurs qui les ré-
ioüiſſent; vne corde les ceindra à la place de
ces ceintures precieuſes qu'elles portent. Il n'y
aura pas vn poil où il y a maintenant de grandes touffes de cheueux, & leurs gorgerettes
ſe changeront en alices.

XXV. Mais de peur qu'on ne penſe que
ie ne peux pourſuiure le luxe des Chreſtien-
nes que par des paſſages du Vieil Teſtament,
voicy comme le Diuin Sainct Iean nous figure les danſeuſes en ſes diuines Reuelations.
I'ay veu, dit-il, tomber vne Eſtoile du Ciel ſur
la face de la Terre, & on luy a donné la clef du
puys de l'abyſme, qu'elle a ouuert auſſi-toſt,
& la fumée qui en eſt ſortie. eſtoit ſi grande
que le Soleil meſme en a eſté obſcurcy dans
le fort de ſa lumiere. Or à trauers de cette
vapeur tenebreuſe, des ſauterelles ſont ſor-
ties ſur la Terre, & on leur a donné vn pouuoir ſemblable à celuy des ſcorpions, auec
ordre de ne nuire point aux arbres, mais ſeulement aux Hommes qui ne ſeroient pas mar-
quez du ſigne de Dieu. On leur deffendoit
meſme de les tüer, mais on leur a permis de les
tourmenter & piquer bien viuement. Au
reſte, ces ſauterelles eſtoient ſemblables à des

Yy

chariots preparez pour la bataille: leur teste portoit des couronnes qu'on eut prises pour de l'or, & leurs faces estoient comme des visages d'Hommes, mais leurs cheueux estoiét comme des cheueux de Femmes. Leurs dents ressembloient aux dents de lion, & leurs cuirasses à des cuirasses de fer. Le bruit de leurs aisles n'estoit pas moins grand que celuy des chariots & des cheuaux qui vont en guerre. Elles trainoient des queuës comme des scorpiós dont l'aiguillon estoit fort pointu. Elles auoiét le pouuoir de nuire aux Hommes durant cinq mois, mais elles estoient commandées du Roy de l'Abysme, qui s'appelle l'Exterminant.

XXVI. Voylà la figure: vous allez voir la verité. Ce n'est pas moy qui fais la comparaison de nos danseuses à ces sauterelles, c'est le docte Peraldus, iadis Euesque de Lion. Ie rapporteray icy son discours, sans rapporter ses parolles. La fumée, dit-il, qui monte de l'abysme c'est la puanteur & l'ardeur du vice infame, & ce soleil obscurcy nous represente que le peché enlaidit les plus belles ames. Ces sauterelles qui sont sorties, sont les chanteuses & les baladines qui se meuuent comme des brutes, plustost que cóme des ani-

maux doüez de raifon. Au refte, ces infectes
ne laiffent rien deverdoyant dans la terre de
l Eglife, commeils rauagerent autre fois toute l'Egypte. Ces fauterelles encor font for-
ties de l abyfme, non pas qu'elles tiennent abfolument l'eftre de luy, mais pource que c'eft
par luy qu'elles font fauterelles. C'eft ainfi
que le Diable eft appellé le pere des mefchans, non pas qu'il leur ait donné l'eftre, mais
d'autant qu'il leur a donné le moyen d'eftre
mefchans. Ces fauterelles reffembloient à des
cheuaux de bataille, pource que l'ornement
des Femmes eft comme le harnois que le Diable leur fait prendre, pour luy donner quelque
auantage au combat qu'il veut faire contre
Dieu. Et tout ainfi que le Seigneur a mis Hie-
rufalem comme vn cheual deftiné à fa gloire
pour la bataille, ainfi que parle le Prophete.
Le Diable pareillemét employe certaines Femmes au mefme vfage, pour leur infamie auffi-
bien que pour le mefpris de leur Seigneur.

XXVII. Ces couronnes qu'elles portent
font des marques du triomphe qu'elles font
faire à fatan furbeaucoup d'enfans de Dieu.
Sainct Iean ajoufte que leurs faces font comme des faces d'Hommes, pource qu'il y a des
Femmes qui fe fardent de telle forte, qu'elles

font des masques blancs ou rouges de leurs faces, si d'autres en portent de noirs. Mais auec quelle asseurance peuuent-elles éleuer vers le Ciel des visages que leur Autheur ne reconnoist point? Elles n'ont pas mesmes vne vraye cheueleure de Femme, pource que souuent elles font gloire de porter les dépoüilles de celles qui sont mortes dans l'infamie. Elles seroient bien marries de toucher à leurs habillemens, cependant elles voudroient pouuoir s'incorporer leurs cheueux. Les dents de lion que ces sauterelles auoient nous representent l'auidité que les coquettes ont de prendre de tous costez pour se donner du plaisir. C'est pourquoy le Sage nous auertit de ne pas regarder vne Femme qui a beaucoup de desirs, pource qu'elle peut causer beaucoup de miseres.

XXVIII. Ce grand bruit d'aisles marque le caquet importun des baladines qui remuent leur langue encor plus que leurs pieds, & font vne rude guerre à ceux à qui elles font des caresses. Ces queuës de scorpions qu'elles auoient nous monstrent, que comme elles vont à la mort, elles nous y trainent, & que les voluptez nous piquent à la fin, nous ayant flattés au commencement. Le pouuoir qu'el-

les'ont de nuire aux Hommes est si manifeste
qu'il ne le faut point prouuer. Il est vray que
ces sauterelles ne pouuoient nuire que l'espace
de six mois, au lieu que les Femmes nuisent
tousiours. Enfin, ces insectes auoient pour
prince le roy de l'abysme ; Cela veut dire que
depuis le commencement du monde le prince
des tenebres a eu du pouuoir sur les Femmes
& sur les Hommes par vne suite necessaire ;
Et s'il s'appelle Exterminant, c'est à dire, ban-
nissant, il est certain que c'est par vne Femme qu'il a banny tous les Hommes. C'est
ainsi que ce graue Docteur fait vne agreable
comparaison des danseuses de la terre auec
les sauterelles de l'Enfer. Il n'y a qu'vne difference entr'elles ; c'est que ces insectes ne
r'entrerent point dans l'abysme apres en estre
sortis ; au lieu que nos Bacchantes ciuilisées
ne semblent venir de ce puits maudit que
pour y retomber vn iour.

XXIX. Mais les exemples seront plus
instructifs que les raisons, & les Dames n'auront pas trop d'affection pour le bal si elles se
representent les malheurs qu'il a causez à plusieurs personnes de leur sexe. Ie ne dirai pas icy
que Sempronia perdit sa reputatió pour auoir
esté plus adroite à la dáse qu'il n'estoit conue-

nable à vne femme de bien. Elle euſt eſté plus
eſtimée ſi elle euſt eſté moins habile. Ie n'allegueray pas auſſi que Pharſalia de Theſſalie,
ayant receu de Philomele Prince de la Phocide
la couronne d'vne Deeſſe, pour vn balet qu'elle auoit danſé deuant luy, elle fut miſe en pieces par les Miniſtres de Daphné, comme ſi ce
corps qui ne ſe pouuoit tenir en vn lieu eut
deu auoir ſes membres éparpillez en pluſieurs
endroits. Il ne faut que conſiderer la mort infame d'Herodiade qui perit dãs la glace aprez
auoir brûlé d'amour tous ceux qui la voyoient
danſer. L'agitation de ſes pieds auoit tant de
charmes qu'vn des plus grands Politiques du
monde luy promit la moitié de ſon Royaume
pour recompenſer ſon agilité, & luy donna
plus que tout le monde ne vaut, en luy donnant le chef de Sainct Iean Baptiſte. Cela
nous repreſentoit que les danſeuſes étouffent
la grace en elles, que la langue ſaincte nous repreſente ſous le nom de Iean, & ſeparent ainſi
IESVS-CHRIST des membres de ſon Corps
Myſtique. Mais ſi cette coquette a des imi-
tatrices de ſon impudente diſſolution, qu'elles
craignent d'encourir vne punition ſemblable
à la ſienne.

XXX. On dit qu'vn iour qu'elle paſſoit

fur vn lac glacé, la fuperficie de l'eau qui fembloit vnie comme du marbre poly, fe ramolit
fubitement, & fondant deffous fes pieds pour
laiffer engloutir fon corps, fe reünit inconti-
nent pour tenir fa tefte fufpenduë entre la terre & l'eau. Vous euffiez dit que les elemens
vangeoient le fuplice de Sainct Iean en cou-
pant le col à fon ennemie, & que cette bala-
dine ayant fouuent danfé pour fon plaifir durant fa vie, danfoit encor pour fa peine aprez
fa mort. Mais ce tourment temporel n'eftoit
qu'vne ombre de ceux qu'elle deuoit fouffrir
ailleurs. La glace n'eftoit rien au prix des
flammes qu'elle endure. Ie demande maintenant aux Dames fi elles voudroient auoir
vne pareille fin, & eftre des tifons d'Enfer
aprez auoir paru comme des Soleils? Qu'elles
n'imitent pas fa vie fi elles ne veulent pas participer à fon mal-heur. Qu'elles fuiuent pluftoft l'exemple de cette ieune Demoifelle dont
Sainct Gregoire fait mention, & qui pour
auoir peu d'âge ne laiffoit pas d'auoir beaucoup de vertu.

XXXI. Ie parle de Mufa que la Saincte
Vierge vint vn iour vifiter accompagnée de
plufieurs filles bien-heureufes, & luy deman-
da fi elle vouloit faire nombre dans vne fi bel-

le troupe, & quiter la Terre pour prendre le Ciel. Et comme elle eut tesmoigné ses desirs & ses reconnoissances sur ce suiet, elle fut auertie par cette diuine Maistresse de ne rien faire deleger, quoy que la grauité fut apparemment contraire à son âge, & de fuir toutes les occasions qui la pourroient empescher de suiure toutes les inspirations de Dieu. Enfin, elle eut auis qu'en cas qu'elle obseruast ponctuellement cet ordre, elle mourroit dans trente iours pour ioüir d'vne vie immortelle. Cette fille fut si touchée de cette dénonciation qu'elle parut saincte tout à fait, si elle estoit auparauant innocente. Elle s'éloigna des ieux & des danses, disant que la vie estant trop courte pour gagner l'eternité, nous ne la deuions pas employer à passer le temps inutilement. Enfin, elle mourut le iour prescrit, & comme la Reine des Anges l'auoit conuiée au Royaume du Ciel, elle en descendit pour l'y mener, & fit de nouueau vn Paradis sur la terre pour luy donner plus d'enuie d'aller bien-tost dans l'empirée, & de sortir d'vn exil pour entrer dans sa patrie. Or si Dieu exige vne si grande grauité des ieunes filles, que deuons-nous penser des Dames à qui cette vertu, qui n'est qu'accidentelle aux autres,

doit

doit estre comme essentielle: Qu'elles se souuiennent donc que ce n'est pas la danse qui
nous éleue dans le Ciel, mais l'incorruption
ou la penitence. Nous sommes plus prochés
du Paradis estans couchez sur la cendre que
lors que nous leuons la teste auec quelque espece d'effronterie. Dieu regarde les choses
basses de prez, & ne voit les hautes que
de fort loin, quoy qu'on l'appelle le Tres-
Haut. Cela veut dire que l'orgueil luy déplaist
autant que l'humilité luy agrée, & que les
personnes qui s'éleuent le plus dans le Monde sont celles qu'il abaisse dauantage.

XXXII. Mais si i'ay du zele pour les
Dames, ie n'en dois pas auoir moins en faueur
de nostre sexe, & ie serois preuaricateur si
ie laissois l'estat des Hommes dans l'imperfe-
ction, aprez auoir tasché de perfectionner celuy des Femmes. Ie dy donc que ceux qui se
veulent faire estimer par la danse, perdent
souuent leur reputation par la mesme voye
qu'ils prennent pour acquerir de l'honneur.
Car outre que l'impression de legereté qu'ils
donnent d'eux mesmes les fait voir dépour-
ueus de cette belle grauité qui est si conuena-
ble aux Hommes, l'Escriture nous apprend
qu'il n'appartient qu'aux impies de marcher

en rond, & que les danseurs qui conduisent
les Sereines dans les Temples de la Volupté,
sont chassez de celuy de la Vertu. De là vient
que les danses ont esté defenduës au troisief-
me Concile de Tolede ; pource que portant
les personnes à faire des assemblées pour la
vanité & pour la dissolution, elles empeschét
celles qui se deuroient faire pour loüer Dieu
dans la modestie. C'est ce qui a fait nommer
le bal le Chœur du Diable, par vn celebre Docteur', & par vn autre, le Renouuellement de
l'Idolâtrie des Iuifs qui dansoient deuant le
Veau dor. Vn Pere des derniers siecles l'a
encor' bien appellé la Renonciation du Chri-
stianisme ; Car au lieu qu'au Baptesme les
Hommes renoncent à Satan & à ses pompes,
dans les danses ils semblent renoncer à Iesvs-
Christ, pour se remettre au party de Lucifer.

XXIII. Et puis nous deuons considerer que toutes les occasions particulieres qui
nous portent au peché, se trouuent d'ordinaire au bal. Vn seul visage est capable de
nous blesser, puisque le Sainct Esprit mesme
confesse que la beauté d'vne Femme est vn
glaiue de feu, qui pouuant faire impression
sur la bronze, n'a garde de laisser insensible vn

cœur de chair. Or nous ne voyons pas seulement vne beauté dans la danse, nous en découurons vne infinité, & tel que l'amour n'auoit
iamais touché dans vne vie priuée, se trouue
pris dans vne compagnie si charmante. C'est
que l'amour cache ailleurs son glaiue & les
fléches, mais il les produit icy auec seureté,
& ne brûle pas nos ames par vn flambeau
comme il a de coustume, mais par vne incendie generale. Il propose tant d'objets aux as-
sistans que pour dégoustez qu'ils soient, ils
y trouuent de l'amorce : si l'vn leur déplaist,
l'autre leur agrée infailliblement. Le danger
encor est d'autant plus grand en cette occurrence, que l'oüye nous y peut trahir conjoin-
tement auec la veuë, & que les mouuemens
des personnes nous y rauissent aussi bien que
leurs discours. Enfin, la liberté que la confusion semble donner dispensant la compagnie
d'vne reserue extraordinaire , les particuliers courent d'autant plus de hazard de se
perdre, qu'ils ont le contentement de perir
quelque-fois auecque des belles. Leur malheur leur paroist heureux , pource qu'il les
rend ioyeux pour vn temps qui les peut faire
damner pour toute vne eternité.

XXXIV. Mais peut-estre que les inte:

Zz ij

rests purement humains font plus chers à
quelques-vns que ne font pas ceux de la con-
fcience, & la galanterie leur eft plus à cœur
que la probité. Mais fi ie fais voir que la danfe n'eft pas moins contraire à la fageffe de l'efprit qu'à celle des mœurs, & qu'elle affoiblit
fouuent le courage aufli bien que les bonnes
refolutions, i'efpere qu'on la méprifera d'autant plus, qu'on l'a euë en plus grand' eftime
par le paffé.   Mais pource que la verité eft
quelquefois odieufe quand elle n'eft pas fuffi-
famment autorifée, ie produiray pluftoft icy
l'auis des plus grands perfonnages que mon
opinion particuliere, & agiray moins par raifons que par exemples.   On ne peut douter
que S. Ambroife n'entendit fort bien fon
monde, puifqu'il ne fut Pafteur d'vne Eglife
qu'apres auoir efté Gouuerneur d'vne Pro-
uince.   Il dit cependant au troifiefme Liure
des Vierges, fuiuant l'opinion du Prince de
l'Eloquence, que perfonne ne danfe qui ne
foit yure ou infenfé.   De là vient que Viues
rapporte que certains habitans du nouueau
monde ayans efté menez en Europe fe cache-
rent d'aprehenfion ayans veu danfer des Chre-
ftiens, pource qu'ils les prenoient pour frene-
tiques ou pour des gens poffedez du Diable.

Vn Ancien difoit auffi que tous ceux qui font au bal font touchez d'vn peu de folie, & que fi on ne garde pas ces infenfez comme les autres, c'eſt que les Geoliers mefmes auroient befoin de garde comme eux.

XXXV. Or s'il eſt vray que les danfes oſtent l'entendement aux Hommes, il ne fe faut pas eſtonner qu'elles leur oſtent le courage, veu que la Raifon & la Hardieſſe font touſiours proches l'vne de l'autre, quoy qu'il y ait de l'éloignemét entre la teſte & le cœur. Le dompteur des monſtres ne perdit-il pas toute fa force quand il condefcendit à la foibleſſe & aux diſſolutions d'Onphale? Sa maſſuë fut inutile à fa main tant qu'il apprit à marcher à pas mefurez. Antoine ne fut vaincu que lors qu'il fut effeminé, & il eut gagné l'Empire de tout le Monde s'il eut mis autant de foin à fe preparer aux combats qu'à dreſſer les balets qu'il ioüoit deuant Cleopatre. Mais vne feule Hiſtoire peut feruir à mon defſein pour toutes les autres. C'eſt celle que Strabin nous décrit quand il nous repreſente les Sybarites fi adonnez à la danfe qu'ils ne fe contentent pas d'y former les Hommes ils'y forment mefme les beſtes. Leurs cheuaux vont à la cadence des inſtruymens auec autant de iuftefle que leurs Maiftres. Cependant, les Crotoniates font irruption dans le païs d'vne nation fi lâche, & y font d'autant plus de degafts qu'eftans entrez bien auant dans les terres des Sybarites, ils ne trouuent non plus de refiftance que s'ils cerchoient encore leur ennemy.

XXXVI. Mais comme l'amour de la patrie enhardit quelquefois les plus timides, & que l'honneur eft toufiours Maiftre de la mollefle ; les Sybarites firent foudain vn camp volant de cheuaux legers, & pourfuiuirent en queüe ceux qui les auoient pourfuiuis en tefte. Mais il ne faut pas beaucoup craindre vne lâcheté qui s'éuertüe. Les Crotoniates pour défaire toute l'armée ennemie, ne firent que mettre vn iöueur d'inftrumens à l'auant-garde de la leur. Car il n'eut pas fi toft iöué vn air mufical, que tous les cheuaux des Sybarites fe mirent à danfer au lieu de combattre, & donnerent moyen à leurs ennemis de triompher en fe iöüant d'vn peuple qui eftoit venu pour les choquer. Enfin, vous euffiez dit que ces feneans n'eftoient pas allez à la guerre pour fe defendre, mais pour fe foufmettre auec allegrefle aux vainqueurs. Il en fut tué pourtant plufieurs dans la chaleur de

la meſlée, qui ſans doute ſe fuſſent ſauuez ſi
eux & leurs cheuaux euſſent eſté moins agi
les.

XXXVII. Et qu'on ne m'objecte point
icy que Scipion ayant eu de la paſſion pour la
danſe, nous ne la pouuons hair, ſans choquer
la vaillance meſme. Ie pourrois reſpondre a
cela la meſme choſe qu'vn des plus ſages Roys
de Caſtille dit autrefois ſur le meſme ſuiet,
à ſçauoir qu'il n'y a point d'autre difference,
entre vn fol & vn baladin, ſinon que l'vn
n'eſt fol que lors qu'il danſe, ou l'autre l'eſt
tant qu'il vit. Mais ie ne veux pas abaiſſer ſi
ruſtement dans la France le grand Dompteur
de l'Afrique. I'auanceray ſeulement qu'vn de
ur ruſtement qu'il peut eſtre permis aux Heros
aprez d'illuſtres exploits, n'eſt pas touſiours
honte à des perſonnes oiſiues. Et puis le Pe
trarque a fort bien remarqué que l'exemple
des Hommes extraordinaires eſt quelquefois
auſſi dangereux qu'il eſt eſclatant. Tous les
oiſeaux ont des aiſles, mais tous ne peuuent
pas prendre vn ſi haut vol que l'Aigle. Il y a
des imitateurs qui deroutent ce qu'ils veulent
repreſenter, & qui ſont d'autant plus diſſem-
blables à leur exemplaire qu'ils s'efforcent
plus de luy reſſembler.

XXXVIII.   C'eſt ainſi qu'on ſe peut rendre vicieux en ſe moulant ſur les actions du ſage Caton, & la prudence de Solon peut donner ſujet à l'indiſcretion de pluſieurs.   En effet, on dit que ces deux grands perſonnages aprez auoir donné toutes les forces de leur eſprit à la Republique, reparoient la foibleſſe de leurs corps par vn legitime vſage du vin. Quelqu'vn voulant ſuiure cette couſtume en abuſera; & au lieu que ces ſages ne beuuoient que pour viure, il ne viura que pour boire. Il fera ſa boiſſon ordinaire d'vne liqueur dont les autres n'vſoient que fort rarement.   Enfin, ce qui leur tenoit lieu de remede luy tiendra lieu de poiſon.   Tout de meſme, on peut dire qu'vn exerice qui eſtoit ſeant à Scipion peut eſtre meſeant à d'autres. Où trouuerez-vous des gens qui danſent à la façon de ce conquerant, c'eſt a dire, qui faſſent trembler le Monde, meſme en faiſant des ieux innocens? Seneque nous le repreſente comme triomphant au milieu d'vn bal, & ſemblant obſeruer les démarches de la guerre en obſeruant celles de la danſe. Il n'eſt pas effeminé, dit-il, comme ces danſeurs d'apreſent, qui nes eſtimeroient pas habiles Hommes s'ils n'eſtoient plus mois que des femmes.   Sa generoſité paroiſt meſme dans

me dans le relafche qu'il luy donne, & il ne fe
fait iamais plus craindre à fes ennemis que
lors qu'il femble leur ofter tout fuiet de crainte. On peut dire au contraire de la plufpart
des baladins de noftre temps, que leur courage eft auffi lafche que leur corps femble difpos, & que la plus noble occupation dont ils
foient capables, c'eft d'eftre toufiours occupez à faire des ieux. Qu'ils ne fe vantent point
de l'agilité de leurs membres, veu que c'eft
bien fouuent vne marque de la legereté de leur
efprit; & qu'au lieu de les éleuer vers le Ciel,
elle les conduit vers l'abyfme. Aprez tout conclut le Petrarque: Il vaut bien mieux viure de
telle forte que nos ennemis foient contraints
d'admirer noftre grauité, que nõ pas que nos
amis foiét obligez d'excufer nôtre diffolution.

XXXIX. Mais ne confiderons plus l'in-
tereft des perfonnes qui affiftent au bal, pour
contempler maintenant leur extrauagance:
& pour nous donner du plaifir, voyons les poftures qu'elles prennent. Ce qu'on a feint des
Menades fe trouue icy veritable, & vous ne
fçauriez dire fi l'Air ou la Terre eft l'element
des pieds de nos danfeufes. Qu'elles ne penfent pourtant pas emporter le Ciel en volant
bien haut, car tous les mouuemens de l'effront

terie font autant de fauts qui nous aprochent
de l'Enfer. Iob ne nous dit-il pas qu'il y a des
personnes qui tiennent vn luth à la main, &
qui se resioüissent au son de toute sorte d'instrumens, qui passant ainsi leur vie dans la
ioüissance de quelques biens apparents, tom-
bent en vn instant dans le comble de tous les
maux? Elles seroient bien marries d'auoir fait
vn faux pas contre la iustesse de la danse, & ne
se soucient pas de choper mille fois dans la
voye des Ordonnances de Dieu. Mais si elles
vont maintenant suiuant leur caprice, elles seront menées vn iour contre leur volonté; &
au lieu qu'elles se recreent à present, elles seront punies toutes ensemble. La compagnie
qui fait auiourd'huy leur agreement, fera
quelque iour leur suplice. Elles ont beau cer-
cher dans le bal le mouuement infiny, qui ne
se rencontre point en ce Monde, mais elles
trouueront des tourmens infinis en l'autre.

XL. Au reste, qu'on n'approuue point
les danses Armées, si on n'aprouue les homi-
cides. Ie sçay bien que la douceur du Christia-
nisme a mis des bornes à la fureur des Gentils, mais pourtant nous semblons imiter encore leurs mœurs ayant renoncé à leur creance. N'est-il pas vray que dans le bal il y a des

Dames qui tuënt des Hommes auec d'autant
plus de cruauté qu'elles font perir les Ames,
flattant cependant les corps? Et puis, quand
elles ne feroient mourir perfonne, ne fe tuënt-
elles pas elles-mefmes en eftouffant la grace
de Dieu, qui eft l'Ame de leur Ame & la Vie
de leur Vie, ainfi que parle vn Docteur? Qui
croiroit encor que les danfes éloquentes foient
en quelque façon plus infames parmy nous
qu'elles n'eftoient parmy les Payens? Ils ne
reprefentoient par leurs mouuemens que des
chofes bien fouuent indifferentes, où maintenant on en reprefente bien fouuent de défen-
duës. Car pour ne rien diffimuler, le bal n'eft
qu'vne declaratiõ de luxe ou de lubricité, ainfi
que parle S. Bafile, & tous les mouuemens qui
le compofent font autãt de cris publics qu'on
fait pour bannir la Modeftie. Nous pourrions
dire encor auec vn Philofophe Chreftien, que
la danfe eft comme l'interprete de la deshon-
nefteté, & qu'elle eft d'autant plus dangereufe, qu'elle fait quelquefois paffer le vice le p'us
infame de tous pour vn ieu de bien feance.
Mais quand elle ne feroit pas mauuaife de fa
nature, elle ne fçauroit eftre bonne, veu qu'elle nous engage en de manifeftes occafions
de faire du mal. C'eft ce qui a fait dire au Pe-

trarque, qu'on n'aime pas tant la danſe pour
le plaiſir qu'on y reçoit, que pour celuy qu'on
eſpere receuoir.　C'eſt comme le premier
eſſay de l'incontinence, & on cache l'infamie
ſous vn nom fort honneſte en apparence. Or
ſi le bal meſme eſt ſi blaſmable, à plus forte raiſon ne doit-on pas louër ces intermedes qui
n'interrompét le cours d'vne vanité que pour
en introduire vn autre?　Si vn Payen venoit
au milieu d'vn bal, croiroit-il voir des Chreſtiens, voyant renouueller les déguiſemens
que les Gentils faiſoient à l'honneur de Pan?
Auons-nous honte de porter l'image de Dieu
grauée ſur noſtre front, pour vouloir porter
comme nous faiſons, des viſages empruntez?
Enfin, comment pouuons-nous leuer vne face vers le Ciel, qui n'eſt pas connoiſſable à ſon
Auteur, ainſi que parle Sainct Hieroſme?

XLI.　Ces mommeries qui ont tant de
vogue dans le Monde, ne ſont que des ſinge-
ries ciuiliſées, & pluſieurs font bien de diſſimuler ce qu'ils ſont; pource que s'ils paroiſ-
ſoient tels qu'ils ſont veritablement, ils ne
ſçauroient eſtre que mépriſables.　Vn habit
extrauagant les fait regarder, pource qu'ils ne
ſçauent pas garder la poſture des honneſtes
Hommes. Mais qui croiroit que les Femmes

qui ont naturellement plus de pudeur que les
Hommes, n'ayent pas quelque-fois moins
d'effronterie ? Elles ne se contentent pas de se
faire voir, si elles ne se font méconnoistre en
quelque façon, & changent de nom dans les
ballets, pour nous faire croire qu'elles changent de nature. Ainsi, elles font les Deesses,
n'estans pas seulement Nymphes ; & quoy
que la Terre ait peine à les supporter, elles se
croyent desia dignes de fouler le Ciel sous
leurs pieds; Qu'elles prennent garde neantmoins qu'en voulant passer pour des Dianes,
elles ne soient prises pour des Venus.

XLII. Mais il ne se faut pas estonner que
le bal cause tant de déreglemens, veu qu'il est
luy-mesme vn effet de dissolution. C'est en
vain qu'on pense tirer son origine du Ciel,
veu que l'Enfer est son principe. Sainct
Ephrem remarque fort bien que ce n'est ny
Saint Pierre ny Saint Iean, ny quelque Homme inspiré de Dieu, qui ait fait des leçons aux
Hommes pour bien danser ; c'est plustost
l'ancien Dragon, qui pour les entortiller en
plus de façons leur a appris à faire mille tours
inutiles, & qui leur persuade que leur gentillesse consiste dans leur legereté. En effect,
comme Dieu a formé ce Monstre pour se

ioüer des Hommes, ainſi que dit le Pſalmiſte, il ne trouue point de meilleur moyen pour s'en ioüer qu'en ſe meſlant ſubtilement de leurs ieux. Ce ne ſont pas les ſeuls Chreſtiens qui ont reconnu cette verité. Les Payens meſme nous l'ont repreſentée en quelque façon. Ne liſons-nous pas dans leurs tradiʒtions ſacrileges, que Bacchus fut le premier inuenteur des danſes, & qu'il n'y auroit point auiourd huy de baladins s'il n'y auoit eu des yurognes par le paſſé? Et certes, de quelque modeſtie qu'on puiſſe vzer dans vn bal, il y a touſiours quelque ſorte d'intemperance. C'eſt pourquoy les Sauuages croyent que nos Franʒçois ſont pris de vin toutes les ſois qu'ils ſe mettent à danſer, & ne conſtituent point de difference entre les débauches de la bouche & les recreations de la danſe. C'eſt l'art vicieux des peuples ciuiliſez qui a corrompu ces bons ſentimens de la Nature.

XLIII. Les prophanes diſent encor que Bacchus ne ſubiugua iamais les Indiens qu'aʒprez les auoir inſtruits à la danſe, comme s'ils nous vouloient monſtrer par là qu'il faut aʒuoir de l'adreſſe à cet exercice pour perdre tout ſon courage. On ſe rend aizément à vn ennemy quand on ſe rend mol. Enfin, ils

concluent que les Satyres ont esté de tout
temps les plus grands danseurs d'entre tou
les Dieux, pour nous apprendre que l'vsage
du bal semblant estre propre à des personnes
impudiques, celles qui sont chastes ne s'en
peuuent seruir sans courir de grands hazards
de leur renommée. Et quand tous les Dieux
de l'antiquité auroient esté auteurs de la dan
se, elle seroit toutiours dangereuse, puisque
c'estoient tout autant de démons que le faisoient adorer dans les Idoles. Voici pourquoy
il ne se faut pas estonner si les Hommes, tou
mettoient lors des pechez, puisque leur Reli
gion sembloit authoriser les vices. Mais ie
m'estonne bien plus de ce que dans le Chri-
stianisme, où la Religion ne conteste que la
Vertu, plusieurs ne suiuent que le vice.

XLIV. Si l'origine du bal est impure, la
vogue qu'il a eu depuis n'est pas moins plei
ne d'opprobre. Tous les sages ont esté censez
fuy auec que l'on cette legereté, & s'vn ancien
dit fort bien au suiet de Socrate, que si mesme
l'oracle ne s'estoit trouué menteur qu'à l'heu
re que ce Philosophe auroit appris à danser.
En effet, au lieu qu'il passoit auparauant pour
le plus auisé de tous les Hommes, il passa des
lors pour le plus insensé. Platon tout beau

coup plus sage que luy, lors qu'estant prié par vn Tyran, de prendre vne robbe de pourpre pour paraistre dans vn bal, il s'en excusa genereusement, disant qu'vn Homme ne deuoit pas prendre les habits ny les diuertissemens d'vne femme. Tout de mesme Hegesianax estant mené à vne danse par Antioque, refusa d'y demeurer, disant qu'il ne se soucioit pas d'estre pris pour mauuais danseur, pourueu qu'on l'estimast bien disant, comme il l'estoit en effet. Nous lisons encor, que Clisthenes ayant promis sa fille à Hypoclides l'Athenien, reuoqua depuis sa parolle aprez l'auoir veu danser, ne pouuât pas s'imaginer qu'vn Homme qui auoit tant d'adresse pour vne chose inutile, en plust auoir pour les choses necessaires. C'est pourquoy il luy dist agreablement, Vostre bonne mine auoit lié ce mariage, mais vostre agilité l'a rompu.

XLV. Mais quand tous les Grecs auroient esté fort addonnez à la danse, il ne faudroit pas trouuer estrange que des peuples qu'on a tousiours iugez inconstans en leur humeur, l'ayent pareillemét esté en leurs mouuemens. L'oisiueté est la mere de toute sorte de dissolutions, & nous sçauons que les Grecs s'occupoient si peu, qu'en vne de leurs meilleures villes

villes les habitans ne faisoient autre chose de
tout le iour que demander des nouuelles. Ainsi, ne cerchonspas la retenuë à Athenes; nous
la pourrons trouuer plus facilement à Rome.
C'est là que la Politique a regné souuerainement, mais la modestie exterieure n'y a pas
eu vn Empire moins absolu.   La grauité de
Caton est si connuë qu'elle passe pour prouerbe; mais nous pouuons dire que si tous ses
Concitoyens n'ont pas esté si serieux que
luy, ils n'ont iamais esté legers sans estre re-
pris. Et pour restreindre cette These generale à vne proposition particuliere, il ne faut
que considerer l'Apologie que Ciceron faict
pour Murena, pour reconnoistre que tant s'en
faut que la dā : fut permise à Rome,   'au
contraire elle y estoit seuerement puni es-
me dans les personnes de qualité. On n .aoit
garde de tolerer dans le peuple ce qu'on châ-
tioit dans le Proconsuls.

XLVI. Ce personnage ayant esté creé
Gouuerneur d'Asie, fut accusé d'y auoir fait
quelque bal, comme d'vn excez que la Republique ne pouuoit souffrir sans s'en prendre à
la teste de son auteur Ciceron, qui auoit la reputation de rendre bónes par l'effort de sa per-
suasion les plus mauuaises causes du Monde,

Bbb

fut prié de defendre cet accufé contre les im-
putations de Caton, & d'expofer la mefme
Éloquence à la mefme Grauité. Cet excellent
Orateur eftoit d'autant plus intereffé à bien
faire cette defenfe, qu'il luy falloit dreffer fon
Apologie, en dreffant celle de Murena.   En
effet, le Cenfeur luy auoit reproché en plein
Senat, qu'il n'eftoit pas bien feant à vn Homme qui auoit chaffé Catilina de la ville, d'y vouloir introduire vn danfeur pour eftre Conful.
Or pour réuffir dans vne affaire fi chatoüilleu-
fe & importāte, ce grand Auocat ne cherche
point de couleurs pour couurir le fait, mais le
nie abfolument; & bien loin de l'excufer, il
auāce que Murena n'a efté accufé que par ca-
lomnie. Voicy vne partie de fa harangue, où
l'on voit vne merueilleufe force de difcours,
iointe à vne rare delicateffe du langage.

XLVII.   Meffieurs , Il eft bien aizé à
voir que le premier chef de l'accufation qu'on
a concertée contre Murena eft le plus foible
de tous, quoy qu'il deuft eftre le plus grief.
Auffi croy-ie que c'eft pluftoft pour fuiure
les formalitez de la Loy, qu'on a trouué à re-
dire à la vie de celuy pour qui ie parle, que par
quelque fuiet qu'on eut d'en dire du mal. On
luy reproche fon feiour d'Afie, comme s'il n'a-

uoit pas pluftoft recerché d'aller en cette Pro-
uince pour fe fignaler à la guerre, que pour fe
rendre infame par le luxe & les voluptez d'v-
ne paix oifeufe. Vous fçauez qu'il a toufiours
affifté fon pere dans les combats, qu'il l'a
foulagé dans fes charges, & eu bonne part à la
peine auffi bien qu'au plaifir de fes victoires.
Que fi le nom mefme d'Afie femble donner
vn foupçon d'vne molleffe diffoluë, fouue-
nez-vous, Meffieurs, que ce n'eft pas pour
n'auoir iamais veu l'Afie qu'on doit loüer vne
perfonne, mais pour y auoir vefcu dans la
temperance. Il ne falloit donc pas faire
mention du nom de l'Afie pour décrier vn
Homme qui y a laiffé de glorieux monumens
de fa vaillance & de fa conduite, ou bien il
falloit monftrer qu'il a fleftry toute fa gloire
par quelque infigne lâcheté. Mais on ne peut
rien dire de luy, finon que fa pieté le   tousiours tenir auprez de fon pere dans l.   ne
& dans la mauuaife fortune, que fa g.   té l'y a fait demeurer pour eftre toufiours
parmy les dangers, & qu'enfin fon bon heur
nous l'a ramené pour recueillir le plus illuftre fruict de fes triomphes. Puis donc que
la loüange occupe toutes les parties de la vie
qu'il a menée en ce païs-là, certes la médifance

n'y ſçauroit trouuer dequoy le blâmer.

XLVIII. Le graue Caton appelle Murena danſeur. Si cette imputation eſt bien fondée, ma partie eſt en fort mauuais eſtat; mais ſi elle eſt apoſtée, celuy qui s'en ſert ne doit pas tant eſtre appellé ſimple accuſateur, mais calomniateur, ou pour le moins, médiſant au dernier poinct. Certes, ô Caton, dans la grauité dont vous faites profeſſion ſi expreſſe, vous ne deuiez pas parler d'vn Homme à la façon des railleurs qui ne regardent pas s'ils ont ſuiet de mépriſer vne perſonne, mais s'ils la peuuent faire mépriſer par leurs diſcours. Vous ne deuiez pas vzer de voſtre credit pour autoriſer la bouffonnerie par voſtre exemple, & appeller danſeur vn Conſul du peuple Romain. Vous deuiez conſiderer auparauant de combien de vices doit eſtre ſoüillé celuy à qui l'on peut reprocher celuy que vous dites. Tous ſçauent qu'il n'y a point d'Homme qui danſe en particulier, ny dans vn feſtin où la ſobrieté regne, ſans auoir plus beu qu'il n'eſt de la bien-ſeance, s'il n'eſt tout à fait inſenſé. Le bal ſuit d'ordinaire les banquets diſſolus, & les voluptez defenduës. Vous vous attachez à ce qui doit eſtre le dernier de tous les vices, & laiſſez là toutes

les choses fans lefquelles ce vice ne fçauroit
iamais fubfifter. Vous ne faites point mention ny d'vne chere exceffiue, ny d'amour, ny
de débauche, ny de des honnefteté ny de dé-
penfe : Et puifque vous ne pouuez rien treuuer icy de tout ce qui porte le nom de vice ou
de volupté, vous croyez defcouurir l'ombre
de la diffolution, où le corps de la diffolution
mefme ne paroift point ! Ie dy donc, Meffieurs, qu'il n'y a rien dans la vie de noftre
Conful qu'vn Céfeur équitable puiffe reprendre , & i'ay fait voir que ceux qui l'accufent
auecque plus de chaleur font les premiers qui
l'excufent. Il eft vray que Murena a fait quelques ieux innocens dans l'Afie , mais il n'en a
point faict de criminels.　Or tant s'en faut
qu'on le doiue blâmer pource qui s'y eft
paffé, qu'au contraire on le doit loüer, puifque le peuple Romain hait le luxe particulier, mais il aime la magnificence publique.
Les ieux font les plus doux amufemens
d'vne multitude ignorante; Murena fçauoit
bien qu'elle obeït aizément à vn Gouuerneur qui la réioüit.

XLIX. Voylà comment le plus éloquent
Homme du Monde iuftifie vn Conful qui eft
foupçonné d'auoir danfé. Il ne iuge pas que

cette faute soit excusable, voylà pourquoy il
ne la veut point auoüer. Et par là on peut
voir que les Romains estoient bien plus sages
que les Grecs, & qu'ils n'auoient garde d approuuer la dissolution des danses, veu qu'ils
n'en pouuoient mesme souffrir le nom. Que
si Caligula remit les baladins en vogue aprez
que le Senat les eut décriez, il ne faut pas s'é-
tonner si vn Homme qui viola sa propre
sœur, approuua extraordinairement les danses, & si estant ennemy de la modestie, il se
rendit Protecteur de l'impudence. Quel Empereur Federic estoit bien plus sage que ce
Prince fol, veu qu'il disoit ordinairement qu'il
aimoit mieux auoir la fiéure que de danser.
Le Roy Alphonse disoit aussi grauement qu'il
estimoit bien la gentillesse des François, mais
qu'il ne pouuoit souffrir la legereté qui les
porte ordinairement au bal comme à vn exercice aussi important pour la reputation qu'a-
greable pour le commerce. Le mesme voyant
vn iour danser vne Dame, dit plaisamment à
ses courtisans: Attendez, la Sybille pronon-
cera bien toft vn Oracle, car la voylà desia
en fureur.

L. Que si nous trouuons que la Police des
sages, & la seuerité mesme de la Religion, ont

quelquefois approuué les danfes, il faut confiderer qu'elles eftoient plus innocentes qu'à
prefent elles ne font vicieufes. Il n'y auoit
point de danger d'infamie où l'on ne confon-
doit point les fexes, & où les Hommes danfoient en vn rang feparé des Femmes. C'eft
ainfi que Lycurgue ordonna que les enfans
danfaffent auec les vieillards. C'eft ainfi
que dans l'Efcriture Marie danfe deuant le
peuple, & le Prophete Roy deuant l'Arche;
& peut-eftre Michol ne fe moque-elle de luy
que pource qu'il ne danfe pas auec elle. Mais
comme les loüanges des perfonnes diffoluës
décrient vn Homme, leurs mépris le rendent
illuftre. Ie fçay bien encor que lors qu'on
garde vne parfaite bien-feance, elles font indifferentes, & que bien loin d'y faire du mal,
on y peut faire du bien. C'eft l'intention qui
gafte ou qui perfectionne toutes nos œuures.
Voylà pourquoy les balets qui fe font par ordre des Grands, & qui font pluftoft pour des
Reines que pour des Dames communes, font
d'autant moins dangereux que l'honnefteté
y eft parfaictement conferuée par la Grandeur, & qu'vne vicieufe liberté ne regne point
où le refpect eft le Maiftre. Alphonfe mefme qui décrioit fi fort les danfeurs, danfa luy-

mefme deuant l'Imperatrice Leonor, difant qu'il y a vne gentileffe vertueufe à perdre vn peu de fa grauité pour recreer vne Princeffe, pourueu qu'on n'aille pas tant au bal pour fon plaifir que pour l'agréement des autres. Enfin, on peut fans faillir contre fon honneur, faire vn peu le fol auec les fages, ainfi que ce Monarque difoit en de femblables rencontres.

LI. Mais hors de là, les danfes quoy qu'indifferentes de leur nature, ont efté defendües à raifon de leurs circonftances. Ne lifons-nous pas que Moyfe qui fut Inftituteur des ceremonies des Hebreux, fit mourir trois mille Ifraëlites qui danfoient deuant le Veau d'Or, & blafphemoient le nom de Dieu, au lieu que Dauid & Marie le glorifioient? Et de nos iours ne voyons-nous pas des Chreftiennes qui ne danfent pas à la verité deuant le Veau d'Or, mais deuant des perfonnes que l'Apoftre appelle animaux : D'où vient qu'vn Docteur a fubtilement appellé les danfeufes des Adoratrices des Veaux de chair. Qu'elles craignét donc le châtiment des Idolâtres puifqu'elles en commettent les actions. Si Moyfe ne paraift pas pour les punir, Iesvs-Christ a la main leuée pour les fraper. Ne lifonsnous

nous pas dans Sainct Gregoire qu'vn Sainct
voyant vn iour vn baladin, s'écria en souspi-
rant: Helas! le miserable se réjouït & il est
perdu? Il creut que pource qu'il estoit danseur il estoit desia damné. En effet, il mourut
deux iours aprez, & donna d'autant plus de
signes de sa reprobation, qu'il n'en dóna point
de sa pénitence. Or si les danses sont si dan-
gereuses aux Hommes, elles le sont beaucoup
plus aux Femmes, qui doiuent auoir plus de
modestie que les autres n'ont quelquefois
d'impudence. Elles ne vont guère au bal sans
courir quelque danger d'infamie, & elles
souïllent leur Ame pensant égayer leur corps.

LII. Quel déreglement de nos mœurs?
Certaines Dames ne peuuent se leuer quand
il faut aller au Sermon, & ne peuuent se coucher quand il se fait quelque bal? Il ne faut
qu'vn peu de froid pour les détourner de l'E-
glise, & le serain ne les détourne point de la
danse! On ne les voit guere aux Processions
que Sainct Bonauenture appelloit le Chœur
des Hommes & des Anges meslez ensemble,
mais on les trouue tousiours en ces processiõs
profanes que Sainct Hierosme a nommées le
Chœur du Diable. Pensez-vous que les ioyes
de la vanité soient de vrayes ioyes? Son rire

Ccc

eſt vn rire de phrenetique. En effet, ſi le rire
eſt vne erreur, ainſi que parle le Sage, celuy
de la danſe eſt vne fureur. Quoy? nous marchons touſiours parmy des lacets, & cependant au lieu de prendre garde à nos démarches, nous ſautons pour nous embaraſſer dauantage! Nous foulons la terre qui nous doit
bien-toſt receuoir dans ſon ſein.   Nous ne
nous contentons pas d'eſtre bannis dans le
Monde comme nous ſommes, nous nous efforçons de nous éloigner encor dauantage de
noſtre patrie par des tours & détours dangereux! Enfin, nous marchons ſans apprehenſion marchant parmy mille morts! Nous ne
ſçauons ſi on ne nous conduira point au ſupli-
ce, & cependant nous danſons en aſſurance!
L'ennemy nous pourſuit le glaiue à la main,
& nous meſurons nos pas!   Enfin, mes Dames, ſouuenez-vous de ce que dit vn grand
Prince à ſon frere qui ſe réjouïſſoit auec trop
de liberté : Helas, vous riez eſtant aſſeuré de
comparaiſtre vn iour deuant le iugement eſ-
pouuantable de IESVS-CHRIST? Il faut eſtre
infidele pour eſtre diſſolu dans le Chriſtianiſme. Si nos danſeuſes ſongeoient à cet ajour-
nement perſonnel, elles ne ſongeroient plus
aux rendez-vous des balets.   Enfin, les cho-

ſes meſme indifferentes leur ſembleroient
defenduës, au lieu que bien ſouuent les defendües leur ſemblent indifferentes. Ce diſcours
ne doit pas déplaire aux Dames vertueuſes,
quoy qu'il trouble les plaiſirs des autres. Ie ne
trauaille que pour leur profit, quoy que ie me
ſemble trauailler que pour leur agréement.

F I N.

TABLE
DES PRINCIPALES
MATIERES CONTENVES
dans les Plaisirs des Dames.

TABLE DES MATIERES.

TABLE

DES MATIERES.

TABLE

Censure

DES MATIERES.

FIN.

Ddd

Extraict du Priuilege du Roy.

PAR grace & Priuilege du Roy, il est permis à GERVAIS CLOVSIER Marchand Libraire & Imprimeur à Paris, d'imprimer, vendre & distribuer vn Liure intitulé, *Les Plaisirs ou Honnestes Diuertissemens des Dames*, composé par FRANÇOIS DE GRENAILLE *Escuyer sieur de Chatounieres*: Et defenses sont faites à tous autres Imprimeurs & Libraires, d'imprimer, vendre & distribuer ledit Liure, sans le consentement dudit CLOVSIER, à peine de cinq cens liures d'amende, & confiscation des exemplaires : & ce pour le temps & espace de six ans, ainsi qu'il est porté plus amplement dans l'Original. Donné à Paris, le douziesme iour de Mars mil six cens quarante-vn, & de nostre regne le trente-vnieime.

Signé,   DE LA REBERTIERE.

Fautes principales à corriger dans les Plaisirs des Dames.

PAge 2. ligne 21. fait la difficulté, *oftez* la. p. 6. l. 26. que belles, *lifez* que de belles. p. 8. l. 15. fur vn foin, *lif.* fur vn foin.
l. 26. toutes richeffes, *lif* toutes fes richeffes. p. 36. l. 22. croyent,
lif. ils croyent. p. 55. l. 17. compofé, *lif.* emporté. p. 64. l. 8. ils
fe tiennent, *lif.* les hommes fe tiennent. p. 87. l. 17. par le miroir,
lif. pour le miroir. p. 90. l. 23. *oftez* à ce. p. 94. l. 2. enflambées,
lif. enflamées. p. 98. l. 10. efpaces, *lif.* efpeces. p. 131. l. 16. mais
fa legereté, fi les autres ne font pas, *lif.* mais de fa legereté, fi les
autres organes ne font pas. p. 133. l. 25. qu'ils augmentent, *lif.* que
les yeux augmentent. p. 143. l. 26. honteufement, *lif.* honneftement.
p. 151. l. 8. euffions détruit, *lif.* n'euffions détruit. l. 22. auoit fait,
lif. a fait. p. 164. l. 2. ayant toufiours, *lif.* ont toufiours. p. 191.
l. 19. haue, *lif.* haut. p. 205. l. 14. c'eft icy, *lif.* l'eft icy. p. 211.
l. 7. parmy en, *lif.* ou parmy. p. 113. l. 15. illicites, *lif.* licites. p.
220. l. 17. vn iour frais, *lif.* vn air frais. p. 239. l. 17. moins de
neuf, *lif.* plus de neuf. p. 331. l. 7. adreffe, *lif.* iufteffe. p. 33. l. 7.
s'y exercent, *lif.* s'y adonnent. p. 335. l. 19. eft agité, *lif.* les poffe-
de. p. 344. l. 23. mefchans, *lif.* mauuais. p. 378. l. 2. d'expofer,
lif. doppofer. p. 380. l. 6. *oftez* tant.

*J'ay bien du déplaifir de voir ces defauts parmy les Plaifirs des
Dames. J'en ay corrigé les principaux, pour vous prier de corriger les moins importans. Il y a vne tranfpofition à la p. 216. que
vous remettrez de la forte :* L'Apoftre ne leur a pas commandé
d'aller la tefte couuerte pour leur permettre de courir impudemment hors de la maifon. Les Anges ne les trouuent iamais belles,
que lors qu'ils les trouuent voilées.

www.ingramcontent.com/pod-product-compliance
Lightning Source LLC
Chambersburg PA
CBHW050752030726

47505CB00002B/514